Da Magia
à Sedução

ALICE HOFFMAN

Autora do *best-seller*
As Regras do Amor e da Magia

Da Magia à Sedução

Tradução
Denise de Carvalho Rocha

JANGADA

Título do original: *Practical Magic.*

Copyright © 1995 Alice Hoffman.

Copyright da edição brasileira © 2021 Editora Pensamento-Cultrix Ltda.

1ª edição 2021. / 1ª reimpressão 2023.

Todos os direitos reservados. Nenhuma parte desta obra pode ser reproduzida ou usada de qualquer forma ou por qualquer meio, eletrônico ou mecânico, inclusive fotocópias, gravações ou sistema de armazenamento em banco de dados, sem permissão por escrito, exceto nos casos de trechos curtos citados em resenhas críticas ou artigos de revistas.

A Editora Jangada não se responsabiliza por eventuais mudanças ocorridas nos endereços convencionais ou eletrônicos citados neste livro.

Esta é uma obra de ficção. Todos os personagens, organizações e acontecimentos retratados neste romance são produtos da imaginação da autora e usados de modo fictício.

Não pode ser exportado para Portugal.

Editor: Adilson Silva Ramachandra
Gerente editorial: Roseli de S. Ferraz
Gerente de produção editorial: Indiara Faria Kayo
Editoração eletrônica: Join Bureau
Revisão: Luciana Soares da Silva

Dados Internacionais de Catalogação na Publicação (CIP)
(Câmara Brasileira do Livro, SP, Brasil)

Hoffman, Alice
    Da magia à sedução / Alice Hoffman; tradução Denise de Carvalho Rocha. – 1. ed. – São Paulo: Editora Pensamento Cultrix, 2021.

    "Autora do best-seller As regras do amor e da magia".
    Título original: Practical magic
    ISBN 978-65-5622-019-2

    1. Ficção de fantasia 2. Ficção norte-americana I. Título.

21-70696
        CDD-813

Índices para catálogo sistemático:
1. Ficção: Literatura norte-americana   813
Maria Alice Ferreira – Bibliotecária – CRB-8/7964

Jangada é um selo editorial da Pensamento-Cultrix Ltda

Direitos de tradução para o Brasil adquiridos com exclusividade pela EDITORA PENSAMENTO-CULTRIX LTDA que se reserva a propriedade literária desta tradução.
Rua Dr. Mário Vicente, 368 — 04270-000 — São Paulo, SP — Fone: (11) 2066-9000
http://www.editorajangada.com.br
E-mail: atendimento@editorajangada.com.br
Foi feito o depósito legal.

PARA LIBBY HODGES

PARA CAROL DEKNIGHT

Para cada mal sob o sol,
Existe um remédio ou não existe nenhum.
Se existir um, procure até encontrar.
Se não existir nenhum, não se incomode mais.

MAMÃE GANSA

Introdução

No mundo de *Da Magia à Sedução*, os lilases florescem da noite para o dia, o real e o mágico se sobrepõem e as mulheres Owens são bruxas há gerações. Este livro é uma tentativa de desvendar os segredos do coração humano. Que preço estamos dispostos a pagar pelo amor? Como reconhecemos e aceitamos nosso eu mais verdadeiro? Como nosso passado afeta nosso presente? Muitos de nós sabem o que é tentar fugir de um legado familiar apenas para descobrir que sempre carregaremos nossa herança conosco, não importa o quanto possamos querer nos distanciar dela. As mulheres da família Owens são do tipo que fazem qualquer coisa umas pelas outras; elas podem discutir, podem discordar, mas demonstram uma dedicação feroz pela sua família.

As bruxas são *outsiders*, e aqueles de nós que foram intimidados e condenados ao ostracismo podem se identificar com elas. Parte do nosso fascínio pelas bruxas é que elas são as únicas figuras femininas míticas que têm poder. São mulheres que não precisam ser resgatadas por príncipes ou por um rei, pois podem salvar a si mesmas, às vezes com uma pequena ajuda de uma irmã. As bruxas são mulheres de coragem, sábias e destemidas. Em suma, são tudo o que uma menina quer ser quando crescer. Tanto em *Da Magia à Sedução* quanto em seu predecessor, *As Regras do Amor e da Magia*, as garotas são sempre incentivadas a escolher a coragem, o que levou o Chá da Coragem a ser uma das receitas mágicas mais preciosas das tias. *Da Magia à Sedução* é uma reconfiguração da jornada mítica que a maioria das mulheres faz ao longo da vida, sejam elas irmãs, mães, filhas ou tias.

As mulheres Owens praticam magia no mundo moderno. Sally é a irmã mais velha, uma mulher estável, que quer ter uma vida "normal". Gillian é a irmã mais nova, rebelde e imprevisível, que está sempre flertando com o perigo. Embora tenham personalidades opostas, ambas desconfiam do amor, pois passaram a infância testemunhando o desespero das mulheres apaixonadas que procuravam as tias em busca de poções e feitiços. A ancestral original das Owens é Maria Owens, cuja história eu conto num terceiro livro. Maria, depois de ser abandonada pelo homem que amava, um dos magistrados nos julgamentos das bruxas de Salem, lançou uma maldição sobre as futuras gerações de mulheres da sua família, para que nunca sofressem por amor como ela. Sally e Gillian sabem que carregam a maldição de Maria. Ambas precisam lutar pelo amor num mundo que é mais perigoso quando se abre o coração, mas que também ganha muito mais sentido e alegria quando se tem coragem de amar. As irmãs não podem fugir do amor assim como não podem fugir da magia e, no final, constatam que ele é uma bênção, não uma maldição.

Vinte e cinco anos após a publicação de *Da Magia à Sedução* pela editora original, tenho o prazer de dizer que ele continua muito vivo e pulsante. Assim como há três gerações de mulheres na história, três gerações de leitores o celebraram. Eu conheci filhas, mães e avós que compartilharam o romance, e nada me traz mais alegria do que saber que *Da Magia à Sedução* é assunto de família. Este é um livro sobre magia, mas o que é mais importante: é uma ode à irmandade entre as mulheres, à família e ao poder do amor.

Meus leitores dizem que, quando voltaram a ler *Da Magia à Sedução* pela segunda ou terceira vez, vivenciaram a história de uma maneira completamente diferente. Isso porque o significado do livro muda dependendo da fase da vida em que o leitor está. A dinâmica familiar é complexa e, como acontece em nossa própria vida, o modo como vemos as pessoas próximas a nós, mesmo quando elas são apenas personagens fictícias, depende da nossa visão do mundo naquele momento.

Ao longo dos anos, meus leitores sempre pediram outros romances sobre as mulheres Owens. Meu interesse pessoal pela história me levou a voltar no tempo e a escrever uma prequela, em vez de uma sequência. *As Regras do Amor e da Magia* conta a história das tias de *Da Magia à Sedução*, Franny e Jet, quando elas eram jovens e passavam pelo seu próprio despertar para a magia. Eu queria contar como Franny e Jet se tornaram as tias sábias e adoradas de *Da Magia à Sedução*. A jovem Franny é uma linda garota de cabelos ruivos, destemida e confiante dos seus poderes; a jovem Jet sofre por amor, mas ainda está disposta a abrir seu coração. As duas irmãs crescem sem nenhum conhecimento da sua história mágica familiar – nos anos 1960, uma época fervilhante e revolucionária em Nova York, a época e o lugar que eu conheci quando menina. Foi um prazer voltar aos anos 1960 e descobrir a maneira mágica e prática como viviam as tias. Também foi um prazer voltar a Greenwich Village como pesquisadora e revisitar a paisagem da minha própria juventude. O romancista pode ser o último a saber do que trata seu romance, e muitas vezes fico surpresa com as reviravoltas que acontecem nas minhas próprias histórias e com as escolhas que meus personagens fazem. Vincent, o irmão de Franny e Jet, tem uma história que nem ele nem eu mesma teríamos previsto e que representa um papel central em *Regras do Amor e da Magia*.

Sempre começo a escrever um romance com uma pergunta que preciso responder. *Da Magia à Sedução* aborda questões pertinentes e atuais sobre o lugar das mulheres na sociedade – questões que são tão ou mais importantes do que eram 25 anos atrás. Infelizmente, no último quarto de século, o lugar das mulheres na sociedade não progrediu tanto quanto desejávamos, nem naquela época nem agora. Muitas das mesmas questões ainda precisam ser revistas: igualdade de salários, a criação dos filhos, padrões de beleza, assédio e abuso sexuais. A magia pode não ser capaz de dar soluções para tudo isso, mas a irmandade pode. Os anos apenas intensificaram a importância de contar histórias de mulheres e de fazer o nosso melhor para garantir que as mulheres, historicamente forçadas a ficar em silêncio, possam falar e contar suas próprias verdades.

Felizmente, as mulheres Owens falaram comigo. Foi como se tivessem entrado pela porta da minha casa e pedido para eu registrar suas histórias no papel. Sempre gostei de magia, desde as histórias que minha avó russa me contava. Se a palavra "magia" estava no título de um livro, eu certamente o encontrava. No mundo dos contos de fadas, o prático e o mágico convivem lado a lado e o fantástico é tratado como algo natural. Um dia alguém inesperado bate na sua porta ou uma rosa desabrocha no inverno ou um fuso encantado faz alguém adormecer para sempre. Era a fusão do mágico com o cotidiano o que mais me fascinava como leitora, pois no mundo em que eu vivia isso também parecia acontecer. Pessoas que amamos podem desaparecer, por morte ou divórcio; podem se transformar em heróis ou feras. Minha experiência pessoal e minhas leituras da infância me deixaram com saudade de um mundo em que tudo pode acontecer, por magia ou não, num dia normal.

Mais e mais leitores sentem que o gênero da fantasia é a forma original de se contar histórias, incluindo contos de fadas, contos folclóricos, mitos e histórias de ficção moderna. Se eu fosse escrever *Da Magia à Sedução* hoje, começaria exatamente da mesma maneira que comecei 25 anos atrás: *Há mais de duzentos anos as mulheres Owens eram responsabilizadas por tudo o que saísse errado na cidade.*

Há quem se interesse em ler *Da Magia à Sedução* depois de assistir à sua versão cinematográfica, que se tornou um filme *cult* muito aclamado e tem um dos elencos femininos mais excepcionais já reunidos:

Sandra Bullock, Nicole Kidman, Stockard Channing, Dianne Wiest, Evan Rachel Wood, Camilla Belle, Chloe Webb e Margo Martindale. É um filme raro, repleto de personagens femininas fascinantes, que discutem, fazem amizade, magoam umas às outras e se apoiam. O filme é muito divertido, mas não evita o lado sombrio: a história de abusos de Gillian, assim como a jornada emocional de amor e perda de Sally, que a faz entender que a sua única chance de felicidade é ser fiel a si mesma.

No momento em que escrevo, estou dando início a um quarto livro dessa saga, *The Book of Magic*, que conta a história final da família Owens. Mal posso esperar até que os leitores descubram o desfecho dessa história e mal posso esperar para descobri-lo por mim mesma. A história pode me surpreender e espero que ganhe vida própria, mas sei que nela vou descobrir que era uma vez uma mulher ou uma menina diferente; que não se encaixava nas convenções da sociedade; que buscava a beleza no mundo; que foi ferida; que se apaixonou apesar dos avisos; que faria qualquer coisa pela irmã, pela sobrinha, pela filha ou pela mãe; que sabia que, apesar de todos os perigos, devemos nos apaixonar sempre que pudermos.

Superstição

שעטנז

Há mais de duzentos anos as mulheres Owens eram responsabilizadas por tudo que saísse errado na cidade. Se chegasse uma primavera úmida, se as vacas no pasto eliminassem sangue no leite, se um potro morria de cólica ou um bebê nascia com uma mancha vermelha no rosto, todos acreditavam que o destino devia ter sido torcido, pelo menos um pouco, por aquelas mulheres da Rua Magnólia. Não importava que problema fosse (relâmpagos, gafanhotos ou uma morte por afogamento). Não importava se a situação podia ser explicada pela lógica, pela ciência ou parecesse simplesmente azar. Assim que surgia uma dificuldade ou o mais leve infortúnio, as pessoas já começavam a apontar o dedo e fazer acusações. Não demorou muito até se convencerem de que não era seguro passar na frente da casa das Owens depois do anoitecer, e só os vizinhos mais tolos ousariam espreitar por sobre a grade preta de ferro que circundava o jardim como uma serpente.

No interior da casa não havia relógios nem espelhos e em cada uma das portas havia três fechaduras. Camundongos viviam sob as tábuas do assoalho e dentro das paredes, e muitas vezes era possível encontrá-los nas gavetas da cômoda, onde roíam as toalhas de mesa bordadas e as bordas rendadas dos jogos americanos de linho. Quinze espécies diferentes de madeira tinham sido usadas nos assentos de janela e na cornija da lareira, entre elas carvalho-dourado, freixo-prateado e uma cerejeira particularmente perfumada, que desprendia o aroma da fruta madura mesmo no rigor do inverno, quando todas as árvores do lado de fora não passavam de troncos pretos e sem folhas. Não importava o quanto o resto da casa pudesse estar empoeirado, nenhuma parte do madeiramento precisava de polimento. Se alguém olhasse de relance, podia ver a própria imagem refletida ali, nos lambris da sala de jantar e no corrimão em que se apoiava quando subia as escadas. Todos os cômodos eram escuros, mesmo ao meio-dia, e frios apesar de todo calor de julho. Qualquer pessoa que ousasse subir até a varanda, onde a hera crescia sem controle, poderia tentar, durante horas, olhar através das janelas e não veria nada. O mesmo acontecia ao se olhar para fora; o vidro esverdeado das janelas era tão velho e grosso que tudo do outro lado parecia um sonho, inclusive o céu e as árvores.

As garotinhas que dormiam no sótão eram irmãs, com uma diferença de idade de apenas treze meses. Nunca as mandavam para a cama antes da meia-noite, nem as lembravam de escovar os dentes. Ninguém se incomodava se a roupa delas estava amarrotada ou se cuspiam na rua. Durante toda a infância dessas meninas, deixaram que dormissem de sapatos e desenhassem caretas engraçadas nas paredes do quarto com giz de cera preto. Elas podiam tomar refrigerante gelado no café da manhã, se quisessem, ou jantar só torta de marshmallow. Podiam subir no telhado e ficar empoleiradas no alto das telhas de ardósia, inclinando as costas para trás tanto quanto podiam, para avistar a primeira estrela. Ali ficavam nas ventosas noites de março ou nas úmidas tardes de agosto, sussurrando, discutindo se era possível que até o menor desejo um dia se realizasse.

As meninas eram criadas pelas tias, que mesmo se quisessem simplesmente não podiam mandar as sobrinhas embora. As crianças, afinal de contas, eram órfãs de pais descuidados, que estavam tão apaixonados a ponto de não perceberem a fumaça se desprendendo das paredes do bangalô onde tinham ido passar uma segunda lua de mel, depois de deixarem as meninas em casa com uma babá. Não era de surpreender que as irmãs sempre dormissem na mesma cama durante as tempestades. Ambas tinham pavor de trovões e nunca conseguiam falar acima de um sussurro quando o céu começava a ribombar. Quando enfim adormeciam, os braços passados uma em volta da outra, muitas vezes tinham exatamente os mesmos sonhos. Havia momentos em que podiam completar as frases uma da outra. E não havia dúvida de que cada uma podia fechar os olhos e adivinhar o que a outra mais desejava de sobremesa, fosse o dia que fosse.

Apesar da proximidade que havia entre as duas, porém, as irmãs eram completamente diferentes na aparência e no temperamento. Se não fossem os belos olhos cinzentos pelos quais as mulheres Owens eram conhecidas, ninguém teria motivo para imaginar que as duas eram irmãs. Gillian era clara e loira, ao passo que os cabelos de Sally eram tão negros quanto a pelagem dos gatos mal-educados que as tias deixavam que se escondessem no jardim e arranhassem os cortinados da sala. Gillian era preguiçosa e gostava de dormir até depois do meio-dia. Economizava o dinheiro da mesada, depois pagava Sally para fazer seu dever de casa de Matemática e passar seus vestidos de festa. Tomava garrafas de achocolatado e comia barras grudentas de Hershey, enquanto se esparramava no piso frio do porão, contente em observar Sally espanar as prateleiras de metal onde as tias guardavam picles e outras conservas. O que Gillian mais gostava no mundo era se deitar no assento de janela estofado de veludo, que ficava no patamar superior da escada, onde as cortinas eram de um tecido adamascado e um retrato de Maria Owens, a mulher que muito tempo atrás construíra a casa, acumulava poeira num canto. Era ali que Gillian podia ser encontrada nas tardes de verão, tão lânguida e à vontade que as traças pousavam nela, confundindo-a com uma almofada, e passavam a fazer buracos minúsculos na sua camiseta e no jeans.

Sally, 397 dias mais velha que a irmã, era tão cuidadosa quanto Gillian era displicente. Ela nunca acreditava em nada que não pudesse ser provado com fatos e números. Quando Gillian apontava uma estrela cadente, era Sally quem a lembrava que aquilo ali que estava caindo na Terra era apenas uma velha rocha aquecida ao atravessar a atmosfera. Desde o início, Sally era o tipo de pessoa responsável. Ela não gostava da confusão e da desordem que reinavam, do sótão ao porão, na antiga casa da Rua Magnólia.

Desde a época em que cursava a terceira série primária e Gillian a segunda, Sally era quem preparava refeições saudáveis de bolo de carne, vagens frescas e sopa de cevada, usando receitas do livro *Alegria de Cozinhar*, que conseguira levar às escondidas para casa. Todas as manhãs, ela arrumava as duas lancheiras, embrulhando sanduíches de peru e tomate no pão integral e acrescentando palitos de cenoura e biscoitos de aveia com glacê. Gillian jogava tudo no lixo, assim que Sally colocava o lanche em sua sala de aula, pois preferia os sanduíches e bolos de má qualidade vendidos na cantina da escola, pagos com as moedas de dez e 25 centavos que muitas vezes surrupiava dos bolsos dos casacos das tias, para comprar o que desejava.

"Noite" e "Dia", era assim que as tias chamavam as sobrinhas e, embora nenhuma das meninas risse dessa brincadeira ou visse nela a mínima graça, elas reconheciam a verdade que continha e podiam compreender, mais cedo que a maioria das irmãs, que a lua sempre tem ciúme do calor do sol, assim como o sol sempre anseia por algo escuro e profundo. Elas guardavam bem os segredos uma da outra e juravam que cairiam mortas se um dia cometessem um deslize e os contassem, mesmo que o segredo fosse apenas o rabo de um gato puxado ou uma flor roubada do jardim das tias.

Se tivessem conseguido fazer amigos, as irmãs poderiam ter criado o hábito de criticar uma à outra por causa das suas diferenças, poderiam ter se tornado adultas desagradáveis e depois se afastado uma da outra, mas as crianças da cidade evitavam a companhia delas. Ninguém ousava brincar com as irmãs e a maioria das meninas e dos meninos cruzava os dedos quando Sally e Gillian se aproximavam, como se esse tipo de crendice lhes desse alguma proteção. Os mais destemidos e impetuosos seguiam as irmãs até a escola, de uma distância que lhes permitisse dar meia-volta e sair correndo, se necessário. Esses meninos gostavam de atirar maçãs duras de inverno ou pedras nas meninas, mas, mesmo os melhores atletas, aqueles que eram os astros das equipes da Liga Infantil, nunca conseguiam acertar um golpe preciso quando faziam pontaria nas meninas Owens. Toda pedra, toda maçã sempre ia parar aos pés das irmãs.

Para Sally e Gillian, os dias eram cheios de pequenas humilhações. Nenhuma criança usava um lápis ou giz de cera logo depois de ele ter sido tocado por uma menina Owens. Ninguém se sentava ao lado delas na cantina ou durante as reuniões, e algumas meninas até soltavam um gritinho estridente quando entravam distraídas no banheiro feminino, para fazer xixi, fofocar ou escovar o cabelo, e topavam com uma das irmãs. Durante os jogos, Sally e Gillian nunca eram escolhidas para as equipes, embora Gillian fosse a corredora mais veloz da cidade e conseguisse rebater uma bola de beisebol, fazendo-a passar por cima do telhado da escola e chegar à rua de trás. Elas nunca eram convidadas para festas ou encontros de bandeirantes, ou chamadas para participar de jogos, brincar de amarelinha ou trepar em árvores.

– Que se danem todos eles! – dizia Gillian, erguendo seu belo narizinho, quando os meninos faziam sons fantasmagóricos ao ver as irmãs passando nos corredores da escola, a caminho da aula de Música ou de Artes. – Deixe que nos humilhem. Espere só para ver. Um dia vão implorar um convite para ir à nossa casa e vamos rir na cara deles.

Às vezes, quando estava se sentindo particularmente maldosa, Gillian se virava de repente e gritava: "Búúú", fazendo algum menino molhar as calças e se sentir muito mais humilhado do que ela algum dia se sentiria. Mas Sally não tinha coragem de revidar. Ela usava roupas escuras e tentava passar despercebida. Fingia não ser inteligente e, na sala de aula, nunca levantava a mão. Disfarçava tão bem a própria natureza que depois de certo tempo ficou em dúvida quanto às suas próprias capacidades. Nessa época, era tão calada quanto um camundongo. Quando abria a boca na sala, só conseguia guinchar respostas erradas. Com o passar do tempo, começou a fazer questão de se sentar no fundo da sala e não abrir a boca para nada.

Ainda assim, não a deixavam em paz. Quando Sally estava na quarta série, alguém colocou um formigueiro em seu armário na escola, de modo que durante semanas ela encontrou formigas esmagadas entre as páginas dos seus livros. Na quinta série, um bando de meninos deixou um camundongo morto sobre a carteira dela. Uma das crianças mais cruéis colara uma etiqueta com nome nas costas do roedor. *Sali* estava rabiscado ali em garranchos, mas Sally não ficou nem um pouco satisfeita ao ver a grafia errada do seu nome. Gritou diante do corpinho enrodilhado do rato, com seus bigodes minúsculos e patas perfeitas, mas, quando a professora perguntou o que era, ela apenas encolheu os ombros, como se tivesse perdido a língua.

Num belo dia de abril, quando Sally estava na sexta série, todos os gatos das tias a seguiram até a escola. Depois disso, até os professores começaram a evitar passar por ela, num corredor vazio, e arranjavam uma desculpa para seguir em outra direção. Enquanto se afastavam às pressas, os professores lhe sorriam de um jeito estranho, talvez com medo do que poderia acontecer se não demonstrassem alguma simpatia. Gatos pretos podem fazer isso com certas pessoas; fazem com que fiquem trêmulas e apavoradas e se lembrem de noites escuras e perigosas. Os gatos das tias, no entanto, não eram particularmente assustadores. Eram mimados e gostavam de dormir em sofás, e todos tinham nomes de aves. Havia o Cardeal e o Gralha, o Corvo e o Ganso. Havia um gatinho desajeitado chamado Pombo e um gato rabugento chamado

Pega, que sibilava para os outros e os mantinha acuados. Seria difícil acreditar que esse punhado de criaturas sarnentas tivesse arquitetado um plano para fazer Sally passar vergonha, mas era o que parecia ter acontecido, embora talvez a tivessem seguido naquele dia simplesmente porque ela preparara de lanche um sanduíche de atum, só para ela mesma, porque Gillian fingira estar com a garganta inflamada e tinha ficado em casa, na cama, onde com certeza ficaria durante a maior parte da semana, lendo revistas e comendo doces, sem tomar cuidado para não derrubar migalhas de chocolate nos lençóis, uma vez que Sally era a encarregada de lavar as roupas sujas.

Naquela manhã, Sally só percebeu que os gatos estavam atrás dela quando se sentou em sua carteira. Alguns colegas de classe estavam rindo, mas três meninas tinham se empoleirado sobre o aquecedor e soltavam gritos estridentes. Qualquer um teria pensado que um bando de demônios tinha entrado na sala, mas eram apenas aquelas criaturas pulguentas que tinham seguido Sally até a escola e agora desfilavam entre as carteiras e cadeiras, negros como a noite, miando como almas penadas. Sally os enxotou, mas isso só serviu para que os gatos se aproximassem ainda mais dela. Passaram a andar de um lado para o outro à sua frente, com a cauda no ar, soltando miados tão sinistros que o som poderia ter coalhado o leite na xícara.

– Sai! – sussurrou Sally, quando Pega pulou em seu colo e começou a amassar com as patas seu melhor vestido azul. – Vá embora! – suplicou ela.

Contudo, mesmo quando a professora entrou na sala, bateu a régua na mesa e usou sua voz mais austera para sugerir que Sally desse um jeito naqueles gatos – *tout de suite** –, se não quisesse ir para a diretoria, os animais revoltados se recusaram a ir embora. O pânico se espalhou pela sala e as colegas de classe mais impressionáveis de Sally já

---

* "No mesmo instante", em francês. (N. da T.)

começaram a cochichar sobre bruxaria. Uma bruxa, afinal de contas, estava sempre acompanhada por um espírito familiar, um animal que cumpria seus comandos mais malignos. Quanto mais familiares houvesse, mais maldoso seria o comando, e ali estava toda uma tropa de criaturas repugnantes. Várias crianças já tinham desmaiado; algumas teriam fobia de gatos pelo resto da vida. O professor de educação física foi chamado e tentou espantá-los com uma vassoura, mas mesmo assim os gatos não arredaram pé.

Um menino no fundo da sala, que bem naquele dia tinha roubado uma caixa de fósforos do pai, aproveitou-se do caos que se instaurara na classe e viu uma oportunidade para pôr fogo na cauda de Pega. O cheiro de pêlo queimado rapidamente impregnou a sala, mesmo antes de Pega começar a guinchar. Sally correu para socorrer o gato. Sem parar para pensar, ajoelhou-se no chão e abafou as chamas com seu vestido azul favorito.

– Espero que alguma coisa horrível aconteça a você! – ela gritou para o menino que ateara fogo em Pega. Sally estava de pé, com o gato aninhado nos braços como um bebê, o rosto e o vestido sujos de fuligem. – Aí você vai sentir na pele! – garantiu ela ao menino. – Vai saber como é.

Justo nesse instante, as crianças na sala de aula no andar de cima começaram a bater os pés no chão (de alegria, ao saber que suas provas de ortografia tinham sido comidas pelo buldogue da professora) e um pedaço do teto caiu na cabeça do detestável menino. Ele desabou no chão, com o rosto pálido apesar da pele sardenta.

– Foi ela! – gritaram algumas crianças, e as que não falaram em voz alta estavam com o queixo caído e os olhos arregalados.

Sally fugiu da sala com Pega nos braços e os outros gatos a seguiram. Os felinos ziguezaguearam entre os pés dela por todo o caminho até em casa, pelas ruas Endicott e Peabody, atravessando a porta da frente e subindo a escada, e durante toda a tarde arranharam a porta do quarto de Sally, mesmo depois de ela ter se trancado ali.

Sally chorou por duas horas seguidas. Ela amava os gatos, essa era a questão. Surrupiava pires de leite para dar a eles e os levava ao veterinário na Rua Endicott, numa sacola de tricô, quando brigavam e se machucavam e as feridas infeccionavam. Adorava aqueles gatos horrorosos, sobretudo Pega, e, mesmo assim, sentada na sala de aula, morta de vergonha, teria observado com prazer cada um deles ser afogado num balde de água gelada ou levar um tiro com uma pistola de ar comprimido. Ainda que tivesse saído para cuidar de Pega assim que se recobrara, limpando a cauda do bicho e envolvendo-a numa gaze, sabia, em seu coração, que ela o traíra. Daquele dia em diante, Sally passou a olhar a si mesma com um pouco de desprezo. Não pedia mais favores especiais às tias nem solicitava aquelas pequenas recompensas que merecia. Ela não poderia ter encontrado um juiz mais intratável e intransigente. Aos seus olhos, faltava-lhe compaixão e coragem, e o castigo era se punir com a autonegação, daquele dia em diante.

Depois do episódio com os gatos, Sally e Gillian passaram a ser mais temidas do que ignoradas. Na escola, as outras meninas não implicavam mais com elas; em vez disso, afastavam-se a passos rápidos, quando as irmãs Owens passavam, e todas mantinham os olhos baixos. Boatos sobre bruxaria se espalharam, em bilhetinhos passados de carteira em carteira, e acusações eram sussurradas nos corredores e banheiros. As crianças que tinham gatos pretos suplicaram aos pais que lhes dessem outro animal de estimação, um collie ou um porquinho-da-índia ou até um peixinho dourado. Quando a equipe de futebol americano perdia ou um forno de cerâmica explodia na sala de Artes, todos olhavam na direção das meninas Owens. Nem os meninos mais valentões ousavam acertá-las com bolas de futebol no recreio ou atirar bolinhas de papel mascado na direção delas; nem um só deles atirava maçãs ou pedras. Em festas e reuniões de bandeirantes, havia aqueles que juravam que Sally e Gillian podiam induzir um transe hipnótico, que faria com que a pessoa latisse como um cachorro ou saltasse de um penhasco, se assim elas quisessem. Podiam enfeitiçar uma pessoa com uma única palavra ou um movimento de cabeça. E, se uma das irmãs estivesse de fato zangada, tudo o que precisava fazer era recitar a tabuada do nove de trás para a frente e esse seria o fim da vítima. Os olhos dela derreteriam dentro da cabeça. A carne e os ossos virariam pudim. No dia seguinte, ela seria servida na cantina da escola e ninguém teria percebido.

As crianças da cidade podiam ficar cochichando as fofocas que quisessem, mas a verdade era que a mãe da maioria delas, ao menos uma vez na vida, já fora visitar as tias. De vez em quando, podia aparecer alguém querendo chá de pimentão para um estômago delicado ou *Asclepias tuberosa* para os nervos, mas qualquer mulher da cidade sabia qual era o verdadeiro negócio das tias: a especialidade delas era o amor. As tias não eram convidadas para os jantares em que cada pessoa contribuía com um prato, nem para arrecadações de fundos para a biblioteca, mas, se uma mulher da cidade discutisse com o namorado, se visse grávida de alguém que não era o marido ou descobrisse que o homem com quem se casara era infiel e desprezível, lá ia ela para a porta dos fundos das Owens, logo após o anoitecer, hora em que seu rosto ficaria oculto nas sombras e ninguém a reconheceria enquanto ela estivesse sob as glicínias, uma trepadeira emaranhada que crescia acima da porta há mais tempo do que qualquer pessoa viva na cidade.

Não importava se a mulher era professora da quinta série primária ou a esposa do pastor, ou talvez a namorada de longa data do ortodentista da Rua Peabody. Não importava que as pessoas jurassem que pássaros pretos surgiam no céu, prontos a arrancar os olhos da pessoa com o bico, se ela se aproximasse da casa das Owens vinda do leste. O desejo tinha suas artimanhas para tornar as pessoas estranhamente corajosas. Na opinião das tias, ele podia se infiltrar, sorrateiro, numa mulher adulta e transformá-la de uma criatura sensata em algo tão estúpido quanto uma mosca que vive perseguindo o mesmo cachorro velho. Assim que alguma dessas mulheres tomava a decisão de bater na porta dos fundos das tias, ela já estava mais do que disposta a beber chá de poejo, preparado com mais alguns ingredientes que nem se podia nomear em voz alta e que seguramente causariam um sangramento aquela noite. Ela já tinha resolvido deixar que uma das tias picasse o terceiro dedo da sua mão esquerda com uma agulha de prata, se isso fosse necessário para, mais uma vez, trazer o seu amado de volta.

As tias cacarejavam como galinhas sempre que uma mulher avançava pela trilha de pedra. A um quilômetro de distância, elas já conseguiam pressentir o desespero. Uma mulher que estivesse loucamente apaixonada e quisesse se assegurar de que seu amor era correspondido entregaria alegremente um camafeu que pertencesse à sua família havia gerações. Outra que tivesse sofrido uma traição pagaria ainda mais. Mas as mulheres que queriam o marido de outra, essas eram as piores. Faziam absolutamente qualquer coisa por amor. Ficavam com os nervos à flor da pele, apenas pelo calor do seu desejo, e não davam a mínima para convenções ou boas maneiras. Tão logo as tias avistavam uma dessas mulheres avançando pelo caminho até a varanda, mandavam as meninas diretamente para o sótão, mesmo nas noites de dezembro, quando podia muito bem começar a escurecer antes das quatro e meia da tarde.

Nessas tardes sombrias, as irmãs nunca protestavam, argumentando que era cedo demais ou que ainda não estavam cansadas. Subiam a escada na ponta dos pés, de mãos dadas. Do patamar, sob o velho retrato empoeirado de Maria Owens, as meninas davam boa-noite para as tias. Iam para o quarto, enfiavam a camisola pela cabeça, depois voltavam para a escada dos fundos, de onde podiam descer furtivamente outra vez, pressionar o ouvido contra a porta da cozinha e ouvir com atenção cada palavra. Às vezes, quando a noite estava muito escura e Gillian se sentia particularmente audaciosa, ela entreabria a porta com o pé e Sally não ousava fechá-la de novo, de medo que pudesse ranger e denunciá-las.

– Isso é uma idiotice! – sussurrava Sally. – Para que ficar aqui ouvindo isso? – sussurrava ela.

– Então vá você para a cama – Gillian sussurrava em resposta. – Pode ir... – sugeria ela, sabendo que Sally não perderia por nada o que estava para acontecer em seguida.

Do ângulo da escada dos fundos, as meninas conseguiam ver o velho fogão preto, a mesa e o tapete feito à mão, sobre o qual as clientes das tias muitas vezes andavam de um lado para o outro. Elas podiam ver como o amor podia controlar uma pessoa, da cabeça aos pés, para não mencionar cada partezinha dela entre uma coisa e outra coisa.

Por causa disso, Sally e Gillian tinham aprendido coisas que a maioria das crianças da idade delas não sabia: que, por precaução, era sempre bom guardar aparas de unhas, que já tinham sido o tecido vivo do homem amado, só para o caso de ele um dia querer ir embora; que uma mulher podia querer tanto um homem que ela poderia vomitar na pia da cozinha ou chorar de raiva até ficar com sangue coagulado no canto dos olhos.

Nas noites em que a lua alaranjada estava subindo no céu e alguma mulher estivesse chorando na cozinha, Sally e Gillian entrelaçavam os dedos mindinhos e juravam solenemente que nunca se deixariam dominar pelas paixões.

– Cruzes! – as meninas cochichavam uma para a outra, quando uma cliente das tias soluçava ou erguia a blusa para mostrar os cortes em carne viva, onde ela escrevera o nome do amado na pele com uma lâmina de barbear.

– Conosco isso não vai acontecer! – prometiam as meninas, entrelaçando os dedos com mais força ainda.

No inverno em que Sally tinha 12 anos e Gillian quase 11, as irmãs aprenderam que, às vezes, a coisa mais perigosa nas questões de amor era ter o desejo do nosso coração satisfeito. Foi naquele inverno que a jovem atendente da farmácia visitou as tias. Nos últimos dias, a temperatura caíra muito. O motor da picape Ford das tias chiava e se recusava a funcionar, e os pneus congelados tinham ficado presos no piso de concreto da garagem. Os camundongos não se aventuravam a sair da calidez das paredes do quarto de dormir e os cisnes no parque bicavam ervas congeladas e mesmo assim continuavam com fome. A estação estava tão fria e o céu tão púrpura e impiedoso que as garotinhas estremeciam só de olhar para cima.

A cliente que chegou numa noite sombria não era bonita, mas era conhecida pela amabilidade e pelo temperamento doce. Oferecia refeições aos idosos nas ocasiões festivas, cantava num coro com uma voz angelical e sempre colocava um jato extra de calda no copo, quando as crianças pediam Coca-Cola com baunilha no balcão*. Mas, quando a noite caiu, essa moça simples e meiga estava em tamanha agonia que se acocorou, toda encolhida, sobre o tapete feito à mão das tias. Seus punhos estavam cerrados com tanta força que pareciam as patas de um gato. Ela jogou a cabeça para trás e seu cabelo lustroso caiu sobre o rosto, como uma cortina. Mastigou o lábio até fazê-lo sangrar. Estava sendo devorada viva pelo amor e já perdera mais de dez quilos. Diante disso, as tias pareceram ficar com pena dela, algo que raramente acontecia. Embora a moça não tivesse muito dinheiro, elas lhe deram a poção mais forte que tinham, com instruções exatas sobre como fazer com que o marido da outra mulher se apaixonasse por ela. Em seguida, avisaram que, depois de feito, aquilo nunca mais poderia ser desfeito e, portanto, era melhor que ela tivesse certeza.

---

* No final da década de 1950, as farmácias, nos Estados Unidos, também vendiam sanduíches, sorvetes e refrigerantes. (N. da T.)

– Tenho certeza – a moça garantiu, com a sua voz calma e melodiosa, e as tias devem ter se dado por satisfeitas, porque entregaram a ela o coração de um pombo, sobre um dos seus pires mais bonitos, do tipo decorado com salgueiros azuis e o rio de lágrimas.

Sally e Gillian tinham se sentado na escada dos fundos em meio à escuridão, os joelhos se tocando, os pés descalços pretos de sujeira. Estavam tremendo, mas ainda assim sorriram uma para a outra e repetiram junto com as tias, num sunsurro, um encantamento que conheciam tão bem que podiam recitar até dormindo: "Este alfinete o coração do meu amante vai sentir, e sua devoção eu vou conseguir. Não haverá meio de ele dormir ou descansar, até que venha comigo falar. Só quando acima de tudo me amar, encontrará paz e, na paz, serenar". Gillian fazia pequenos movimentos de punhalada, que era o que a moça deveria fazer com o coração do pombo, enquanto repetisse essas palavras por sete noites seguidas, antes de ir para a cama.

– Isso nunca vai dar certo – Sally cochichou depois, enquanto tateavam o caminho no escuro, escada acima e pelo corredor, até o quarto.

– Pode ser que funcione – Gillian cochichou em resposta. – Ela pode não ser bonita, mas ainda existe essa possibilidade.

Sally se empertigou. Ela era mais velha e mais alta, e sempre dava a última palavra.

– Isso é o que veremos.

Durante umas duas semanas, Sally e Gillian ficaram de olho na moça apaixonada. Como detetives profissionais, ficaram sentadas durante horas no balcão da farmácia e gastaram todo dinheiro que tinham em Coca-Colas e batatas fritas, para que pudessem vigiá-la. Seguiam a moça quando ela voltava para casa, um apartamento que dividia com outra garota, que trabalhava na lavanderia. Quanto mais as duas andavam atrás dela, mais Sally sentia que estavam invadindo a privacidade da coitada, mas as irmãs continuavam convencidas de que estavam fazendo uma importante pesquisa de campo, embora de vez em quando Gillian ficasse um pouco confusa, sem saber direito qual era realmente seu objetivo.

– É simples – explicou Sally. – Precisamos provar que as tias não têm poder coisa nenhuma.

– Se o negócio das tias é pura picaretagem – Gillian abriu um sorriso –, então nós somos exatamente como todo mundo.

Sally assentiu com a cabeça. Estava longe de exprimir o quanto aquele assunto era importante para ela, pois ser igual a todo mundo era o maior desejo do seu coração. À noite, Sally sonhava com casas de fazenda e cercas de estacas brancas, e, quando acordava de manhã e via pela janela as pontas de metal escuro que cercavam a casa, seus olhos se enchiam de lágrimas. Outras meninas, ela sabia que tomavam banho com sabonetes perfumados, mas ela e Gillian eram obrigadas a usar o sabonete preto que as tias preparavam duas vezes por ano, no queimador de trás do fogão. As outras meninas tinham mães e pais que não davam a mínima para coisas como desejo e destino. Em nenhuma outra casa da rua ou da cidade, havia uma gaveta cheia de camafeus, entregues em pagamento por desejos satisfeitos.

Sally tinha esperança de que talvez a vida dela não fosse tão anormal quanto parecia. Se o feitiço de amor não desse certo para a moça da farmácia, então talvez as tias estivessem apenas fingindo ter algum poder. As irmãs, portanto, esperaram e torceram para que nada acontecesse. E, quando parecia certo que nada aconteceria, o diretor da escola, o sr. Halliwell, estacionou sua picape em frente ao apartamento da moça, exatamente quando o dia começava a escurecer. Ele entrou com uma aparência despreocupada, mas Sally notou que fez questão de olhar por sobre o ombro. Os olhos dele estavam sonolentos, como se não dormisse há uma semana. Naquela noite, as meninas não foram para casa jantar, apesar de Sally ter prometido às tias que prepararia feijão com costeletas de carneiro. O vento ficou mais forte e uma chuva gelada começou a cair. Mesmo assim, as meninas continuaram do outro lado da rua, na frente do apartamento da atendente da farmácia. O sr. Halliwell só saiu dali depois das nove da noite e tinha uma expressão estranha no rosto, como se não soubesse direito onde estava. Passou direto pelo próprio carro sem reconhecê-lo e, só quando estava a meio-caminho de casa, lembrou-se de que tinha estacionado em algum lugar; levou, no entanto, quase uma hora para se lembrar do lugar certo. Depois disso, começou a aparecer toda noite à mesma hora. Uma vez, teve a ousadia de ir à farmácia na hora do almoço e pedir um cheeseburger e uma Coca-Cola, embora não tivesse dado nem uma mordida; em vez disso, ficou encarando com um olhar sonhador a moça que o enfeitiçara. Permaneceu sentado ali, no primeiro banco, tão ardente e enamorado, que o tampo de linóleo do balcão onde ele apoiava os cotovelos começou a ficar cheio de bolhas. Quando por fim notou Sally e Gillian olhando para ele, mandou que as irmãs voltassem para a escola e estendeu a mão para pegar o sanduíche, sem conseguir afastar os olhos da atendente. Ele tinha sido afetado por alguma coisa, disso não havia dúvida. As tias o haviam atingido com tanta precisão quanto se o tivessem abatido com um arco e flecha.

– Coincidência – insistiu Sally.

– Não sei não. – Gillian deu de ombros. Qualquer pessoa podia ver que a moça da farmácia parecia toda iluminada por dentro, enquanto preparava *sundaes* com calda de chocolate e registrava na caixa registradora a venda de antibióticos e xaropes para tosse. – Ela conseguiu o que queria. Seja como for que isso tenha acontecido.

Como se soube depois, porém, a moça não conseguiu exatamente o que queria. Ela voltou a visitar as tias, mais atormentada do que nunca. Amor era uma coisa, casamento era algo bem diferente. O sr. Halliwell, ao que parecia, não tinha certeza se deveria deixar a esposa.

– Não acho que vá querer presenciar isso – Gillian sussurrou para Sally.

– Como pode saber?

As meninas estavam sussurrando no ouvido uma da outra, dominadas por uma sensação de medo que em geral não tinham quando espiavam da segurança da escada.

– Eu vi uma vez – Gillian parecia mais pálida do que de costume, o cabelo louro como um halo em torno da cabeça.

Sally deu um passo para trás. Ela entendia agora por que as pessoas diziam que o sangue podia gelar nas veias.

– Sem mim?

Gillian muitas vezes descia a escada dos fundos sem a irmã para se testar, verificar até que ponto era destemida.

– Achei que você não ia querer. Algumas coisas que elas fazem são bem nojentas. Você não vai aguentar.

Depois disso, Sally se obrigava a permanecer ao lado da irmã mais nova na escada, ao menos para provar que era capaz.

– Vamos ver quem não consegue aguentar aqui – sussurrou ela.

Mas Sally nunca teria ficado; ela teria corrido para o quarto e trancado a porta com um ferrolho se soubesse que, para convencer uma pessoa a se casar contra a vontade, algo terrível tinha que ser feito. Ela fechou os olhos assim que as tias trouxeram o pombo selvagem. Tampou os ouvidos com as mãos para que não tivesse que ouvi-lo piar alto, enquanto o seguravam sobre a bancada da cozinha. Disse a si mesma que já tinha cozinhado costeletas de carneiro, grelhado frango, e que isso não era tão diferente. Mesmo assim, depois daquela noite, Sally nunca mais comeu carne de boi ou de ave, ou sequer peixe, e sentia um arrepio sempre que um bando de pardais ou carriças pousadas nas árvores se assustavam e voavam em revoada. Muito tempo depois, ela ainda procurava a mão da irmã quando o céu começava a escurecer.

Durante todo aquele inverno, Sally e Gillian viram a moça da farmácia com o sr. Halliwell. Em janeiro, ele deixou a esposa para se casar com ela e eles se mudaram para uma casinha branca na esquina da Third com a Endicott. Depois que se tornaram marido e mulher, raramente se afastavam um do outro. A todo lugar que a moça ia, ao mercado ou ao ensaio do coral, o sr. Halliwell a acompanhava, como um cão bem treinado que não precisa de guia. Assim que a escola fechava, ele rumava para a farmácia. Aparecia nas horas mais improváveis com um buquezinho de violetas na mão ou uma caixa de torrones, e às vezes as irmãs podiam ouvir sua nova esposa criticá-lo, indiferente aos presentes. Ele não podia tirar os olhos de cima dela por um minuto sequer?, era o que ela sibilava para o seu amado. Será que ele não podia dar a ela um minuto de paz?

Quando as glicínias começaram a florir na primavera seguinte, a moça da farmácia voltou. Sally e Gillian estavam ocupadas no jardim, colhendo cebolinha à luz do crepúsculo, para um ensopado de legumes. O tomilho-limão, na parte de trás do jardim, já tinha começado a desprender seu aroma delicioso, como sempre acontecia naquela época do ano, e o alecrim já estava menos áspero e quebradiço. A estação estava tão úmida que os mosquitos esvoaçavam em polvorosa, e Gillian dava tapas nos insetos que pousavam na sua pele. Sally teve de dar um puxão na manga da blusa da irmã para que ela notasse quem estava entrando pelo caminho de pedras.

– Nossa! – exclamou Gillian, parando de dar tapas em si mesma. – Ela está com uma aparência horrível.

A moça da farmácia nem parecia a mesma garota, parecia uma velha. O cabelo não estava mais brilhante e a boca tinha um formato esquisito, como se ela tivesse mordido algo muito amargo. Ela esfregava as mãos, como se a pele estivesse áspera, mas parecia que era mesmo porque estava uma pilha de nervos. Sally pegou o cesto de vime cheio de cebolinhas e observou enquanto a cliente das tias batia na porta dos fundos. Ninguém atendeu, então ela golpeou a madeira, frenética e furiosa.

– Abram! – gritou várias e várias vezes. Ela não parava de bater e o barulho ecoava, sem resposta.

Quando a moça reparou nas irmãs e seguiu para o jardim, Gillian ficou branca como um fantasma e se agarrou à irmã. Sally manteve a compostura, visto que não havia para onde fugir. As tias tinham pregado na cerca o crânio de um cavalo, para manter afastadas as crianças da vizinhança com predileção por morangos e hortelã. Agora Sally rezava para que ele mantivesse afastados espíritos malignos também, porque era essa a aparência da moça da farmácia e era isso que ela parecia ser quando se lançou sobre as irmãs, naquele jardim onde o alho, a alfazema e o alecrim já cresciam em abundância, enquanto os quintais vizinhos, em sua maioria, ainda estavam lamacentos e desfolhados.

– Vejam o que elas fizeram comigo! – gritou a moça da farmácia. – Ele não me deixa em paz nem um segundo. Tirou todas as fechaduras, até a da porta do banheiro. Não consigo dormir nem comer, porque ele está sempre me olhando. Quer me foder o tempo todo. Estou toda dolorida por dentro e por fora.

Sally deu dois passos para trás, quase tropeçando em Gillian, que ainda se agarrava a ela. Não era daquele jeito que as pessoas normalmente falavam com crianças, mas essa moça obviamente não dava a mínima para o que era certo ou errado. Sally podia ver que os olhos dela estavam vermelhos de tanto chorar. A boca parecia retorcida, como se somente palavras duras pudessem sair dos seus lábios.

– Onde estão as bruxas que fizeram isso comigo? – perguntou a moça.

As tias estavam espiando pela janela, observando o que a cobiça e a estupidez podiam fazer a uma pessoa. Balançaram a cabeça com tristeza, quando Sally olhou rapidamente para a janela. Elas não queriam se envolver mais com aquela moça. Há pessoas que não adianta avisar para que se mantenham longe do desastre. Pode-se até tentar, pode-se dar todos os alertas, mas elas, ainda assim, insistem em andar à beira do precipício.

– Nossas tias saíram de férias – disse Sally com uma voz fraca e insegura. Ela nunca tinha contado uma mentira antes e isso a deixou com um gosto amargo na garganta.

– Vá chamá-las! – berrou a moça. Ela não era mais a pessoa que costumava ser. No ensaio do coro, chorava durante seus solos e tinha de ser conduzida ao estacionamento para não atrapalhar todo o ensaio. – Faça isso já ou vai ver só!

– Deixe a gente em paz! – disse Gillian, da segurança do seu esconderijo, atrás de Sally. – Se não for embora, vamos colocar uma maldição ainda pior em você.

Ao ouvir isso, a moça da farmácia investiu com tudo. Tentou agarrar Gillian, erguendo o braço na direção da menina. Mas foi em Sally que ela acertou um tapa, golpeando-a com tanta força que a garota cambaleou, pisando no alecrim e na verbena. Por trás da vidraça, as tias recitaram as palavras que tinham aprendido quando criança, para aquietar as galinhas. Na época, havia um galinheiro cheio de esqueléticos galináceos marrons e brancos, mas, depois que as tias terminaram de recitar o encantamento, as aves nunca mais abriram o bico. Na verdade, foi por causa do seu silêncio que elas foram levadas por cães de rua no meio da noite.

– Oh! – exclamou Gillian, ao perceber o que acontecera à irmã. Uma marca vermelho-sangue estava se formando na bochecha de Sally, mas foi Gillian quem começou a chorar. – Sua mulher horrorosa! – gritou ela à moça. – Você é simplesmente horrível!

– Não me ouviram? Tragam agora as suas tias! – ou, pelo menos, foi isso o que a moça tentou dizer, porque ninguém ouviu nem uma palavra. Nada saiu da sua boca. Nem um berro nem um grito estridente, e muito menos um pedido de desculpas. Ela levou a mão à garganta, como se a estivessem estrangulando, mas na realidade estava se sentindo sufocada com todo aquele amor que julgara querer tanto.

Sally ficou olhando para a moça, cujo rosto já estava pálido de medo. Como se soube depois, a pobre moça da farmácia nunca mais falou novamente, embora às vezes emitisse pequenos arrulhos, como o pio de uma rolinha ou de um pombo, ou, quando estava realmente furiosa, um guincho estridente, que não era diferente do piado aterrorizado que as galinhas soltam quando são perseguidas e depois apanhadas, para acabar na panela. Suas amigas do coro lamentaram a perda da sua bela voz, mas com o passar do tempo começaram a evitá-la. As costas da moça ficaram arqueadas como a espinha de um gato pisando em brasas. Ela não conseguia ouvir uma palavra amável sem cobrir os ouvidos com as mãos e bater os pés no chão como uma criança mimada.

Pelo resto da vida, seria seguida a toda parte por um homem que a amava demais e que ela não podia nem mandar embora. Sally sabia que as tias nunca mais abririam a porta para essa cliente, nem que ela voltasse mil vezes. Essa moça não tinha o direito de exigir mais nada. O que ela estava pensando? Que o amor era um brinquedo, algo fácil e agradável, feito apenas para diversão? O verdadeiro amor era perigoso, dominava a pessoa por dentro e a prendia com suas garras e, se não se livrasse dele bem depressa, ela poderia acabar fazendo uma loucura em nome dele. Se a moça da farmácia tivesse sido mais esperta, teria pedido, desde o início, um antídoto, não um feitiço. No final, ela conseguiu o que queria e, se ainda não aprendera uma lição com isso, havia uma pessoa naquele jardim que aprendera. Uma menina que já sabia o bastante para entrar, trancar a porta três vezes e não derramar uma única lágrima, enquanto picava as cebolas, que de tão ácidas fariam qualquer outra pessoa chorar a noite inteira.

———◆———

Uma vez por ano, na véspera do solstício de verão, um pardal entrava na casa das Owens. Não importava como tentassem impedi-lo, o pássaro sempre conseguia se esgueirar para dentro. Podiam deixar pires com sal no peitoril das janelas e contratar alguém para consertar as calhas e o telhado, mas mesmo assim o pássaro aparecia. Entrava na casa ao escurecer, a hora da melancolia, e sempre chegava em silêncio, embora com uma estranha determinação que desafiava tanto o sal quanto os tijolos, como se a pobre criatura não tivesse escolha a não ser se empoleirar no drapeado das cortinas e no lustre empoeirado, de onde gotas de vidro escorriam feito lágrimas.

As tias mantinham as vassouras à mão, para afugentar o pássaro pela janela, mas o pardal voava alto demais para que o alcançassem. Enquanto ele esvoaçava ao redor da sala de jantar, as irmãs contavam, pois sabiam que três voltas ao redor da sala significava problemas, e eram sempre três voltas que ele dava. Problemas, naturalmente, não eram nenhuma novidade para as irmãs Owens, em especial na infância. Assim que as meninas iniciaram a escola secundária, os garotos que as tinham evitado durante todos aqueles anos repentinamente passaram a não conseguir mais se manter longe de Gillian. Ela podia ir ao mercado, para comprar uma lata de sopa de ervilha, e voltar namorando firme o rapaz que arrumava as prateleiras de comida congelada. Com o passar dos anos, a coisa só piorou. Talvez fosse o sabonete preto do banho, que fazia sua pele parecer iluminada. Qualquer que fosse a razão, ela era quente ao toque e impossível de se ignorar.

Os rapazes olhavam para ela e ficavam tão inebriados que tinham de ser levados às pressas ao pronto-socorro, para receber oxigênio ou um pouco de sangue. Homens que antes eram felizes no casamento e tinham idade para ser pai dela de repente metiam na cabeça que tinham de pedi-la em casamento e lhe oferecer o mundo, ou pelo menos a versão que tinham dele.

Quando Gillian usava saias curtas, provocava acidentes de carro na Rua Endicott. Quando ela passava, cães presos em canis, com grossas correntes de metal, esqueciam-se de rosnar e morder. Num feriado escaldante, Gillian cortou quase todo o cabelo, deixando-o curto como o de um rapaz, e praticamente todas as moças da cidade a imitaram. Mas nenhuma delas era capaz de parar o trânsito ao exibir o pescoço bonito. Nenhuma delas conseguia usar seu sorriso esplendoroso para ser aprovada em Biologia e Estudos Sociais, sem fazer uma única prova ou a lição de casa. Durante o verão em que Gillian tinha 16 anos, toda a equipe principal de futebol americano passava os sábados no jardim das tias. Ali era possível encontrá-los, em fila, desajeitados, silenciosos e loucamente apaixonados, arrancando ervas daninhas entre as fileiras de beladona e verbena, atentos para evitar a cebolinha, que era tão cáustica que queimava os dedos de um rapaz se ele não estivesse muito atento.

Gillian partia corações assim como outras pessoas partiam gravetos para fazer uma fogueira. Quando estava no último ano da escola secundária, ela fazia isso com tanta rapidez e desenvoltura que alguns rapazes só se davam conta do que havia acontecido quando já estavam com o coração despedaçado. Se alguém pegasse todos os apuros em que a maioria das garotas se metem na adolescência e os fervesse por 24 horas, acabaria com algo do tamanho de uma barra de chocolate. Mas se fizesse o mesmo com todos os apuros em que Gillian Owens se meteu, para não mencionar todo o desgosto que causou, teriam uma massa pegajosa da altura de um prédio de dez andares.

As tias não se preocupavam nem um pouco com a reputação de Gillian. Nem ao menos pensavam em lhe impor um horário para chegar em casa ou lhe passar um sermão. Quando Sally tirou sua carta de motorista, ela passou a usar a picape para fazer compras na mercearia e levar o entulho para o depósito de lixo, mas, assim que Gillian foi autorizada a dirigir, ela passou a pegar o veículo toda noite de sábado e só voltava para casa ao amanhecer. As tias ouviam Gillian se esgueirar pela porta da frente ao amanhecer e encontravam garrafas de cerveja escondidas no porta-luvas do Ford. Garotas serão sempre garotas, era como as tias explicavam esse comportamento, o que era verdade principalmente quando se tratava de uma Owens. O único conselho que as tias ofereciam era: é mais fácil evitar um bebê do que criá-lo; e até mesmo Gillian, por mais imprudente que fosse, podia enxergar a verdade disso.

Era com Sally que as tias se preocupavam. Sally, que toda noite preparava jantares nutritivos e depois lavava os pratos, que fazia as compras de mercado às terças-feiras e pendurava a roupa no varal às quintas, certificando-se de que os lençóis e as toalhas sempre ficassem com um aroma agradável. As tias tentavam incentivá-la a não ser tão boa. A bondade, na opinião delas, não era uma virtude, mas mera fraqueza e medo disfarçados de humildade. Na visão das tias, havia coisas mais importantes com que se preocupar do que camadas de poeira embaixo das camas ou folhas caídas amontoando-se na varanda. As mulheres Owens ignoravam as convenções, eram voluntariosas e obstinadas, e assim é que deveriam ser. As primas que haviam se casado sempre tinham feito questão de manter o próprio sobrenome e as filhas delas eram igualmente Owens. Regina, a mãe de Sally e Gillian, tinha sido uma jovem particularmente rebelde. As tias piscavam para conter as lágrimas sempre que se lembravam de Regina andando sobre a balaustrada da varanda, quando bebia um pouco mais de uísque, só com meias nos pés e os braços estendidos para se equilibrar. Talvez fosse um pouco tola, mas Regina sabia se divertir, uma capacidade de que as mulheres Owens se orgulhavam. Gillian tinha herdado a veia rebelde da mãe, mas Sally não sabia o que era se divertir.

– Saia um pouco de casa – estimulavam as tias nas noites de sábado, quando viam Sally enroscada no sofá com um livro da biblioteca. – Divirta-se – sugeriam elas, com suas vozes baixas e roucas, que conseguiam afugentar os caracóis do jardim, mas não conseguiam tirar Sally do sofá.

As tias tentavam ajudar Sally a ser mais sociável. Começaram a sair atrás de jovens educados, como outras senhoras idosas faziam com gatos abandonados. Colocavam anúncios nos jornais das faculdades e telefonavam para associações de estudantes. Todos os domingos, realizavam recepções ao ar livre, com sanduíches de carne e garrafas de cerveja preta, mas Sally simplesmente ficava sentada numa cadeira de metal, de pernas cruzadas, com a mente em outro lugar. As tias lhe compravam batons cor-de-rosa e sais de banho espanhóis. Encomendavam pelo reembolso postal vestidos de festa, combinações de renda e botas de camurça macia, mas Sally dava tudo a Gillian, que podia aproveitar melhor esses presentes, e continuava a ler seus livros nas noites de sábado, exatamente como lavava roupa nas quintas-feiras.

Isso não queria dizer que Sally não se esforçasse muito para se apaixonar. Era reflexiva e reservada, com uma assombrosa capacidade de concentração e, durante um certo tempo, aceitou convites para ir ao cinema e a bailes, e para passear em torno do pequeno lago no parque. Os rapazes que marcavam encontros com Sally na escola secundária ficavam espantados ao ver por quanto tempo ela conseguia se concentrar num único beijo e não podiam deixar de imaginar do que mais ela seria capaz. Vinte anos depois, muitos deles ainda se pegavam pensando em Sally quando não deviam, mas ela nunca se interessara por nenhum e não conseguia nem se lembrar do nome deles. Nunca saía duas vezes com o mesmo rapaz, porque na opinião dela isso não seria justo e, já naquela época, ela acreditava na importância de se jogar limpo, mesmo em questões tão estranhas e incomuns como o amor.

Testemunhar Gillian namorando metade da cidade fazia com que Sally se perguntasse se ela própria não teria apenas granito no lugar do coração. Mas, quando as irmãs acabaram a escola secundária, ficou claro que, embora Gillian fosse capaz de se apaixonar, ela não conseguia manter a mesma paixão por mais de duas semanas. Sally começou a pensar que ambas sofriam de uma maldição e, considerando o ambiente em que viviam e a criação que tiveram, realmente não era nenhuma surpresa que as irmãs tivessem tamanho azar no amor. As tias, afinal, ainda conservavam, sobre a cômoda, as fotografias dos jovens que tinham amado no passado, irmãos que tinham sido orgulhosos demais para procurar abrigo durante um piquenique em meio à tempestade. Os rapazes haviam sido fulminados por um raio no parque da cidade, o lugar onde estavam enterrados, sob uma lápide de pedra lisa e arredondada, onde pombos selvagens reuniam-se ao amanhecer e ao cair da noite. Todo mês de agosto, raios continuavam sendo atraídos para lá, e os namorados se desafiavam a atravessar correndo o parque assim que surgiam nuvens escuras de tempestade. Os namorados de Gillian eram os únicos cegos de amor a ponto de se arriscarem a ser fulminados, e dois deles tinham ido parar no hospital, depois de correr pelo parque, os cabelos para sempre arrepiados, os olhos arregalados daquele dia em diante, mesmo enquanto dormiam.

Quando Gillian tinha 18 anos, ficou apaixonada por três meses, tempo suficiente para decidir fugir para Maryland e se casar. Tinha de fugir porque as tias haviam se recusado a lhe dar sua bênção. Na opinião delas, Gillian era jovem e tola e engravidaria em tempo recorde – todos os pré-requisitos para uma vida medíocre e infeliz. Como vieram a saber, as tias tinham razão apenas sobre ela ser jovem e tola. Gillian não teve tempo de engravidar – duas semanas depois do casamento, ela trocou o marido pelo mecânico que consertara o seu Toyota. Essa foi a primeira de muitas desventuras matrimoniais, mas na noite em que ela fugiu qualquer coisa parecia possível, até a felicidade. Sally ajudou a amarrar lençóis brancos como uma corda, para que Gillian pudesse escapar. Sally considerava a irmã mais nova ansiosa e egoísta; Gillian julgava Sally presunçosa e puritana, mas ainda eram irmãs e, nesse momento em que estavam prestes a se separar, ficaram paradas diante da janela aberta, abraçaram-se e choraram, em seguida prometeram solenemente que ficariam longe uma da outra só por um curto período.

— Eu queria que você fosse conosco — a voz de Gillian estava sussurrante, da maneira que ficava durante tempestades com raios e trovoadas.

— Você não tem que fazer isso — dissera Sally. — Se não tem certeza.

— Já cansei das tias. Quero uma vida de verdade. Quero ir para um lugar onde ninguém jamais tenha ouvido falar das Owens.

Gillian estava usando um vestido branco curto, que tinha de ficar puxando para cobrir as coxas. Em vez de chorar, ela remexeu na bolsa até encontrar um maço de cigarros amarfanhado. As duas irmãs piscaram, quando ela acendeu o fósforo. Ficaram paradas no escuro, observando o brilho alaranjado da brasa do cigarro cada vez que Gillian inalava, e Sally nem se importou em reclamar que as cinzas quentes estavam caindo no chão que ela varrera mais cedo naquele dia.

— Prometa que você não vai continuar morando aqui — pediu Gillian. — Senão vai ficar toda enrugada como uma folha de papel. Vai arruinar a sua vida.

No jardim mais abaixo, o rapaz com quem Gillian estava prestes a fugir tinha começado a ficar impaciente. Gillian era conhecida por voltar atrás, quando chegava o momento de cumprir suas promessas. Na realidade, era famosa por isso. Somente naquele ano, três universitários tinham se convencido de que eram o eleito com quem Gillian pretendia se casar e cada um lhe dera de presente um anel de brilhante. Por um tempo, Gillian usou os três anéis pendurados numa corrente de ouro, mas no final devolveu todos, partindo corações em Princeton, Providence e Cambridge, todos na mesma semana. Os outros membros da sua turma de formandos fizeram apostas sobre quem seria seu par no baile de formatura, uma vez que ela estivera, durante meses, aceitando e recusando convites de vários pretendentes.

O rapaz no jardim, que em breve seria o primeiro marido de Gillian, começou a atirar pedras no telhado e o eco soava exatamente como uma tempestade de granizo. As irmãs se estreitaram num abraço, com a impressão de que o destino estava pegando as duas, dando-lhe uma sacudida e depois as soltando, como dados, em futuros completamente alternativos. Passariam-se anos antes que se vissem novamente. Seriam então mulheres adultas, maduras demais para contar segredos no ouvido uma da outra ou subir ao telhado no meio da noite.

– Venha conosco – disse Gillian.

– Não – respondeu Sally. – Impossível – de certos fatos do amor ela tinha certeza absoluta. – Somente duas pessoas podem fugir juntas.

Havia dúzias de pedras caindo no telhado, havia milhares de estrelas no céu.

– Vou sentir tanto a sua falta... – disse Gillian.

– Vá agora – disse Sally. Ela seria a última pessoa no mundo a deter a irmã. – É hora de você ir.

Gillian abraçou Sally uma última vez e, em seguida, desapareceu pela janela. Elas haviam servido às tias sopa de cevada, misturada com uma generosa quantidade de uísque, de modo que as duas senhoras estavam adormecidas no sofá. Não ouviram absolutamente nada. Mas Sally podia ouvir a irmã correndo pelo caminho de pedras mais abaixo, e chorou a noite toda, imaginando que ouvia passos, quando nada se movia no lado de fora, exceto os sapos do jardim. Pela manhã, Sally saiu para recolher os lençóis brancos que Gillian deixara empilhados ao lado das glicínias. Por que a roupa suja para lavar sempre sobrava para ela? Por que se importava que houvesse manchas no tecido, precisando de mais alvejante? Nunca se sentira mais sozinha ou abandonada. Se ao menos pudesse acreditar que o amor seria a sua salvação, mas para ela esse desejo tinha sido arruinado. Considerava o anseio por alguém uma obsessão, o fervor da paixão uma preocupação abrasadora demais. Desejava nunca ter se esgueirado pela escada dos fundos até o andar de baixo, para ouvir as clientes das tias chorando, suplicando e fazendo um papel ridículo. Tudo isso servira apenas para torná-la imune ao amor e, para falar a verdade, ela achava que isso provavelmente nunca iria mudar.

Nos dois anos seguintes, às vezes chegavam cartões-postais de Gillian, com muitos "abraços e beijos" e "queria que você estivesse aqui", mas sem o endereço do remetente. Durante todo esse tempo, Sally não acalentara muitas esperanças de que sua vida fosse acabar em outra coisa que não preparar refeições que as tias não queriam comer e arrumar uma casa em que o madeiramento nunca precisava ser polido. Ela tinha 21 anos, idade em que a maioria das moças estava concluindo a faculdade ou recebendo um aumento no trabalho, de modo que podiam se mudar para seu próprio apartamento, mas a coisa mais emocionante que Sally fazia era caminhar até a loja de ferragens. Às vezes levava quase uma hora para escolher um alvejante.

– O que acha? Qual é o melhor para o piso da cozinha? – ela perguntava ao balconista, um jovem bonito que ficava tão confuso com essa pergunta que simplesmente apontava um desinfetante.

O balconista tinha 1,93 metro e Sally nunca conseguia ver a expressão do seu rosto, enquanto ele lhe indicava o produto de limpeza preferido. Se fosse mais alta ou subisse na escada usada para abastecer as prateleiras, Sally teria reparado que, sempre que o balconista olhava para ela, estava com a boca entreaberta, como se quisesse que palavras escapassem dos seus lábios, para transmitir o que ele era tímido demais para expressar.

Da loja de ferragens até a sua casa, Sally ia chutando as pedras da calçada. Um bando de pássaros pretos pôs-se a segui-la, soltando piados estridentes e grasnando sobre como ela era uma criatura ridícula, e, embora se encolhesse cada vez que os pássaros sobrevoavam sua cabeça, Sally concordava com eles. Seu destino já parecia estar escrito. Ficaria para sempre esfregando o chão e chamando as tias para dentro, nas tardes frias e úmidas demais para que elas ficassem agachadas no jardim, com as mãos e os joelhos na terra. Na realidade, os dias estavam ficando cada vez mais iguais, levando-a até mesmo a confundi-los. Ela mal notava a diferença entre o inverno e a primavera. Mas o verão na casa das Owens seguia o seu próprio roteiro – aquele pássaro terrível que tirava a paz da família. E, quando o anoitecer do solstício seguinte chegou, Sally e as tias já estavam preparadas para seu indesejável convidado, como acontecia todos os anos. Estavam esperando na sala de jantar o pardal surgir, mas nada aconteceu. As horas se passaram – elas podiam ouvir o relógio na sala de visitas – e, ainda assim, nenhuma visita, nenhum adejar, nada de penas. Sally, com seu estranho medo de pássaros em voo, tinha amarrado um lenço na cabeça, mas percebeu que não havia nenhuma necessidade disso. Nenhum pássaro entrou pela janela ou pelo buraco no telhado que o faz-tudo não conseguira encontrar. Ele não deu três voltas na sala para anunciar infortúnio. Sequer bateu de leve na janela com seu bico pequeno e pontudo.

As tias se entreolharam, intrigadas. Mas Sally riu alto. Para ela, que sempre insistia por provas, aquela era uma poderosa evidência: as coisas podiam, sim, mudar. Elas se transformavam. Um ano não era exatamente como o ano seguinte, nem como o que vinha depois, nem como o que vinha depois desse. Sally saiu correndo de casa e continuou correndo até chegar à frente da loja de ferragens, onde se chocou contra o homem com quem se casaria. Assim que olhou para ele, Sally sentiu uma vertigem e teve de se sentar na guia da calçada, com a cabeça abaixada para não desmaiar, e o balconista que sabia tanto sobre lavagem de pisos de cozinha sentou-se bem ao lado dela, embora seu patrão gritasse para que ele voltasse ao trabalho, pois já se formava uma fila na frente do caixa.

O homem por quem Sally se apaixonou se chamava Michael. Era tão atencioso e gentil que beijou as tias na primeira vez que as encontrou e, no mesmo instante, perguntou se precisavam que levassem o lixo para fora, algo que as conquistou instantaneamente, dispensando todas as perguntas. Sally se casou com ele pouco tempo depois e se mudaram para o sótão, que de repente passou a ser o único lugar no mundo em que ela desejava estar.

Que Gillian viajasse da Califórnia para Memphis. Que se casasse e se divorciasse três vezes seguidas. Que beijasse todo homem que cruzasse o seu caminho e deixasse de cumprir toda promessa que algum dia fez sobre voltar para casa nas férias. Que sentisse pena da irmã, confinada naquela casa velha. Sally não se incomodava nem um pouco. Na opinião dela, era impossível existir neste mundo e não estar apaixonada por Michael. Até mesmo as tias haviam começado a esperar com expectativa o som do assobio dele, quando voltava da loja de ferragens, ao anoitecer. No outono, ele afofou a terra do jardim para as tias. No inverno, instalou nas janelas a proteção contra tempestades e tapou as frestas com massa de vidraceiro. Desmontou a antiga picape Ford e voltou a montá-la, e as tias ficaram tão impressionadas que lhe deram o carro, assim como sua eterna afeição. Ele sabia muito bem que devia ficar longe da cozinha, sobretudo depois do anoitecer, e, se reparava nas mulheres que batiam na porta dos fundos, nunca questionou Sally a respeito. Seus beijos eram lentos e profundos e ele gostava de despir Sally sob a luz do abajur da mesinha de cabeceira e sempre fazia questão de perder no gamão quando jogava com as tias.

Quando Michael se mudou para a casa delas, a própria casa começou a mudar, e até os morcegos do sótão sabiam disso e passaram a fazer ninhos do lado de fora, no barracão do jardim. No início do verão seguinte, as rosas ja tinham começado a crescer ao longo da balaustrada da varanda, sufocando as ervas daninhas, em vez do contrário. Em janeiro, a corrente de ar na sala de visitas desapareceu e o gelo não se acumulou no caminho de pedras. A casa continuou alegre e aquecida e, quando Antonia nasceu, em casa mesmo, pois uma terrível nevasca se formava do lado de fora, o lustre com lágrimas de vidro começou a balançar de um lado para o outro. Durante toda a noite, era como se um rio atravessasse a casa. O som era tão belo e tão real que os camundongos saíram das paredes, para se certificar de que a casa ainda estava de pé e uma campina não tomara seu lugar.

Por insistência das tias, Antonia recebeu o sobrenome Owens, de acordo com a tradição da família. As tias logo começaram a mimar a criança, adicionando calda de chocolate às mamadeiras, deixando que ela brincasse com as pérolas dos colares partidos, levando-a ao jardim para fazer tortas de barro e colher alcachofras, tão logo começou a engatinhar. Antonia teria sido absolutamente feliz se fosse filha única para sempre, mas três anos e meio depois, exatamente à meia-noite, nasceu Kylie, e todos perceberam de imediato o quanto a menina era fora do comum. Até mesmo as tias, que não poderiam amar mais uma criança como amavam Antonia, previram que Kylie enxergaria o que os outros não eram capazes de enxergar. Ela inclinava a cabeça e ouvia a chuva antes que os primeiros pingos começassem a cair. Apontava para o teto momentos antes de uma libélula aparecer, exatamente no lugar onde apontara. Kylie era um bebê muito bonzinho, que fazia as pessoas se sentirem tranquilas e sonolentas só de espiá-la dentro do carrinho. Os mosquitos nunca a mordiam e os gatos pretos das tias não a arranhavam, mesmo quando ela tentava agarrar o rabo deles. Kylie era um doce de criança, tão encantadora e meiga que Antonia se tornava, a cada dia, mais ciumenta e voluntariosa.

– Olhem para mim! – gritava ela, sempre que se arrumava com os velhos vestidos de chiffon das tias ou quando acabava com todas as ervilhas do seu prato.

Sally e Michael afagavam a cabeça dela e continuavam absortos nos cuidados com o bebê; mas as tias, no entanto, sabiam o que Antonia queria ouvir. Elas a levavam para o jardim à meia-noite, uma hora muito adiantada para um bebezinho bobo, e mostravam a ela que a beladona floria no escuro e que, se escutasse atentamente com seus ouvidos de menina crescida, muito mais sensíveis do que os da irmã menor jamais seriam, ela poderia escutar as minhocas cavando túneis na terra.

Para comemorar a chegada do bebê, Michael convidara para uma festa todos os funcionários da loja de ferragens, onde agora era gerente, e todos os vizinhos do quarteirão. Para a surpresa de Sally, todos compareceram. Mesmo os convidados que antes tinham receio de passar em frente à casa delas em noites escuras, mesmo que apressadamente, pareciam ansiosos para ir comemorar. Eles tomaram cerveja gelada, comeram bolo de chantili e dançaram no caminho de pedras. Antonia estava vestida de renda e organdi, e um grupo de admiradores aplaudiu quando Michael a colocou em pé sobre uma velha mesa de piquenique, para que ela pudesse cantar "The Old Gray Mare" e "Yankee Doodle".

A princípio, as tias se recusaram a participar e insistiram em acompanhar a festa pela janela da cozinha, como pedaços de papel preto colados ao vidro. Elas eram senhoras idosas antissociais, que tinham coisa melhor a fazer com seu tempo, ou pelo menos era o que diziam. Mas nem elas conseguiram resistir ao impulso de se reunir aos convidados e, quando por fim todo mundo ergueu um copo de champanhe para brindar o novo bebê, as tias chocaram a todos entrando no jardim para o brinde. No espírito da festa, atiraram os copos na trilha, não se importando que, por semanas, ainda se encontrassem cacos de vidro na terra, entre os canteiros de repolho.

Você não acreditaria se visse como tudo mudou, confidenciava Sally à irmã. Ela escrevia a Gillian pelo menos duas vezes por mês, num papel de carta azul-claro. Às vezes, essa tentativa de contato não dava certo, pois ela enviava as cartas para St. Louis, por exemplo, só para descobrir que a irmã já se mudara para o Texas. *Parecemos tão normais*, escrevia Sally. *Você cairia dura se visse. Eu juro pra você.*

Eles jantavam juntos todas as noites, quando Michael voltava do trabalho, e as tias já não balançavam a cabeça ao ver os saudáveis pratos de legumes que Sally insistia em servir às filhas. Embora não dessem muita importância aos bons modos, elas não estalavam mais a língua quando viam Antonia tirando a mesa. Não reclamaram quando Sally matriculou Antonia na escola maternal do centro comunitário, onde lhe ensinaram a dizer "Por favor" e "Obrigada", se quisesse biscoitos, e sugeriram que talvez fosse melhor que ela não carregasse minhocas nos bolsos se quisesse que as outras coleguinhas brincassem com ela. As tias, porém, não cediam quando se tratava de dar festas infantis, pois isso significaria alegres monstrinhos desordeiros perambulando pela casa, rindo e tomando *pink limonade,* e deixando jujubas espalhadas entre as almofadas do sofá.

Nos aniversários e feriados, Sally se acostumou a dar festas no salão dos fundos da loja de ferragens, onde havia uma máquina de chicletes e um pônei de metal que as crianças podiam montar de graça a tarde inteira, se soubessem chutá-lo com os joelhos. Todas as crianças da cidade cobiçavam o convite para uma dessas festas.

– Não se esqueça de mim – diziam as meninas da turma de Antonia, para lembrá-la, quando estava chegando o dia do seu aniversário.

– Sou sua melhor amiga – sussurravam elas, quando o Halloween e o Dia da Independência se aproximavam.

Quando Sally e Michael levavam as crianças para passear, os vizinhos acenavam em vez de atravessar a rua às pressas. Não demorou muito para que eles começassem a ser convidados para os jantares em que cada um contribuía com um prato e para as festas de Natal; houve um ano, inclusive, em que Sally chegou a ser incumbida da barraca de tortas, na Feira da Colheita.

É justamente o que eu queria, escreveu Sally. *Sem tirar nem pôr. Venha nos visitar,* suplicava ela, mas sabia que Gillian nunca voltaria por vontade própria. A irmã tinha confessado que, bastava se lembrar do nome da sua cidade, para começar a se coçar. Era só bater os olhos num mapa de Massachusetts para ficar com náuseas. O passado era tão detestável que ela se recusava a pensar nele; ainda acordava à noite se lembrando das orfãzinhas patéticas que elas tinham sido. Fazer uma visita, nem pensar. Era melhor esquecer qualquer tipo de relacionamento com as tias, que nunca tinham entendido o que significava para as irmãs serem tão marginalizadas. Alguém teria de pagar a Gillian um quarto de milhão, à vista, para conseguir que ela voltasse ao Mississippi, mesmo ela querendo muito conhecer as queridas sobrinhas, que estavam, é claro, sempre no coração dela.

A lição que tanto tempo atrás Sally tinha aprendido na cozinha – ter cuidado com o que se deseja – estava tão distante e esquecida que já tinha virado poeira. Mas era a espécie de poeira que nunca pode ser varrida; em vez disso, acumula-se nos cantos e entra nos olhos daqueles a quem se ama, quando uma corrente de ar atravessa a casa. Antonia estava com quase 4 anos e Kylie estava começando a dormir a noite inteira, e a vida parecia maravilhosa em todos os aspectos, quando encontraram o anóbio junto à cadeira em que Michael geralmente se sentava para jantar. Esse besouro, que parece marcar o tempo com estalidos que lembram o tique-taque de um relógio, emite o som que ninguém jamais quer ouvir junto à pessoa amada. O prazo de um homem na terra é bem limitado, mas, quando o tiquetaquear desse besouro começa, não há mais como detê-lo. Não há nenhuma tomada que se possa puxar, nenhum pêndulo que se possa parar, nenhum botão que se possa apertar para recuperar o tempo que um dia se pensou possuir.

Durante várias semanas as tias ouviram o tique-taque e, por fim, chamaram Sally de lado para dar o alerta, mas a sobrinha não deu atenção.

– Que bobagem! – disse ela, rindo alto.

Ela tolerava as clientes que, de vez em quando, ainda batiam na porta dos fundos ao anoitecer, mas não deixaria que essas tolices das tias afetassem a sua família. A prática das tias era uma asneira e nada mais, um mingau feito para alimentar as ilusões dos desesperados. Sally não ouviria nem mais uma palavra sobre aquilo. Não olharia quando as tias insistissem em apontar para o cachorro preto que passara a ficar sentado na calçada toda noite. Não daria ouvidos quando elas jurassem que o cachorro virava a cara para o céu toda vez que Michael se aproximava e que uivava ao avistá-lo, recuando para longe da sua sombra, com o rabo entre as pernas.

Mesmo contrariando Sally, as tias colocaram murta sob o travesseiro de Michael e insistiram para que ele tomasse banho com azevinho e usasse uma barra do seu sabonete preto especial. No bolso do casaco dele, elas enfiaram furtivamente o pé de um coelho que certa vez apanharam comendo alface do jardim. Misturavam alecrim aos flocos de cereal do seu café da manhã e alfazema na xícara de chá que tomava toda noite. Ainda assim, ouviam o besouro na sala de jantar. Por fim, recitaram uma prece de trás para a frente, o que, evidentemente, trouxe várias consequências: logo todos na casa ficaram gripados, tiveram insônia e passaram a sofrer de uma erupção de pele que durou várias semanas e não desapareceu nem mesmo quando esfregaram no local uma mistura de calamina e bálsamo-de-meca. Ali pelo final do inverno, Kylie e Antonia começaram a chorar sempre que o pai tentava sair do quarto. As tias explicaram a Sally que ninguém que estivesse condenado à morte conseguia ouvir o barulho que o besouro fazia e era por isso que Michael insistia em dizer que nada de ruim iria acontecer. Mesmo assim, ele deveria ter pressentido alguma coisa: parou de usar relógio de pulso e atrasou todos os relógios da casa. Depois, quando o tique-taque do besouro ficou mais alto, baixou todas as persianas e manteve-as assim dia e noite, como se pudesse parar o tempo. Como se pudesse fazer alguma coisa.

Sally não acreditava em uma palavra que as tias diziam. Ainda assim, toda aquela conversa sobre morte mexeu com os nervos dela. Sua pele ficou manchada, o cabelo perdeu o brilho. Ela parou de comer e de dormir, e detestava quando Michael estava longe dos seus olhos. Agora, sempre que ele a beijava, ela chorava e desejava nunca ter se apaixonado. Isso a deixava vulnerável demais, porque era isso mesmo que o amor fazia. Não havia meio de contorná-lo nem de combatê-lo. Agora, se ela o perdesse, perderia tudo. Não que algo fosse acontecer só porque as tias diziam que aconteceria. Aliás, elas não sabiam de nada. Sally tinha ido até a biblioteca pública e examinado todas as obras de referência sobre insetos. O anóbio roía madeira e nada mais. O que as tias achariam daquilo! A mobília e o madeiramento talvez estivessem em risco, mas carne e ossos estavam a salvo, ou pelo menos era nisso que Sally acreditava na época.

Numa tarde chuvosa, enquanto estava dobrando uma toalha de mesa branca, Sally achou ter ouvido alguma coisa. A sala de jantar estava vazia e não havia mais ninguém em casa, mas ali estava! Um estalido, como uma pulsação ou o tique-taque de relógio. Ela cobriu os ouvidos com as mãos, deixando a toalha de mesa cair no chão, numa pilha de linho limpo. Recusava-se a acreditar em superstição, ela não acreditaria; contudo, aquilo estava lhe dizendo o contrário, e foi aí que ela viu algo disparar sob a cadeira de Michael. Uma criatura escura, veloz e astuta demais para ser esmagada com o salto de uma bota.

Naquela noite, Sally encontrou as tias na cozinha ao cair da tarde. Caiu de joelhos e implorou para que a ajudassem, exatamente como todas aquelas mulheres desesperadas tinham feito antes dela. Ofereceu tudo o que possuía de algum valor: os anéis que tinha nos dedos, as duas filhas, seu sangue, mas as tias balançaram a cabeça com tristeza.

– Faço qualquer coisa – suplicou Sally. – Acredito em qualquer coisa. Apenas me digam o que fazer.

Mas as tias já tinham feito tudo o que estava ao alcance delas e o besouro ainda insistia em ficar ao lado da cadeira de Michael. Há destinos que já estão traçados, não importa quem tente intervir. Numa noite de primavera, de clima particularmente ameno e agradável, Michael foi atravessar a rua, na saída do trabalho, e foi atropelado por um carro cheio de adolescentes que, para celebrar sua coragem e juventude, tinham bebido demais.

Depois disso, Sally não falou por um ano inteiro. Ela simplesmente não tinha nada a dizer. Não conseguia olhar para as tias. Na sua opinião, elas não passavam de charlatãs desprezíveis, velhotas que não tinham mais poder que as moscas deixadas para morrer no peitoril da janela, presas atrás do vidro, com as asas translúcidas batendo debilmente. *Me deixem sair! Me deixem sair!* Se ela ouvia o farfalhar das saias das tias anunciando sua entrada num cômodo, Sally já tratava de bater em retirada. Se reconhecia os passos das duas na escada, quando vinham ver como ela estava ou lhe desejar boa-noite, ela se levantava da cadeira junto à janela a tempo de trancar a porta e nunca as ouvia bater; simplesmente cobria os ouvidos com as mãos.

Sempre que Sally ia à farmácia comprar pasta de dentes ou creme para assadura, via a moça atrás do balcão e seus olhares se encontravam. Sally compreendia agora o que o amor podia fazer a uma pessoa. Compreendia bem demais, para jamais permitir que aquilo lhe acontecesse novamente. A pobre moça da farmácia não devia ter mais de 30 anos, mas parecia uma velha, o cabelo já estava branco. Se precisava informar algo a uma pessoa – um preço, por exemplo, ou qual era o sundae especial da semana –, ela tinha de escrever a informação num bloco de papel. O marido ficava sentado no último banquinho do balcão praticamente o tempo todo, esticando por horas uma xícara de café. Mas Sally mal o notava. Era da mulher que ela não conseguia tirar os olhos. Estava procurando aquela pessoa que havia aparecido pela primeira vez na cozinha das tias; uma moça meiga, risonha e cheia de esperança.

Num sábado, quando Sally estava comprando vitamina C, a moça da farmácia lhe estendeu furtivamente um pedaço de papel junto com o troco. *Me ajude*, tinha escrito ela, numa caligrafia perfeita. Mas Sally não podia sequer ajudar a si mesma! Não fora capaz de ajudar as filhas ou o marido ou mudar o jeito como o mundo tinha ficado fora de controle. A partir de então, Sally parou de fazer compras na farmácia. Em vez disso, pedia que as compras lhe fossem entregues em casa, por um menino da escola secundária, que deixava a encomenda no caminho de pedras – fosse com chuva, geada ou neve –, recusando-se a ir até a porta, mesmo que isso significasse perder a gorjeta.

No decorrer daquele ano, Sally deixou que as tias cuidassem de Antonia e Kylie. Deixou que as abelhas fizessem colmeias nos caibros do telhado em julho e que a neve se acumulasse ao longo do caminho de pedras em janeiro, de modo que o carteiro, que sempre tivera receio de quebrar o pescoço de um jeito ou de outro, ao entregar a correspondência às Owens, não se arriscava a ir além do portão. Sally não se preocupava mais em preparar jantares saudáveis e estabelecer um horário para as refeições. Ela não comia enquanto não se sentisse faminta, depois espetava com o garfo ervilhas em conserva direto da lata e as mastigava parada perto da pia. Seu cabelo tornou-se permanentemente emaranhado e havia buracos em suas meias e luvas. Ela raramente saía e, quando isso acontecia, as pessoas tratavam de evitá-la. As crianças tinham medo da expressão vazia em seus olhos. Vizinhas que costumavam convidá-la para tomar café agora atravessavam a rua se a vissem se aproximando e murmuravam uma oração às pressas. Preferiam olhar direto para o sol e ficar temporariamente cegas do que ver o que tinha acontecido a Sally.

Uma vez por semana, Gillian telefonava, sempre nas noites de terça-feira às dez horas da noite, o único compromisso que ela cumpria à risca havia anos. Sally segurava o fone junto ao ouvido e escutava, mas ainda assim não falava.

– Você não pode desmoronar desse jeito – insistia Gillian, com sua voz expressiva e urgente. – Esse papel sempre foi meu.

Apesar de tudo, era Sally que não tomava banho, não comia nem brincava de bater palminhas ao som de uma canção com seu bebê. Era ela quem chorava tanto que havia manhãs em que não conseguia abrir os olhos. Toda noite esquadrinhava com os olhos a sala de jantar em busca do anóbio que supostamente causara todo aquele desgosto. Claro que nunca o encontrou e, portanto, não acreditava na superstição. Mas essas criaturas se escondem nas dobras das saias pretas de uma viúva e sob os lençóis brancos onde uma pessoa se agita em seu sono inquieto, sonhando com tudo o que nunca terá. Com o tempo, Sally passou a não acreditar mais em nada e, assim, o mundo todo ficou cinzento. Ela não conseguia mais enxergar o laranja ou o vermelho, e determinados tons de verde – como seu suéter predileto e as folhas dos brotos de narciso – desapareceram completamente.

– Acorde! – dizia Gillian, quando telefonava na hora marcada. – O que tenho de fazer para tirá-la dessa letargia?

Realmente não havia nada que Gillian pudesse dizer, embora Sally continuasse atendendo quando ela telefonava. Refletia sobre os conselhos da irmã porque, ultimamente, a voz de Gillian era o único som que desejava ouvir. Ela trazia um consolo que nada mais conseguia proporcionar, e Sally se via postada junto ao telefone às terças-feiras, aguardando a ligação da irmã.

– A vida é para os vivos – dizia Gillian. – A vida é o que você faz dela. Vamos. Apenas ouça o que estou dizendo. Por favor.

Sally refletia por muito tempo e com atenção, cada vez que desligava o telefone. Pensava na moça da farmácia e no som dos passos de Antonia na escada, quando ia para a cama sem um abraço de boa noite. Pensava na vida de Michael e na morte dele, e em todos os segundos que haviam passado juntos. Relembrava cada um dos seus beijos e todas as palavras que ele algum dia lhe dissera. Tudo ainda estava cinzento – as pinturas que Antonia trazia da escola e enfiava por baixo da porta da mãe, o pijama de flanela que Kylie usava nas manhãs frias, as cortinas de veludo que mantinham o mundo à distância. Mas agora Sally começava a ordenar as coisas em sua mente – dor e alegria, notas e moedas, o choro de um bebê e a expressão no rosto dele quando lhe sopravam um beijo numa tarde de vento. Tais coisas talvez valessem a pena; um olhar de relance, uma espiada, um olhar mais atento.

E, depois de um ano, no mesmo dia e no mesmo instante em que Michael estivera prestes a atravessar a rua, Sally enxergou folhas verdes do lado de fora da sua janela. Era uma trepadeira delicada, que sempre subira pelo cano até o telhado, mas nesse dia Sally reparou em como cada folha era tenra, absolutamente nova, de modo que o verde era quase amarelo e o amarelo, intenso como manteiga. Sally desperdiçava uma boa parte do seu dia na cama e já passava do meio-dia. Ela viu a luz dourada filtrando-se pelas cortinas e o modo como se espalhava em listras pela parede. Rapidamente se levantou da cama e escovou os longos cabelos negros. Colocou um vestido que não usava desde a última primavera, tirou o casaco do gancho ao lado da porta dos fundos e saiu para dar um passeio.

Mais uma vez era primavera e o azul do céu era de tirar o fôlego. Ele estava azul e ela conseguia enxergá-lo; a cor dos olhos dele, a cor das veias sob a pele e da esperança e das camisas penduradas no varal. Sally conseguia distinguir quase todas as tonalidades e nuances que durante todo o ano tinham desaparecido, embora ainda não conseguisse enxergar o laranja, que está próximo demais da cor desbotada da placa de Pare que os adolescentes não tinham visto no dia em que Michael fora atropelado, e que ela nunca veria de novo. Mas o laranja nunca fora uma das cores favoritas de Sally; uma pequena perda, considerando todas as outras.

Ela continuou passeando pelo centro da cidade, vestida com o velho casaco de lã e calçando as botas pretas de cano alto. Era um dia morno e com uma leve brisa, mas quente demais para as roupas pesadas de Sally, por isso ela tirou o casaco. O sol atravessava o tecido do vestido, uma cálida mão sobre a carne e os ossos. Sally tinha a impressão de que voltava do mundo dos mortos e agora se sentia particularmente sensível ao mundo dos vivos: o toque do vento contra a pele, os mosquitos no ar, o cheiro de lama e folhas novas, a suavidade dos azuis e dos verdes. Pela primeira vez depois de muito tempo, Sally imaginou como seria agradável falar novamente, ler histórias para as filhas na hora de dormir, recitar um poema e falar o nome de todas as flores que desabrochavam no início da estação, o lírio-do-vale, o nabo-selvagem e o jacinto roxo. Ela estava pensando em flores, aquelas brancas com formato de sino, quando, sem nenhuma razão especial, dobrou à esquerda na Rua Endicott e seguiu na direção do parque.

Nesse parque, havia um laguinho onde reinava um casal de cisnes malcomportados, uma área de lazer com escorregador e balanços e um gramado onde os meninos mais velhos jogavam partidas de futebol e jogos de beisebol que iam até muito depois do pôr do sol. Sally podia ouvir as vozes das crianças brincando e apressou o passo, ansiosa para entrar no parque. Suas bochechas estavam rosadas e seus longos cabelos pretos esvoaçavam nas costas como uma fita. Por mais assombroso que fosse, ela havia descoberto que ainda era jovem. Sally planejava descer a trilha até o lago, mas parou ao ver o banco de ferro batido. Sentadas ali, como faziam todos os dias, estavam as tias. Sally nunca pensara em perguntar o que elas faziam com as crianças o dia inteiro, enquanto ela ficava na cama, sem forças para se arrastar para fora das cobertas até que as longas sombras da tarde caíam sobre a sua fronha.

No passeio desse dia, as tias tinham levado com elas o tricô. Estavam tricotando uma coberta para o berço de Kylie, feita da mais fina lã preta; uma manta tão macia que, sempre que Kylie dormisse embaixo dela, sonharia com carneirinhos pretos e campinas verdejantes. Antonia estava ao lado das tias, as pernas cruzadas como uma mocinha. Kylie tinha sido colocada na grama, onde estava sentada imóvel. Todas usavam casacos de lã preta e suas cútis pareciam pálidas à luz da tarde. O cabelo vermelho de Antonia estava particularmente brilhante, uma cor tão vibrante e magnífica que parecia quase artificial à luz do sol. As tias não conversavam e as meninas certamente não brincavam. As tias não viam sentido em pular corda ou jogar uma bola de um lado para o outro. Na opinião delas, essas tolices eram pura perda de tempo. Melhor era observar o mundo à sua volta. Era olhar os cisnes, o céu azul e as outras crianças, que gritavam e riam nos ruidosos jogos de bola e de pega-pega. Aprender a ficar tão quieto quanto um camundongo. Concentrar-se até ficar tão silencioso quanto uma aranha na grama.

Uma bola foi arremessada por uma turma de meninos desordeiros e, por fim, chutada com força demais. Ela voou pelo translúcido céu azul e rolou pela grama, passando por um marmeleiro florido. Antonia, que estava imaginando que era um gaio azul, livre entre os galhos de um vidoeiro, saltou alegremente do banco e pegou a bola, em seguida correu em direção ao menino que fora encarregado de buscá-la. O garoto não tinha mais de 10 anos, mas ficou imóvel como uma estátua, branco como um fantasma, quando Antonia se aproximou. Ela estendeu a bola para ele.

– Tome – disse Antonia.

Mas, a essa altura, todas as crianças no parque já tinham interrompido suas brincadeiras. Os cisnes bateram suas grandes e belas asas. Mais de dez anos depois, Sally ainda sonha com aqueles cisnes, um macho e uma fêmea, que guardavam o laguinho com a ferocidade de dois dobermans. Ela sonha com o jeito como as tias estalavam a língua tristemente, quando já sabiam o que estava prestes a acontecer.

A pobre Antonia olhava para o menino, que não se movia e nem parecia estar respirando. Ela inclinou a cabeça, como se tentasse imaginar se ele era burro ou simplesmente educado demais.

– Não quer a bola? – ela perguntou.

Os cisnes levantaram voo lentamente, quando o menino correu para Antonia, agarrou a bola e a empurrou, fazendo-a cair no chão. Seu casaco preto flutuou atrás dela, os sapatos pretos saíram dos pés.

– Não faz isso! – Sally gritou. Suas primeiras palavras em um ano.

Todas as crianças ao redor a ouviram. E começaram a correr juntas, afastando-se o máximo possível de Antonia Owens, que poderia rogar uma praga numa pessoa se ela lhe fizesse mal; e das tias dela, que poderiam ferver sapos de jardim e jogá-los furtivamente no ensopado de uma pessoa; e da mãe dela, que estava tão zangada e protetora que poderia simplesmente congelar uma pessoa no tempo, deixando-a para sempre presa na grama verde, com a idade de 10 ou 11 anos.

Naquela mesma noite, Sally fez as malas. Ela amava as tias e sabia que elas tinham boas intenções, mas o que desejava para as filhas era algo que as tias nunca poderiam oferecer. Queria uma cidade onde ninguém apontasse o dedo para elas, quando as filhas andassem na rua. Queria ter sua própria casa, onde pudesse fazer festas de aniversário na sala de estar, com serpentinas, um palhaço contratado e um bolo, e uma vizinhança onde todas as casas fossem iguais e nenhuma delas tivesse um telhado de ardósia onde os esquilos faziam tocas ou houvesse morcegos no jardim ou um madeiramento que nunca precisava ser polido. Pela manhã, Sally telefonou para um corretor de móveis em Nova York e depois arrastou suas malas até a varanda. As tias insistiam em dizer que, não importava o que acontecesse, o passado seguiria Sally por toda parte. Ela acabaria como Gillian, uma alma desolada que só ficava mais triste a cada nova cidade em que morava. Ela não podia fugir, foi o que lhe disseram, mas na opinião de Sally nada garantia isso. Por mais de um ano ninguém dirigia a velha picape, mas o motor pegou na primeira tentativa e bufava como uma chaleira, enquanto Sally acomodava as meninas no banco de trás. As tias asseguraram que ela seria infeliz e sacudiram o dedo para ela. Mas, assim que Sally acelerou a picape, as tias começaram a encolher até ficarem pequenas como cogumelos pretos, acenando um adeus do fim da rua. Ali Sally e Gillian costumavam brincar de amarelinha nos dias quentes de agosto, quando só tinham a companhia uma da outra e todo o asfalto à volta delas derretia, formando poças de piche.

Sally chegou à Estrada 95 e seguiu para o sul, só parando quando Kylie acordou, suada, confusa e superaquecida sob a manta de lã preta que exalava alfazema, o cheiro que sempre impregnava as roupas das tias. Kylie tinha sonhado que estava sendo perseguida por um rebanho de carneiros e acordou gritando "Béé! Béé!", com voz de pânico. Em seguida, pulou no banco da frente para ficar mais perto da mãe. Sally acalmou-a com um abraço apertado e a promessa de um sorvete, mas lidar com Antonia não era tão fácil assim.

Antonia, que amava as tias e sempre fora sua favorita, recusava-se a ser consolada. Estava usando um dos vestidos pretos que tinham mandado fazer para ela, na modista da Peabody, e seu cabelo vermelho projetava-se da cabeça em mechas raivosas. Do seu corpo desprendia um odor azedo e cítrico, que era uma mistura de partes iguais de fúria e desespero.

– Eu desprezo você! – ela informou a Sally, quando estavam sentadas na cabina da balsa que as levaria para o outro lado do Estuário de Long Island.

Aquele era um daqueles dias estranhos e surpreendentes de primavera que de repente ficavam quase tão quentes quanto um dia de verão. Sally e as filhas estavam comendo pedaços pegajosos de tangerina e tomando as Coca-Colas que tinham comprado na lanchonete, mas, com as ondas se tornando cada vez mais violentas, o estômago das duas estava revirado. Sally acabava de escrever um cartão-postal que planejava enviar a Gillian, embora não tivesse certeza se a irmã ainda se achava em seu último endereço. *Finalmente fui embora*, rabiscava ela, com uma letra que era mais descuidada do que qualquer pessoa teria esperado de alguém tão metódico. *Fiz uma corda de lençóis e pulei!*

– Eu vou odiar você pelo resto da minha vida – prosseguiu Antonia, e suas mãozinhas se fecharam em punhos.

– Esse é um direito seu – disse Sally numa voz descontraída, embora bem no fundo estivesse magoada. Ela abanou o cartão-postal diante do rosto para se refrescar. Antonia de fato conseguia tirá-la do sério, mas dessa vez não ia deixar que isso acontecesse. – Mas acho que você vai mudar de ideia.

– Não – disse Antonia. – Não vou. Nunca vou te perdoar.

As tias haviam se apaixonado por Antonia porque ela era bonita e impertinente. Elas a incentivavam a ser mandona e egocêntrica e, naquele ano em que Sally vivera triste e arrasada demais para falar com as filhas, ou ao menos para se interessar por elas, elas deixaram que Antonia ficasse acordada até depois da meia-noite e mandasse nos adultos. Ela jantava barras de chocolate com recheio de manteiga de amendoim e brincava de bater na irmã caçula com um canudo de jornal. Por um tempo, Antonia só tinha feito o que lhe agradava e era bem esperta para saber que tudo aquilo mudaria desse dia em diante. Ela atirou a tangerina no piso do convés e a esmagou com o pé e, quando isso não funcionou, chorou e suplicou para que a mãe a levasse de volta para casa.

– Por favor! – ela implorou à mãe. – Eu quero as tias. Me leva de volta pra lá. Eu vou ser boazinha – prometeu.

A essa altura, Sally também estava chorando. Quando era menina, eram as tias que se sentavam à beira da cama dela a noite toda, sempre que ela tinha uma infecção de ouvido ou uma gripe. Elas que lhe contavam histórias e lhe preparavam canja e chá quente. Elas que ninavam Gillian, quando ela não conseguia dormir, sobretudo no início, logo que as meninas foram morar na casa da Rua Magnólia, e Gillian não conseguia pregar os olhos.

Caía uma tempestade na noite em que Sally e Gillian foram avisadas de que os pais não voltariam mais para casa, e foi um verdadeiro azar que outro temporal caísse quando as duas estavam em pleno voo, a caminho de Massachusetts. Sally tinha 4 anos, mas se lembra dos relâmpagos que via pelas janelas do avião. Ela podia fechar os olhos e rever a cena sem a menor dificuldade. Estavam bem alto no céu, ao lado daquelas ameaçadoras nuvens brancas, sem nenhum lugar para se esconder. Gillian já vomitara várias vezes e, assim que o avião começou a pousar, ela se pôs a gritar. Sally teve de que tampar a boca da irmã e prometer chicletes e balas de alcaçuz, se ela ficasse quieta por mais uns minutinhos.

Sally tinha escolhido os seus melhores vestidos de festa para as duas usarem na viagem. O de Gillian era violeta, o de Sally, cor-de-rosa com acabamento de renda marfim. Elas cruzaram o terminal do aeroporto de mãos dadas, com atenção no estranho ruído que a armação dos vestidos fazia cada vez que davam um passo, quando viram as tias esperando por elas. As duas estavam nas pontas dos pés, para enxergar melhor o portal de desembarque. Tinham balões amarrados nos punhos, para que as sobrinhas as reconhecessem. Depois de abraçarem as meninas e pegarem suas pequenas valises de couro, as tias agasalharam Sally e Gillian com casacos de lã preta, depois enfiaram a mão nos bolsos e estenderam para elas balas de goma e de alcaçuz vermelhas, como se soubessem exatamente do que menininhas precisavam ou o que poderiam querer.

Sally era grata por tudo o que as tias tinham feito, realmente era. Ainda assim, já tomara sua decisão. Pegaria, com o corretor de imóveis, a chave da casa que mais tarde compraria, depois conseguiria alguns móveis. Teria de arranjar um emprego, mas ainda tinha algum dinheiro da apólice de seguros de Michael e, francamente, não estava disposta a pensar no passado ou no futuro. Estava pensando na rodovia à sua frente. Estava pensando na sinalização da estrada e nas curvas e simplesmente não ia aguentar ouvir quando Antonia começou a berrar, fazendo com que Kylie também começasse. Em vez disso, ligou o rádio, cantou junto com a música e disse a si mesma que, às vezes, a coisa certa a fazer parecia totalmente errada até que estivesse consumada.

Quando entraram com o carro na entrada de automóveis da sua nova casa, já era quase noite. Um grupo de crianças estava brincando de bola na rua e, quando Sally saiu do carro, acenou para elas e todas as crianças acenaram de volta, sem exceção. Um tordo estava no gramado da frente, dando puxões nas folhas de grama e nas ervas daninhas e, na rua inteira, luzes eram acesas e mesas eram postas para o jantar. O cheiro de carne assada, galinha com páprica e lasanha flutuava no ar quente. As filhas de Sally tinham adormecido no banco traseiro, os rostos manchados de sujeira e lágrimas. Sally tinha comprado para elas sorvetes de casquinha e pirulitos, contado histórias durante horas e parado em duas lojas de brinquedos. Ainda assim, levaria anos até que as duas a perdoassem.

Elas riram da cerquinha branca que Sally ergueu na beira do gramado. Antonia pediu para pintar de preto as paredes do seu quarto e Kylie suplicou para ter um gatinho preto. Nenhum dos dois pedidos foi atendido. O quarto de Antonia foi pintado de amarelo e Kylie ganhou um peixinho dourado chamado Raio de Sol, mas isso não significava que as meninas tivessem esquecido suas origens ou não quisessem retornar.

Todo verão, em agosto, elas visitavam as tias. Ficavam com a respiração suspensa assim que dobravam a esquina da Rua Magnólia e avistavam o velho casarão, com sua cerca preta e as janelas de um verde desbotado. As tias sempre preparavam um bolo de chocolate embriagado e davam muitos presentes a Antonia e Kylie. Não havia horários para dormir, evidentemente, nem refeições bem balanceadas. Não se impunham regras sobre desenhar no papel de parede ou encher tanto a banheira que bolhas de sabão e água morna se espalhavam pelo banheiro inteiro e a água gotejava através do teto da sala de estar. A cada ano, as meninas estavam mais altas quando chegavam para passar as férias – elas sabiam disso porque as tias pareciam cada vez menores – e todo ano elas faziam tudo o que queriam: dançavam no meio do jardim de ervas, jogavam bola no gramado da frente e ficavam acordadas até depois da meia-noite. Às vezes, não comiam nada além de barras de chocolate durante a semana inteira, até ficarem com dor de barriga e, por fim, pedirem uma salada ou um copo de leite.

Durante as férias de agosto, Sally insistia em tirar as meninas de casa, pelo menos no período da tarde. Levava as duas para passeios de um dia à praia de Plum Island; aos pedalinhos de Boston em formato de cisne; à baía azul de Gloucester, em barcos a vela alugados. Mas as meninas sempre pediam para retornar à casa das tias. Ficavam amuadas e tornavam a vida de Sally um inferno, até a mãe se dar por vencida. Não era o mau humor das meninas que convencia Sally a voltar para casa, era o fato de elas estarem unidas em prol de alguma coisa. Isso era tão incomum e tão encantador que Sally simplesmente não conseguia resistir.

Sally esperava que Antonia cumprisse seu papel de irmã mais velha assim como ela fizera, mas esse não era o estilo da filha. Antonia não se sentia responsável por ninguém, não tomava conta de ninguém. Desde o início, implicava com Kylie sem a menor piedade e conseguia levar a irmã mais nova às lágrimas com um simples olhar. Era somente na casa das tias que as meninas se tornavam aliadas, talvez até amigas. Ali, onde tudo era velho e desgastado, exceto o reluzente madeiramento, as meninas passavam horas juntas. Colhiam flores de alfazema e faziam piqueniques na sombra do jardim. No final do dia, sentavam-se na sala de estar arejada ou se esparramavam no alto da escada, onde havia tênues faixas de uma luz solar cítrica, para jogar infindáveis partidas de gamão.

A proximidade das duas talvez se devesse ao fato de dormirem juntas no sótão ou era porque não tinham escolha a não ser brincarem juntas, já que as crianças da cidade ainda atravessavam a rua ao passar na frente da casa das Owens. Qualquer que fosse a razão, Sally sentia uma grande alegria ao ver as meninas à mesa da cozinha, as cabeças tão próximas a ponto de se tocarem, enquanto montavam um quebra-cabeça ou faziam um cartão para enviar a Gillian, em seu novo endereço em Iowa ou no Novo México. Logo estariam se atracando, discutindo por causa de insignificantes privilégios ou de alguma maldosa travessura de Antonia – uma aranha deixada sob a manta de bebê de Kylie, a que ela continuava apegada aos 11 anos e até mesmo aos 12, ou terra e pedras enfiadas no fundo das suas botas. E, por isso, Sally consentiu que as meninas fizessem o que queriam por toda aquela semana de agosto, ainda que soubesse, no final, que aquilo não lhe traria nenhum benefício.

Todo ano, durante as férias, as meninas iam dormir cada vez mais tarde. Círculos escuros apareciam em torno dos seus olhos. Elas começavam a se queixar do calor, que as deixava cansadas demais até para caminhar até a farmácia, onde tomavam sundaes e Coca-Cola gelada, embora achassem a velhota que trabalhava ali fascinante, uma vez que nunca dizia nada e conseguia preparar uma banana split em segundos, descascando a banana e despejando as caldas e o creme de marshmallow num piscar de olhos. Pouco depois, Kylie e Antonia já estavam passando a maior parte do tempo no jardim, onde a beladona e a dedaleira sempre cresciam ao lado da hortelã-pimenta e os gatos que as tias amavam tanto – inclusive duas criaturas rabugentas da infância de

Sally, Pega e Corvo, que simplesmente se recusaram a morrer – ainda reviravam o monte de lixo em busca de cabeças de peixe e ossos.

Há sempre um momento em que Sally sabe que elas têm de ir embora. Toda vez em agosto, há uma noite em que ela acorda de um sono profundo e, quando vai até a janela, vê que as filhas estão lá fora sozinhas, ao luar. Há sapos entre os repolhos e as zínias. Há lagartas verdes mascando ruidosamente as folhas, preparando-se para se transformar nas mariposas brancas que se lançarão contra as telas das janelas e a luz acesa perto da porta dos fundos. Há o mesmo crânio de cavalo pregado à cerca, agora desbotado e se esfarelando, porém ainda muito eficiente para manter as pessoas afastadas.

Sally sempre espera as meninas entrarem, para se enfiar de novo na cama. Na manhã seguinte, apresentará suas desculpas e partirá um ou dois dias antes do planejado. Vai acordar as filhas, que, embora reclamem da partida antecipada e do calor e, sem dúvida, ficarão emburradas o dia inteiro, por fim vão concordar em se enfiar dentro do carro. Antes de sair, Sally beijará as tias e prometerá telefonar com frequência. Às vezes, sua garganta se fecha quando repara como as tias estão envelhecendo, quando vê todas aquelas ervas daninhas no jardim e a glicínia definhando, uma vez que ninguém jamais pensa em regá-la ou pôr um pouco de palha seca nas raízes. Ainda assim, ela nunca sente que cometeu um erro, depois que desce a Rua Magnólia. Não se permite o menor remorso, nem mesmo quando as filhas choram e se queixam. Sabe para onde está indo e o que tem de fazer. Poderia, no final das contas, encontrar o caminho para a Estrada 95 Sul de olhos vendados. Poderia fazer isso no escuro, com tempo bom ou tempo ruim, mesmo achando que pode ficar sem gasolina. Não importa o que as pessoas lhe digam. Não importa os comentários que possam fazer. Às vezes, é preciso sair de casa. Às vezes, fugir significa que você está seguindo na direção certa.

Premonições

Facas cruzadas sobre a mesa são um claro indício de que haverá briga, assim como duas irmãs vivendo sob o mesmo teto, principalmente se uma delas for Antonia Owens. Aos 16 anos, Antonia é tão bonita que ninguém que a encontre pela primeira vez pode imaginar o quanto ela é capaz de tornar infelizes aqueles que vivem à sua volta. Ela é mais impertinente agora do que quando era uma garotinha, porém seu cabelo tem o mais espetacular tom de vermelho e seu sorriso é tão magnífico que todos os meninos da escola secundária querem se sentar ao lado dela, embora fiquem paralisados assim que fazem isso, simplesmente porque estão próximos a ela e não conseguem evitar o embaraço de fitá-la com um ar abobalhado e olhos muito abertos, totalmente apaixonados.

Faz sentido que a irmã mais nova de Antonia, Kylie, que logo fará 13 anos, passe horas trancada no banheiro, chorando por se achar feia. Kylie tem quase 1,80 metro de altura, uma gigante, na sua maneira de ver. É tão magra quanto uma cegonha e os joelhos batem um no outro quando ela anda. O nariz e os olhos estão quase sempre vermelhos como os de um coelho, por causa de todo choro de ultimamente, e ela está a ponto de desistir do seu cabelo, que fica todo frizado por causa da umidade. Ter uma irmã que é perfeita, pelo menos na aparência, já é ruim o bastante. Agora, quando essa irmã consegue fazer com que a pessoa se sinta um grão de poeira apenas com algumas palavras maldosas é mais do que Kylie consegue aguentar.

Parte do problema é que Kylie nunca consegue pensar numa resposta inteligente quando Antonia pergunta, como quem não quer nada, se ela já pensou em dormir com um tijolo sobre a cabeça ou em comprar uma peruca. Ela tentou e até treinou vários revides maldosos com seu único amigo, um menino de 13 anos chamado Gideon Barnes, um mestre na arte de provocar nojo nas pessoas, e mesmo assim não conseguiu nada à altura. Kylie é aquele tipo de alma sensível que chora quando alguém pisa numa aranha. Em seu mundo, ferir outra criatura é um ato antinatural. Quando Antonia caçoa dela, tudo o que Kylie consegue fazer é abrir e fechar a boca como um peixe lançado em terra firme, antes de se trancar no banheiro para chorar mais uma vez. Nas noites mais silenciosas, ela se enrodilha na cama agarrada à sua velha manta de bebê, a de lã preta que ainda não tem nem um único buraco, pois de algum modo parece repelir as traças. Ao longo de toda a rua, os vizinhos podem ouvi-la chorar. Eles balançam a cabeça e sentem pena dela, e algumas mulheres do quarteirão, sobretudo aquelas que cresceram com irmãs mais velhas, levam brownies e cookies de chocolate caseiros, esquecendo o que um prato cheio de doces pode causar à pele de uma jovem e pensando somente no próprio alívio, ao se livrar do barulho do choro que ecoa através das cercas-vivas.

Essas mulheres da vizinhança respeitam Sally Owens e, o que é mais importante, gostam sinceramente dela. Ela tem uma expressão séria, mesmo quando ri, longos cabelos negros e nenhuma ideia de quanto é bonita. Sally sempre é a eleita quando se precisa escolher alguém para avisar os outros pais quando a escola ficará fechada por causa do mau tempo, pois é sempre melhor encarregar uma pessoa responsável do que uma dessas mães desatentas, que costumam achar que a vida sempre volta a entrar nos eixos, mesmo sem a intervenção de uma pessoa sensata. Em toda a vizinhança, Sally é conhecida tanto pela bondade quanto pela prudência. Se uma vizinha realmente precisar, ela toma conta do seu bebê assim que notar a necessidade; numa tarde de sábado, pega seus filhos na escola ou lhe empresta açúcar ou ovos. Ela sentará com ela na varanda dos fundos, se essa vizinha encontrar o número do telefone de outra mulher na gaveta da mesinha de cabeceira do marido e será sensata o suficiente para ouvir em vez de oferecer algum conselho bobo. Mais importante, nunca tocará no assunto novamente nem repetirá uma palavra do que ouviu. Quando as vizinhas perguntam sobre o casamento dela, ela fica com uma expressão sonhadora no rosto, bem diferente da sua expressão de sempre. "Isso foi há séculos", é tudo o que dirá. "Parece que foi em outra vida."

Desde que deixou Massachusetts, Sally trabalha como assistente do vice-diretor da escola secundária. Durante todo esse tempo, teve menos de uma dúzia de encontros e todas essas tentativas de romance foram organizadas pelas vizinhas e não levaram a lugar nenhum, a não ser de volta à sua própria porta, muito antes que a esperassem em casa. Sally agora se dá conta de que vive cansada e de mau humor e, embora ainda seja uma beldade, já não é tão jovem. Ultimamente, tem andado tão tensa que os músculos do seu pescoço parecem arames retorcidos.

Quando seu pescoço começa a doer, quando ela acorda de um sono profundo em pânico e se sente tão solitária que até o velho porteiro da escola começa a parecer um sujeito bem-apessoado, Sally lembra a si mesma o quanto trabalhou para dar uma vida boa às filhas. Antonia é tão popular que, durante três anos consecutivos, foi escolhida para interpretar o papel principal no teatro da escola. Kylie, embora não pareça ter amigos próximos além de Gideon Barnes, é a campeã do campeonato de soletração do Condado de Nassau e presidente do clube de xadrez. As filhas de Sally têm convites para festas de aniversário e aulas de balé. Ela faz absoluta questão de que nunca faltem às consultas odontológicas e cheguem pontualmente às aulas, durante toda a semana. Ela espera que façam seu dever de casa antes de assistir TV e não deixa que fiquem acordadas depois da meia-noite ou que permaneçam fora de casa até muito tarde. As filhas de Sally já estão acostumadas ao bairro. São tratadas como todo mundo, como garotas normais, como qualquer outra da vizinhança. Por isso Sally deixou Massachusetts e as tias. Por isso recusa-se a pensar no que poderia estar faltando na sua vida.

Nunca olhe para trás, é o que diz a si mesma. Não pense em cisnes nem em ficar sozinha no escuro. Não pense em tempestades, raios e trovões, ou no verdadeiro amor que jamais terá. A vida é escovar os dentes, preparar o café da manhã para as filhas e não pensar nessas coisas; e o fato é que Sally é excelente em tudo isso. Ela faz as coisas acontecerem, e acontecerem pontualmente. Ainda assim, muitas vezes sonha com o jardim das tias. No canto mais afastado, havia verbena, tomilho-limão e erva-cidreira. Quando Sally se sentava ali de pernas cruzadas e fechava os olhos, o odor cítrico era tão penetrante que às vezes lhe dava vertigem. Tudo no jardim tinha uma finalidade, até mesmo as viçosas peônias, que protegiam contra o mau tempo e o enjoo em viagens e eram conhecidas por afastar o mal. Sally não sabe se ainda consegue identificar todas as variedades de ervas que crescem ali, embora ache que conseguiria reconhecer a unha-de-cavalo e o confrei à primeira vista, a lavanda e o alecrim pelo seu odor característico.

O jardim da casa de Sally é simples e descuidado, exatamente da maneira como ela quer que ele seja. Há uma sebe de apáticos lilases, alguns cornisos e um pequeno canteiro de legumes, onde só crescem tomates amarelos e alguns pepinos desmilinguidos. Nessa última tarde de junho, os brotos de pepino parecem secos devido ao calor. É tão bom poder sair de férias no verão! Compensa tudo o que ela tem de aguentar na escola secundária, onde precisa estar sempre com um sorriso no rosto. Ed Borelli, o vice-diretor e chefe de Sally, sugeriu que todos os funcionários da secretaria da escola sempre tivessem um largo sorriso no rosto, de modo que estivessem preparados para receber os pais e as suas reclamações. É importante demonstrar simpatia, ele lembra às secretárias nos dias ruins, quando alunos indisciplinados são suspensos, as reuniões se sobrepõem e o governador ameaça prorrogar o ano letivo por causa das nevascas. Mas a falsa animação é extenuante e, se a pessoa finge por tempo demais, ela sempre corre o risco de ficar robotizada. No final do período letivo, Sally em geral se pega dizendo, enquanto dorme, "O sr. Borelli vai recebê-la num instante". Isso acontece quando ela começa a contar os dias que faltam para a chegada do verão, quando mal pode esperar que a última aula acabe e o sinal toque.

Como faz 24 horas que o semestre acabou, Sally devia estar se sentindo ótima, mas não está. Tudo o que consegue perceber é a sua pulsação e a batida do rádio no quarto de Antonia, no andar de cima. Alguma coisa não está certa. Não é nada evidente, nada que apareça e acerte em cheio a pessoa no rosto. Não é tanto como um buraco num suéter; é mais como uma bainha puída, que desfiou e se transformou num emaranhado de linha. A atmosfera da casa dá a impressão de estar carregada, fazendo os pelos da nuca de Sally se arrepiarem e a sua camiseta branca soltar pequenas faíscas.

Durante toda a tarde, Sally tem o pressentimento de que acontecerá alguma desgraça. Ela diz a si mesma para não dar atenção a isso, visto que sequer acredita que seja possível prever um infortúnio futuro, uma vez que não há nenhuma prova científica de que tais fenômenos visionários existam. Mas, quando está fazendo compras, ela pega uma dúzia de limões e, antes que possa se conter, começa a chorar ali mesmo, no setor de frutas e legumes, como se de repente sentisse uma enorme saudade daquela velha casa na Rua Magnólia, depois de todos aqueles anos. Ao sair da mercearia, Sally passa de carro pelo campo da ACM, onde Kylie e seu amigo Gideon estão jogando futebol. Gideon é o vice-presidente do clube de xadrez, e Kylie suspeita de que ele possa ter entregue o jogo decisivo para que Kylie ganhasse e pudesse ser a presidente. Kylie é a única pessoa na terra que parece tolerar Gideon. A mãe dele, Jeannie Barnes, passou a fazer terapia duas semanas depois de ele nascer, o que prova como ele era difícil e continua sendo. Gideon simplesmente se recusa a ser como qualquer pessoa. E decidiu que nunca será. Agora, por exemplo, raspou o cabelo e está usando botas de estilo militar e uma jaqueta de couro preto, embora deva estar fazendo 32 graus à sombra.

Sally nunca se sente à vontade perto de Gideon. Ela o acha grosseiro e desagradável, e sempre o considerou uma má influência. Mas, ao vê-lo jogar futebol com Kylie, ela sente uma onda de alívio. Kylie ri quando Gideon tropeça nas próprias botas ao correr atrás da bola. Ela não se sente ressentida nem acuada, está ali naquele gramado correndo o mais rápido que consegue. A tarde está quente e ociosa, um dia como outro qualquer, e Sally faria bem em relaxar um pouco. É tolice ter tanta certeza de que algo ruim está prestes a acontecer. Isso é o que ela diz a si mesma, embora não acredite. Quando Antonia chega em casa, entusiasmada por ter conseguido um emprego de verão na sorveteria do Pedágio, Sally fica tão desconfiada que insiste em telefonar ao proprietário e perguntar quais serão os horários e as responsabilidades de Antonia. Ela também pede informações sobre a história pessoal do homem, inclusive endereço, estado civil e número de dependentes.

– Obrigada por me constranger desse jeito – diz Antonia friamente, quando Sally desliga o telefone. – Como meu chefe vai achar que sou uma pessoa madura com a minha mãe investigando tudo desse jeito?

Ultimamente, Antonia só usa preto, o que faz com que seu cabelo vermelho pareça ainda mais vistoso. Na semana anterior, para pôr à prova sua fidelidade às roupas pretas, Sally comprou para ela um suéter de algodão branco, enfeitado com renda, que certamente seria disputado a tapa por qualquer uma das amigas de Antonia. A filha jogou o suéter dentro da máquina de lavar com um pacote de corante preto, em seguida atirou a coisa cor de carvão dentro da secadora. O resultado foi uma peça tão pequena que, sempre que ela a usa, Sally se pergunta se Antonia acabará fugindo com alguém, exatamente como fez a tia. Preocupa Sally a possibilidade de que uma das filhas possa seguir os passos da irmã, um caminho que só levou à autodestruição e ao desperdício de tempo, incluindo três breves casamentos que não lhe rendem nem um centavo de pensão.

Antonia é sem dúvida ambiciosa, assim como as moças bonitas às vezes são, e tem uma ótima opinião sobre si mesma. Mas agora, nesse dia quente de junho, ela de repente se encheu de dúvidas. E se ela não for tão especial quanto pensa ser? E se sua beleza se desvanecer assim que ela passar dos 18 anos, assim como acontece com algumas garotas, que não fazem ideia de que estão definhando até tudo acabar e elas descobrirem que mal reconhecem o próprio reflexo no espelho? Ela sempre insistia em dizer que um dia será atriz; que, no dia seguinte à formatura, irá para Manhattan ou Los Angeles e lhe oferecerão um papel principal, exatamente como lhe ofereceram durante toda a escola secundária. Agora já não tem tanta certeza. Não sabe se tem talento ou mesmo se isso tem alguma importância. Sinceramente, nunca gostou muito de representar. O fato de todos estarem olhando fixamente para ela é que a agradava. Saber que não conseguiam afastar os olhos.

Quando Kylie chega em casa, toda suada, suja e sem graça, Antonia sequer se dá ao trabalho de caçoar dela.

– Você não queria me dizer alguma coisa? – pergunta Kylie, hesitante, quando elas se encontram no corredor. Seu cabelo castanho está espetado e seu rosto, afogueado e manchado por causa do calor. Ela é um alvo perfeito e sabe disso.

– Pode tomar banho primeiro – diz Antonia, com uma voz tão triste e sonhadora que nem parece a dela.

– Por que está me deixando tomar banho primeiro? – pergunta Kylie, mas Antonia já deslizou pelo corredor, pensando em pintar as unhas de vermelho e refletir sobre seu futuro, algo que nunca tinha feito antes.

Por volta da hora do jantar, Sally praticamente esqueceu a sensação de apreensão que lhe pesara nos ombros ao longo de todo o dia. Nunca acredite no que não pode ver, esse é o lema de Sally. Não há nada a temer a não ser o próprio medo, repetia ela o tempo todo, quando as filhas eram pequenas e achavam que havia monstros morando na prateleira do armário de roupa suja, no corredor. Mas, justo quando ela começa a relaxar o suficiente para pensar em tomar uma cerveja, todas as persianas da cozinha se fecham ao mesmo tempo, como se houvesse um acúmulo de energia nas paredes. Sally preparou uma salada de feijão e tofu, palitos de cenoura e brócolis marinados, com bolo de claras como sobremesa. O bolo, porém, agora talvez não cresça. Quando as persianas se fecham repentinamente, o bolo começa a afundar, primeiro de um lado, depois do outro, até ficar tão achatado quanto um prato.

– Não foi nada – diz Sally às filhas depois que as persianas se fecham como se por obra de uma força desconhecida, mas sua voz soa insegura, até para ela própria.

A noite está tão úmida e densa que a roupa no varal só vai ficar mais molhada, se for deixada do lado de fora durante a noite. O céu é de um azul carregado, uma cortina de calor.

– Foi alguma coisa, com certeza – diz Antonia, porque um tipo esquisito de vento acaba de começar a soprar. Ele entra pela porta de tela e pelas janelas, fazendo tilintar os talheres e os pratos do jantar. Kylie tem de ir correndo buscar um suéter. Embora a temperatura ainda esteja subindo, o vento lhe causa um calafrio, arrepiando a sua pele.

Lá fora, nos quintais vizinhos, balanços são arrancados e gatos arranham a porta dos fundos, desesperados para que os deixem entrar. No mesmo quarteirão, um álamo se parte em dois e tomba no chão, atingindo um hidrante e estilhaçando a janela de um Honda Civic estacionado. É nesse momento que Sally e as filhas ouvem as batidas. As meninas olham para o teto, em seguida se voltam para a mãe.

– Esquilos – assegura Sally. – Fazendo ninho no sótão.

Mas as batidas continuam e o vento também, e o calor aumenta cada vez mais. Por fim, perto da meia-noite, a vizinhança fica em silêncio. Enfim as pessoas podem dormir um pouco. Sally é uma das poucas que ficam acordadas até tarde, para preparar uma torta de maçã – completa, com todos os ingredientes secretos, pimenta-do-reino e noz-moscada –, que ela vai congelar para levar à festa da rua no Dia da Independência. Mas até Sally em breve adormece, apesar do clima. Estica-se sob um leve lençol branco e deixa as janelas abertas, para que a brisa refresque o quarto. Os primeiros grilos da estação ficaram quietos e os pardais estão fazendo ninhos nos arbustos, seguros dentro de um abrigo de galhos frágeis demais para suportar o peso de um gato. E, exatamente quando as pessoas estão começando a sonhar com a grama cortada, uma torta de frutas vermelhas e leões que se deitam ao lado de cordeiros, surge um halo em volta da lua.

Um halo em volta da lua é sempre sinal de tumulto, seja uma mudança no tempo, uma febre ou uma onda de azar. Mas, quando se trata de um anel duplo, todo confuso e emaranhado, como um arco-íris meio torto ou um caso de amor malsucedido, qualquer coisa pode acontecer. Em momentos como esse, não é prudente atender ao telefone. Os mais cautelosos sempre fecham as janelas. Trancam as portas e nunca ousam beijar quem gostam sobre um portão de jardim ou estender a mão para afagar um cão de rua. Os aborrecimentos são exatamente como o amor. Chegam sem aviso e assumem o controle de tudo, antes que se tenha oportunidade de refletir ou mesmo pensar.

Lá no céu, muito acima do bairro, o halo já começou a se enrodilhar, como uma cobra iluminada de possibilidades, dando um nó bem apertado em si mesma, por causa da gravidade. Se as pessoas não estivessem dormindo profundamente, poderiam ter contemplado a visão pela janela e admirado o belo círculo de luz, mas elas continuam dormindo, alheias a tudo, sem notar a lua, ou o silêncio, ou o Oldsmobile que já avançava pela entrada de carros da casa de Sally Owens, para estacionar atrás do Honda que ela comprou alguns anos antes, para substituir a velha picape das tias. Numa noite como aquela, é possível que uma mulher desça do carro tão silenciosamente que nenhum dos vizinhos a ouça. Quando está assim tão quente em junho, quando o céu está tão escuro e carregado, uma batida na porta de tela nem sequer ecoa. Ela cai direto dentro dos sonhos, como uma pedra jogada num lago, fazendo a pessoa acordar assustada, o coração acelerado, o pulso enlouquecido, sufocando no próprio pânico.

Sally se senta na cama, sabendo que é melhor ela ficar exatamente onde está. Andou sonhando com cisnes novamente, observando-os enquanto levantavam voo. Há onze anos, ela tem feito a coisa certa, tem sido responsável e digna de confiança, racional e bondosa, mas isso não significa que não consiga reconhecer o odor sulfuroso dos problemas; que é justamente o que está agora do lado de fora da porta da frente: um problemão, puro e concentrado. Ele está chamando por ela, como uma mariposa se chocando contra uma tela, e ela simplesmente não pode ignorar. Sally veste uma calça jeans e uma camiseta branca e prende o cabelo preto num rabo de cavalo. Vai se martirizar por isso, ela sabe. Vai se perguntar por que não pode simplesmente ignorar essa sensação gritante que a invade e por que é sempre compelida a tentar pôr as coisas em ordem.

Essa gente que vive dizendo que não adianta querermos fugir, porque o nosso passado está sempre no nosso encalço, talvez tenha toda razão. Sally olha pela janela da frente. Ali está, na varanda, a garota mais capaz de se meter em problemas do que qualquer outra pessoa no mundo, agora uma mulher feita. Passaram-se muitos anos, uma eternidade, mas Gillian está bonita como sempre, apenas coberta de poeira da estrada, ansiosa e com os joelhos tão fracos que, quando Sally abre a porta, a irmã tem que se apoiar na parede.

– Ah, meu Deus... É você! – exclama Gillian, como se Sally fosse uma visitante inesperada. Em dezoito anos, elas só se encontraram três vezes, quando Sally foi para o oeste. Nem uma vez Gillian voltou a cruzar o Mississippi, assim como prometeu solenemente, ao deixar a casa das tias. – É realmente você, de verdade!

Gillian cortou o cabelo louro mais curto do que nunca. Ela cheira a açúcar e calor. Tem areia na sola das botas vermelhas e uma cobrinha verde tatuada no pulso. Ela dá um abraço forte e rápido em Sally, antes que a imã tenha tempo de considerar o adiantado da hora e o fato de que Gillian poderia ter telefonado, se não para dizer que estava chegando, ao menos, em algum momento do mês anterior, só para avisar que ainda estava viva. Dois dias antes, Sally tinha enviado uma carta para o endereço mais recente de Gillian, em Tucson. E, na carta, falava tudo o que pensava sobre o rastro de planos desfeitos e oportunidades perdidas, deixado pela irmã. Foi enérgica e falou sem fazer rodeios e sem travas na língua, mas agora estava aliviada por saber que Gillian nunca receberia essa carta.

Porém, sua sensação de alívio não dura muito. Logo que Gillian começa a falar, Sally percebe que algo está muito errado. A voz de Gillian está esganiçada, o que não é de modo algum uma característica dela. Gillian sempre foi capaz de inventar uma boa desculpa ou um álibi em segundos, porque tinha de massagear o ego de todos os seus namorados. Normalmente, ela mantém a calma e a compostura, mas agora está uma pilha de nervos.

– Estou com um problema – diz Gillian.

Ela olha por cima do ombro, depois passa a língua pelos lábios. Está com os nervos à flor da pele, embora problemas não sejam nenhuma novidade para ela. Gillian pode arranjar problemas apenas caminhando pela rua. Ainda é o tipo de mulher que corta o dedo ao fatiar um melão e é levada às pressas para o hospital, onde o médico que dá pontos no seu dedo se apaixona cegamente por ela antes de concluir a sutura.

Gillian se detém só para dar uma boa olhada em Sally.

– Não consigo acreditar no quanto senti a sua falta!

Gillian fala de um jeito como se estivesse surpresa ao descobrir isso. Ela está fincando as unhas nas palmas das mãos, como se tentasse despertar de um sonho ruim. Se não estivesse desesperada, não estaria ali, pedindo ajuda à irmã mais velha, depois de passar a vida toda tentando ser mais autossuficiente que uma rocha. Todo mundo tem família e viaja para o leste ou para o oeste, ou simplesmente cruza o quarteirão para passar o feriado de Páscoa ou o Dia de Ação de Graças com os parentes, mas não Gillian. Você sempre pode contar com ela para comemorar o feriado um outro dia e, mais tarde, ela se vê arrastada para o melhor bar da cidade, onde são servidas entradinhas especiais para ocasiões festivas, ovos cozidos tingidos de cor-de-rosa e azul-esverdeado ou burritos de peru e mirtilo. Num Dia da Ação de Graças, Gillian foi fazer a tatuagem no punho. Era uma tarde quente em Las Vegas, Nevada, e o céu estava nublado. O rapaz na sala de tatuagem prometeu que não doeria nada, mas doeu.

– Estou numa baita encrenca... – admite Gillian.

– Bem, sabe de uma coisa? – diz Sally à irmã. – Sei que não vai acreditar, e sei que não se importa, mas eu tenho os meus próprios problemas.

A conta de luz, por exemplo, que começou a refletir o uso crescente que Antonia faz do rádio, que nunca está desligado. O fato de que faz quase dois anos que Sally não tem um encontro, nem mesmo com algum primo ou amigo de Linda Bennett, a vizinha da casa ao lado, e já não consegue pensar no amor como uma realidade ou sequer uma possibilidade, por mais remota que seja. Durante todo o tempo em que estiveram separadas, cada uma vivendo a própria vida, Gillian esteve fazendo o que mais lhe agradava, transando com quem bem entendia e acordando ao meio-dia. Não teve de ficar acordada a noite inteira cuidando de menininhas com catapora ou negociando horários de ir para a cama ou colocando o despertador para tocar de manhã bem cedo, porque uma das filhas precisava tomar o café da manhã ou levar uma boa bronca. Naturalmente Gillian está com uma aparência ótima. Ela pensa que o mundo gira à volta dela.

– Pode acreditar. Os seus problemas nem se comparam aos meus. Desta vez a coisa é séria, Sally.

A voz de Gillian está ficando cada vez mais fraca, mas ainda é a mesma voz que chegava a Sally durante aquele ano horrível em que ela não conseguia falar. É a voz que a estimulava todas as terças-feiras à noite, não importava o que houvesse, com feroz dedicação, de um modo que só existe entre as pessoas que tiveram um passado juntas.

– Está bem – Sally suspira. – Me conte.

Gillian respira fundo.

– Estou com Jimmy no carro – ela chega mais perto, para que possa sussurrar no ouvido de Sally. – O problema é que... – desta vez é difícil, realmente é. Ela tem apenas que ser sincera e dizer a verdade, sussurrando ou não. – Ele está morto.

Sally dá um passo para trás, afastando-se da irmã. Isso não é nada que alguém queira ouvir numa noite quente de junho, quando os vaga-lumes estão dançando no gramado. A noite está profunda, como num sonho, mas agora Sally tem a impressão de que tomou um bule de café inteiro, até a última gota. Seu coração está batendo furiosamente. Qualquer pessoa poderia supor que Gillian está mentindo ou exagerando ou simplesmente drogada. Mas Sally conhece a irmã. Sabe que não é bem assim. Há um homem morto no carro. Com toda certeza.

– Não faça isso comigo – diz Sally.

– Acha que planejei?

– Então você estava na estrada, à caminho da minha casa, imaginando que enfim nos veríamos, e simplesmente aconteceu de ele morrer?

Sally nunca chegou a conhecer Jimmy e não podia nem dizer se algum dia de fato chegou a falar com ele. Certa vez, ele atendeu ao telefone quando ela ligou para Gillian, em Tucson, mas se falou duas palavras foi muito. Logo que ouviu a voz de Sally, gritou o nome de Gillian para que ela viesse pegar o fone. "Vem cá, garota!", foi o que ele disse. "É a maldita da sua irmã no telefone."

Tudo o que Sally consegue se lembrar do que Gillian lhe contou sobre ele é que cumpriu pena na prisão por um crime que não cometeu e que era tão bonito e insinuante que podia conquistar qualquer mulher simplesmente olhando para ela da maneira certa. Ou da maneira errada, dependendo de como você quisesse avaliar as consequências e se, por acaso, estivesse casado com essa mulher, quando Jimmy aparecia e a roubava de você, antes que tivesse uma vaga ideia do que estava ocorrendo.

– Aconteceu num acostamento em Nova Jersey – Gillian está tentando parar de fumar então pega uma goma de mascar e enfia na boca. Ela tem uma boca em forma de coração, com lábios rosados e encantadores, mas nessa noite seus lábios estão ressecados. – Ele era um merda – diz ela, pensativa. – Deus! Você não acreditaria nas coisas que ele fazia. Um dia estávamos tomando conta de uma casa para um pessoal em Phoenix e eles tinham um gato que estava aprontando… Acho que mijou no chão. Jimmy colocou o gato na geladeira.

Sally se senta no chão. Está um pouco atordoada, ouvindo todas aquelas informações sobre a vida da irmã, e o piso de concreto da varanda é fresco e faz com que ela se sinta melhor. Gillian sempre teve a capacidade de quase a hipnotizar, mesmo quando ela tentava lutar contra isso. Gillian se senta ao lado, encostando o joelho no dela. Sua pele está ainda mais fria que o concreto.

– Nem eu podia acreditar que ele de fato faria uma coisa assim – continua Gillian. – Tive de me levantar da cama no meio da noite para deixar o gato sair da geladeira ou ele teria morrido de frio. Já tinha cristais de gelo no pelo.

– Por que você teve que vir para cá? – perguntou Sally com pesar. – Por que agora? Vai arruinar a minha vida. Eu trabalhei duro para conquistar tudo isto.

Gillian observa a casa, sem parecer impressionada. Realmente detesta a Costa Leste. Toda aquela umidade e a vegetação. Faria praticamente qualquer coisa para evitar o passado. O mais provável é que ela dê consigo sonhando com as tias esta noite. Aquela velha casa na Rua Magnólia, com seu madeiramento e seus gatos, voltará à sua mente e ela começará a ficar irriquieta, talvez até em pânico, precisando dar o fora, que é a razão por que ela acabou no Sudoeste. Pegou um ônibus assim que deixou o mecânico da Toyota, por quem abandonara o primeiro marido. Precisava de calor e sol para compensar a infância bolorenta, com suas tardes escuras, cheias de longas sombras verdes, e suas madrugadas ainda mais sombrias. Precisava estar muito, muito distante.

Se tivesse dinheiro, Gillian teria saído correndo daquele acostamento em Nova Jersey e continuado a correr até chegar ao aeroporto de Newark, onde pegaria um avião para algum lugar quente. Nova Orleans, talvez, ou Los Angeles. Infelizmente, pouco antes de saírem de Tucson, Jimmy avisou-a de que não tinham um centavo. Ele gastara até o último trocado que ela tinha ganho nos últimos cinco anos, algo bem fácil de se fazer quando se está investindo em drogas, álcool e qualquer joia de que se goste, inclusive o anel de prata que ele sempre usava e que custara a Gillian quase uma semana de salário. A única coisa que lhes restava era o carro, que estava no nome dele. Aonde mais ela poderia ter ido numa noite tão ruim como aquela? Quem mais a acolheria, sem fazer perguntas – ou, pelo menos, nenhuma para a qual ela não pudesse imaginar uma resposta –, até que conseguisse se firmar sobre as próprias pernas?

Gillian suspira e renuncia à sua luta contra a nicotina, pelo menos temporariamente. Tira um dos Lucky Strikes de Jimmy do bolso da blusa, acende-o e aspira tao profundamente quanto pode. Ela promete a si mesma parar de fumar no dia seguinte.

– Estávamos prestes a começar vida nova, por isso é que íamos para Manhattan. Eu ia telefonar assim que estivéssemos instalados. Você era a primeira pessoa que eu planejava convidar para visitar o nosso apartamento.

– Ah, claro – diz Sally, mas ela não acredita numa palavra. Quando Gillian se livrou do seu passado, livrou-se de Sally também. A última vez em que elas combinaram de se encontrar foi exatamente antes de Jimmy aparecer na vida de Gillian e da mudança para Tucson. Sally já havia comprado as passagens de avião para ela e as meninas até Austin, onde Gillian estava trabalhando como *concierge* em treinamento no Hilton. O plano era passarem o Dia de Ação de Graças juntas – que teria sido o primeiro –, mas Gillian telefonou para Sally dois dias antes de ela e as meninas partirem, dizendo que simplesmente esquecessem a viagem. Em dois dias, ela nem estaria mais em Austin. Gillian nem mesmo se preocupou em explicar o que saíra errado, se tinha sido o Hilton, ou Austin, ou apenas sua necessidade compulsiva de se mudar. Quando se tratava de Gillian, Sally estava acostumada a se decepcionar. Ela ficaria mais preocupada se não tivesse surgindo nenhum empecilho.

– Bem, eu estava planejando telefonar – diz Gillian. – Acredite ou não. Mas tínhamos de sair de Tucson bem depressa, porque Jimmy estava vendendo estramônio para os garotos da universidade, dizendo que era peiote ou LSD, e parece que houve algum tipo de problema, com gente morrendo, e eu não fazia ideia até ele dizer: "Faça as malas agora". Eu teria telefonado antes de bater na sua porta. Simplesmente fiquei apavorada quando ele desfaleceu naquele acostamento. Eu não sabia para onde ir.

– Podia tê-lo levado a um hospital. Ou que tal à polícia? Podia ter chamado uma viatura.

Sally consegue ver no escuro que as azaleias que plantou recentemente já estão murchando, as folhas ficando marrons. Na opinião dela, tudo acaba dando errado se você não tem paciência para esperar. Feche os olhos, conte até três e é bem provável que algum tipo de desgraça se abata sobre você.

– Ah, claro. Como se eu pudesse ir à polícia – Gillian solta pequenas baforadas em *staccato*. – Eles me dariam de dez a vinte anos. Talvez até perpétua, considerando-se o que aconteceu em Nova Jersey – Gillian fita o céu, de olhos arregalados. – Se eu ao menos tivesse dinheiro, teria ido para a Califórnia. Teria partido antes que eles viessem à minha procura.

Não eram só as azaleias que Sally poderia perder. Eram onze anos de trabalho e sacrifício. Os anéis em torno da lua estão tão brilhantes que Sally está convencida de que, em breve, todos na vizinhança vão acordar. Ela agarra o braço da irmã e afunda as unhas na pele de Gillian. Há duas garotas que dependem dela, dormindo na casa. Uma torta de maçã que ela precisa levar, no fim de semana seguinte, à festa da rua, no Dia da Independência.

– Por que eles viriam à sua procura?

Gillian se retrai e tenta se afastar, mas Sally não deixa. Por fim, Gillian dá de ombros e baixa os olhos, mas na opinião de Sally essa não é uma forma muito satisfatória de responder a uma pergunta.

– Está tentando me dizer que você é responsável pela morte de Jimmy?

– Foi um acidente – insiste Gillian. – Mais ou menos – acrescenta ela, quando Sally crava as unhas mais fundo ainda. – Está bem – admite ela, quando as unhas de Sally começam a cortar a carne. – Eu o matei – Gillian está começando a tremer, como se sua pressão estivesse caindo a cada segundo. – Agora você sabe. Ok? Como de costume, é tudo culpa minha.

Talvez seja apenas a umidade, mas os anéis em torno da lua estão ficando ligeiramente verdes. Algumas mulheres acreditam que uma luz verde no leste pode reverter o processo de envelhecimento e, de fato, Sally tem a impressão de ter 14 anos. Está às voltas com pensamentos que nenhuma mulher adulta deveria ter, sobretudo se ela passou a vida inteira sendo uma pessoa decente. Ela repara que há hematomas nos braços de Gillian. No escuro, elas parecem borboletas roxas, algo até bonito.

– Nunca mais vou me envolver com homem nenhum – diz Gillian. Quando Sally lhe lança um olhar, Gillian continua a insistir que não quer mais nada com o amor. – Aprendi a lição – diz ela. – Agora que é tarde demais. Eu só queria esta noite para mim e só chamar a polícia amanhã – a voz dela parece fatigada novamente e até mais fraca do que antes. – Eu poderia cobrir Jimmy com um cobertor e deixá-lo no carro. Não estou preparada para me entregar. Não acho que consiga fazer isso.

Gillian realmente parece que está prestes a sofrer um colapso nervoso. Suas mãos tremem tanto que ela não conseguiria acender outro cigarro.

– Você tem de parar de fumar – diz Sally. Gillian ainda é sua irmã mais nova, mesmo agora. Ela é sua responsabilidade.

– Ah, que se dane – Gillian consegue acender o fósforo, depois o cigarro. – Provavelmente vou pegar prisão perpétua. Os cigarros só vão encurtar a minha sentença. Eu devia fumar dois ao mesmo tempo.

Embora as meninas fossem bem pequenas quando os pais morreram, Sally tomava decisões de improviso que pareciam vigorosas o suficiente para impelir ambas para a frente. Depois que a babá com quem haviam sido deixadas ficou histérica e Sally teve que pegar o telefone para ouvir o policial lhe dar a notícia da morte dos pais, ela mandou que Gillian escolhesse seus dois bichinhos de pelúcia preferidos e abandonasse todos os outros, porque dali em diante teriam de viajar com pouca bagagem, só levando o que pudessem carregar. Foi ela quem disse à boboca da babá para procurar o número do telefone das tias na agenda da mãe e insistiu para que deixassem ela mesma ligar para as tias e avisar que ela e Gillian poderiam se tornar tuteladas do Estado, caso nenhum parente, por mais distante que fosse, se apresentasse para reclamá-las. Ela tinha na época a mesma expressão no rosto que tem agora, uma combinação inverossímil de firmeza e um ar sonhador.

– A polícia não precisa saber – diz Sally, a voz soando estranhamente segura.

– É mesmo? – Gillian examina o rosto da irmã, mas em momentos como esse Sally não deixa transparecer suas emoções. É impossível saber o que tem em mente. – Está falando sério? – Gillian se aproxima de Sally, em busca de conforto. Ela olha na direção do Oldsmobile. – Quer vê-lo?

Sally estica o pescoço. Há um vulto no banco do passageiro, sem dúvida.

– Ele era realmente um gato – Gillian amassa o cigarro e começa a chorar. – Ah, cara... – lamenta ela.

Sally mal pode acreditar, mas ela de fato quer vê-lo. Quer ver a aparência do homem. Quer saber se uma mulher racional como ela poderia se sentir atraída por um homem como Jimmy, ao menos por um segundo.

Gillian segue Sally até o carro e elas se inclinam sobre o capô para dar uma boa olhada em Jimmy pelo para-brisa. Alto, moreno, bonito... e morto.

– Você tem razão – diz Sally. – Ele era um gato.

Ele é, de longe, o sujeito mais atraente que Sally já viu, morto ou vivo. Ela pode afirmar, pelo arco das sobrancelhas e pelo sorrisinho que ainda está em seus lábios, que ele com toda a certeza sabia disso. Sally aproxima o rosto do vidro. O braço de Jimmy está jogado sobre o banco e Sally pode ver o anel no quarto dedo da mão esquerda – é um aro grosso de prata com três retângulos: um cacto em forma de candelabro está gravado num retângulo lateral, uma cascavel enrodilhada no outro e, no centro, há um caubói montado num cavalo. Até mesmo Sally pode ver que ninguém quer ser atingido pelo soco de um homem que use aquele anel. A prata rasgaria o lábio e provocaria um corte profundo.

Jimmy se importava com a própria aparência, isso é evidente. Mesmo depois de horas morto no carro, sua calça jeans ainda está tão esticada que dá a impressão de que alguém acabou de passá-la a ferro. Suas botas são de pele de cobra e obviamente custaram uma fortuna. E a aparência delas é impecável. Só de olhar para o couro lustroso, já dá para imaginar que haveria confusão se alguém acidentalmente derramasse cerveja nelas ou levantasse muita poeira. Dá para afirmar isso só dando uma olhada no rosto de Jimmy. Morto ou vivo, não há como negar: ele é um homem com quem ninguém quer se meter.

Sally se afasta do carro. Teria medo de ficar sozinha com ele. Teria medo de que uma palavra errada o fizesse explodir e, depois, ela não soubesse o que fazer.

– Ele parece um tanto cruel.

– Ah, Deus, você nem imagina... – diz Gillian. – Mas só quando bebia. O resto do tempo, ele era maravilhoso. Valia a pena, e não estou brincando. Então tive uma ideia para evitar que ele fosse cruel. Comecei a dar a ele um pouquinho de beladona toda noite na comida. Isso fazia com que fosse dormir antes de começar a beber. Desde lá, ele parecia perfeitamente bem, mas a beladona devia estar se acumulando no organismo, porque uma hora ele simplesmente apagou. Estávamos sentados no carro, ali no acostamento, e ele estava procurando no porta-luvas o isqueiro que comprei para ele no mês passado, no mercado de pulgas em Sedona, e ele se curvou para a frente e deu a impressão de que não conseguia mais se endireitar. Depois parou de respirar.

Um cachorro começa a latir no quintal de algum vizinho. Um som rouco e frenético que já começou a se infiltrar nos sonhos das pessoas.

– Você devia ter telefonado para as tias e perguntado qual era a dose certa – diz Sally.

– As tias me detestam – Gillian passa a mão no cabelo, para dar um pouco de volume aos fios, mas com a umidade ele continua escorrido. – Eu decepcionei as tias em todos os aspectos.

– Eu também.

Sally achava que as tias a julgavam uma pessoa comum demais para ser alguém interessante. Gillian tinha certeza de que a consideravam comum. Por causa disso, as duas sempre sentiram que não morariam na casa das tias por muito tempo. Tinham a sensação de que era melhor que tomassem cuidado com o que diziam e o que revelavam. Certamente nunca contaram a elas sobre o medo que tinham das tempestades, como se, depois de pesadelos e viroses, febres e alergias alimentares, essa fobia pudesse ser a gota-d'água para as tias, que nunca tinham desejado crianças em casa. Mais uma queixa apenas e isso poderia fazer com que as tias fossem correndo buscar as malinhas das irmãs, que estavam guardadas no sótão, cobertas de teias de aranhas e poeira, mas feitas de couro italiano e ainda bem apresentáveis. Em vez de recorrerem às tias, Sally e Gillian recorriam uma à outra. Sussurravam que nada de ruim aconteceria se conseguissem contar até cem em trinta segundos. Nada poderia acontecer se ficassem embaixo das cobertas e não respirassem enquanto os trovões ribombavam acima delas.

– Não quero ser presa.

Gillian tira outro Lucky Strike e o acende. Por causa da sua história familiar, ela sofre de um verdadeiro complexo de abandono, por isso é sempre qum vai embora primeiro. Sabe disso, passou muito tempo na terapia e gastou uma grana alta para discutir esse problema em profundidade, mas isso não significa que algo tenha mudado. Nenhum homem deste mundo já se adiantou e rompeu com ela primeiro. Esse é o motivo do sucesso de Gillian. Francamente, Jimmy foi quem chegou mais perto. Ele já bateu as botas e ali está ela, ainda pensando nele e pagando um preço alto por isso.

— Se me mandarem para a cadeia, vou enlouquecer. Nem vivi ainda. Não de verdade. Quero arranjar um emprego e ter uma vida normal. Quero ir a churrascos. Quero ter um filho.

— Bem, devia ter pensado nisso antes — esse é exatamente o conselho que Sally vem dando a Gillian há muito tempo, por isso suas conversas ao telefone passaram, nos últimos anos, de breves a inexistentes. Foi isso justamente que ela escreveu na sua carta mais recente, a que Gillian nunca recebeu. — Devia ter simplesmente ido embora.

Gillian balança a cabeça, concordando.

— Não devia ter nem dito "olá" para Jimmy. Esse foi o meu primeiro erro.

Sally examina cuidadosamente o rosto da irmã sob a luz esverdeada do luar. Gillian pode até ser bonita, mas já tem 36 anos e já se apaixonou vezes demais.

— Ele batia em você? — pergunta Sally.

— Faz diferença?

Bem de perto, Gillian não parece jovem. Passou tempo demais sob o sol do Arizona e seus olhos lacrimejam, embora ela não esteja mais chorando.

— Sim — diz Sally. — Faz. Faz diferença para mim.

— Eis o X da questão — Gillian vira as costas para o Oldsmobile porque, se não fizer isso, vai se lembrar de que, apenas algumas horas antes, Jimmy estava cantando junto com uma fita de Dwight Yoakam. Era aquela canção que ela podia escutar várias vezes seguidas, aquela do palhaço; e, na opinião dela, Jimmy a cantava um milhão de vezes melhor do que o próprio Dwight, o que era dizer muito, uma vez que ela amava Dwight. – Eu estava realmente apaixonada por esse cara. Profundamente. E isso era muito triste, na verdade. E patético. Eu o queria o tempo todo, como se estivesse louca ou algo assim. Como se eu fosse uma daquelas mulheres.

Na cozinha das tias, ao crepúsculo, aquelas mulheres caíam de joelhos e suplicavam. Elas juravam que nunca iam querer mais nada na vida se pudessem ter o que mais desejavam naquele momento. Era então que Gillian e Sally costumavam entrelaçar os dedos mindinhos e prometer solenemente que nunca seriam tão infelizes e desprezíveis. Ninguém poderia fazer o mesmo com elas, era o que costumavam sussurrar enquanto estavam sentadas na escada dos fundos, no escuro e em meio à poeira, como se o desejo fosse uma questão de escolha pessoal.

Sally fita o gramado da frente e a noite quente e esplêndida. Ainda sente calafrios lhe percorrendo a nuca, mas eles não a incomodam mais. Com o passar do tempo, você se acostuma com qualquer coisa, inclusive o medo. Essa é a irmã dela, afinal de contas, a garotinha que às vezes se recusava a dormir se Sally não cantasse uma canção de ninar ou sussurrasse os ingredientes de uma das poções ou dos encantamentos das tias. Essa é a mulher que lhe telefonou todas as terças-feiras, exatamente às dez horas da noite, durante um ano inteiro.

Sally pensa em como Gillian segurava a mão dela enquanto seguiam as tias, na primeira vez em que cruzaram a porta dos fundos da velha casa na Rua Magnólia. Os dedos de Gillian estavam pegajosos, por causa das balas de goma, do suor frio e do medo. Ela se recusava a largar a mão da irmã; mesmo quando Sally ameaçou beliscá-la, ela simplesmente segurou com mais força.

– Vamos levá-lo para os fundos – diz Sally.

Elas o arrastam até onde os lilases crescem e tomam cuidado para não ofender nenhuma das raízes, assim como as tias ensinaram. À essa altura, todos os pássaros que tinham ninho nos arbustos estão acordados. Os besouros estão enrodilhados nas folhas do marmeleiro e dos cornisos. Enquanto as irmãs trabalham, o ruído das pás tem um ritmo reconfortante, como o de um bebê batendo palmas ou de lágrimas rolando. Só há um momento verdadeiramente ruim. Por mais que Sally se esforce, ela não consegue fechar os olhos de Jimmy. Ela ouviu dizer que isso acontece quando o morto quer ver quem vai morrer depois dele. Por causa disso, Sally insiste para que Gillian olhe para o outro lado, enquanto ela começa a atirar a terra por cima dele. Pelo menos assim só uma das irmãs o verá olhando fixamente nos olhos dela todas as noites, em seus sonhos.

Assim que terminam e guardam as pás na garagem, quando não há nada além de terra recém-revolvida ao lado dos lilases, Gillian tem que se sentar no quintal dos fundos e colocar a cabeça entre as pernas para não desmaiar. Ele sabia exatamente como bater numa mulher, por isso dificilmente se notavam as marcas. Sabia também como beijá-la, de modo que o coração dela disparava e ela começava a pensar em perdoá-lo a cada suspiro. São surpreendentes os lugares para onde o amor pode levar uma pessoa. É espantoso descobrir até onde essa pessoa é capaz de ir.

Há certas noites em que é melhor parar de pensar no passado e em tudo o que se ganhou ou se perdeu. Em noites como essas, simplesmente se meter na cama, entre lençóis brancos e limpos, é um grande alívio. É apenas uma noite de junho como qualquer outra, exceto pelo calor, e a luz esverdeada no céu, e a lua. E, no entanto, o que acontece com os lilases enquanto todos dormem é extraordinário. Em maio, havia alguns botões desfalecidos, mas agora os lilases floresceram novamente, fora da estação e da noite para o dia, num único rompante delicado, produzindo flores tão perfumadas que o próprio ar fica púrpura e adocicado. Não vai demorar muito até que as abelhas comecem a ficar atordoadas. Os pássaros não se lembrarão de migrar para o norte. Durante semanas, as pessoas vão ser atraídas para a calçada em frente à casa de Sally Owens, arrancadas de suas cozinhas e salas de jantar pelo aroma dos lilases, pela lembrança do desejo e do verdadeiro amor e de mil outras coisas há muito esquecidas e que, às vezes, elas preferiam que continuassem esquecidas.

◆━◆

Na manhã do aniversário de 13 anos de Kylie Owens, o céu está infinitamente azul e encantador, mas, muito antes de o sol nascer, antes de os despertadores tocarem, Kylie já está acordada. Há horas ela está acordada. Está tão alta que facilmente poderia passar por uma jovem de 18 anos, se pegasse emprestadas as roupas da irmã, o batom da mãe e as botas vermelhas de coubói da sua tia Gillian. Kylie sabe que não deve ter pressa, tem a vida inteira pela frente. Ainda assim, tem avançado rumo a esse exato momento na velocidade da luz durante toda a sua existência, completamente concentrada nele, como se essa exata manhã de julho fosse o centro do universo. Certamente vai ser uma adolescente muito melhor do que foi uma criança. Ela meio que acreditou nisso a vida toda e, agora, a tia leu as cartas de tarô para ela e previu muita sorte. Afinal, a carta da Estrela saiu na tiragem, justamente na posição do destino, e esse símbolo garante o sucesso em todos os empreendimentos.

Faz quinze dias que a sua tia Gillian está dormindo no quarto dela, por isso Kylie sabe que Gillian dorme como uma menininha, coberta com uma grossa colcha de retalhos, embora a temperatura passe dos 30 graus todos os dias, desde que ela chegou, como se a tia tivesse trazido consigo, no porta-malas do carro, um pouco do Sudoeste que tanto adora. Elas arrumaram o quarto como fariam duas colegas de dormitório, dividindo tudo exatamente pela metade, com uma única exceção, uma vez que Gillian precisa de mais espaço no guarda-roupa e pediu a Kylie para fazer algumas pequenas mudanças na decoração do quarto. A manta preta de bebê, que sempre ficava aos pés da cama de Kylie, está agora dobrada e guardada numa caixa no porão, junto com o tabuleiro de xadrez, que na opinião da tia ocupava espaço demais. O sabonete preto, que as tias enviam todos os anos de presente, foi retirado da saboneteira e substituído por um sabonete transparente francês, com fragrância de rosas.

Gillian tem preferências e aversões muito pessoais e uma opinião a respeito de tudo. Dorme muito, pega coisas emprestadas sem pedir e prepara ótimos brownies de chocolate com M&M misturado na massa. É bonita, ri mil vezes mais do que Sally, e Kylie quer ser exatamente como ela. Ela segue Gillian por toda parte, observa-a e está pensando em cortar o cabelo curto, isto é, se tiver coragem. Se concedessem a Kylie um único desejo, seria acordar e descobrir que seu cabelo pardacento milagrosamente está agora do mesmo louro magnífico que Gillian tem a sorte de possuir, como feno deixado ao sol ou barras de ouro.

O que torna Gillian ainda mais admirável é que ela e Antonia não se dão bem. Com o tempo, talvez até passem a se detestar. Na semana anterior, Gillian pegou emprestada a minissaia preta de Antonia para usar na festa do bairro, no Dia da Independência, e sem querer derramou Coca-Cola Diet na saia, dizendo depois a Antonia que ela era muito intolerante, quando a sobrinha ousou reclamar. Agora Antonia perguntou à mãe se pode colocar um cadeado na porta do seu guarda-roupa. Ela disse à irmã que a tia é um zero à esquerda, uma derrotada, uma criatura patética.

Gillian aceitou um emprego na Barraca do Hambúrguer, no Pedágio, onde todos os adolescentes se apaixonam loucamente por ela, pedindo cheeseburgers que não querem comer e litros de Ginger Ale e Coca-Cola, só para ficar perto dela.

– Trabalhar é o que as pessoas têm de fazer se quiserem ter dinheiro para gastar em festas – disse Gillian na noite anterior, uma atitude que já atrapalhou seus planos de seguir para a Califórnia, porque ela sente uma atração irresistível pelas ruas comerciais (lojas de calçados, em particular, são uma tentação para Gillian) e não parece conseguir economizar um centavo.

Nessa noite, elas estavam comendo cachorros-quente de tofu e um tipo de feijão que supostamente faz bem, embora, na opinião de Kylie, tenha gosto de pneu de caminhão. Sally recusa-se a servir carne, peixe ou ave em casa, apesar das reclamações das filhas. Ela tem de fechar os olhos quando passa pelas embalagens de coxa de galinha no mercado e, ainda assim, nunca se esquece do pombo que as tias usaram em seu mais trágico encantamento de amor.

– Diga isso a um neurocirurgião – Sally tinha respondido uma vez ao comentário da irmã sobre o limitado valor do trabalho. – Diga isso a um físico nuclear ou a um poeta.

– Tudo bem – Gillian ainda estava fumando, embora todas as manhãs prometesse parar e soubesse muito bem que a fumaça desagradava a todos, exceto Kylie. Ela soltava a fumaça rapidamente, como se isso reduzisse a aversão das pessoas. – Então encontre um poeta ou um físico. Será que existe algum neste bairro?

Kylie ficou satisfeita com o desprezo da tia pelo seu amorfo bairro de subúrbio, um lugar sem eira nem beira, mas com fartura de fofoqueiros. Todos estão sempre atormentando seu amigo Gideon, ainda mais agora que ele raspou a cabeça. Ele dizia que não dava a mínima e insistia em dizer que a maioria dos vizinhos tinha um cérebro tão pequeno quanto o de uma doninha, mas ultimamente fica nervoso quando alguém fala com ele diretamente; e, quando andam juntos no Pedágio e um carro buzina, ele às vezes leva um susto, como se aquilo fosse um insulto.

As pessoas gostavam de falar, por qualquer motivo que fosse. Qualquer coisa diferente ou ligeiramente incomum servia. A maioria das pessoas da sua rua já tinha discutido o fato de Gillian não usar a parte superior do biquíne quando tomava sol no quintal. Todos sabiam exatamente como era a tatuagem em seu pulso e que ela tinha tomado pelo menos seis cervejas na festa do quarteirão – talvez até mais – e depois rejeitara Ed Borelli, quando ele a convidara para sair, embora fosse o vice-diretor da escola e chefe da irmã. Linda Bennett, vizinha das Owens, não permitia que o optometrista com quem estava saindo viesse à sua casa buscá-la antes do anoitecer, tão nervosa ficava por ter alguém como Gillian morando na casa ao lado. Todos concordavam que a irmã de Sally era desconcertante. Havia ocasiões em que alguém a encontrava na mercearia e ela insistia para que essa pessoa aparecesse em sua casa e a deixasse ler as cartas de tarô para ela, e outras vezes essa mesma pessoa a cumprimentava na rua e Gillian a fitava com um olhar vazio, como se estivesse a um milhão de quilômetros de distância, digamos que em algum lugar como Tucson, onde a vida era bem mais interessante.

Aos olhos de Kylie, Gillian tinha a capacidade de tornar qualquer local interessante. Até mesmo um lixão, como o seu quarteirão, podia parecer cintilante quando estava sob o tipo certo de luz. Os lilases tinham ficado absolutamente sem controle, desde a chegada de Gillian, como se estivessem prestando uma homenagem a sua beleza e seu encanto, e tinham ultrapassado os limites do quintal dos fundos e se espalhado pelo gramado da frente, um caramanchão púrpura estendendo-se sobre a cerca e a entrada de carros. Os lilases não deviam florescer em julho, esse era um simples fato botânico, ou pelo menos costumava ser até agora. As moças da vizinhança tinham começado a sussurrar no ouvido umas das outras que, se uma garota beijasse o menino de quem gostava sob os lilases das Owens, ele seria dela para sempre, ele quisesse ou não. A Universidade Estadual, em Stony Brook, enviara dois botânicos para estudar a formação dos botões dessas plantas surpreendentes, que floresciam fora da estação e ficavam mais altas e luxuriantes a cada minuto que passava. Sally se recusara a deixar os botânicos entrarem no quintal. Ela os molhara com a mangueira do jardim para afugentá-los, mas ocasionalmente os cientistas estacionavam do outro lado da calçada, para admirar os espécimes que não podiam alcançar, debatendo se seria ético ou não atravessar correndo o gramado, com tesouras de jardinagem na mão, e tirar as amostras que queriam.

Por algum motivo, os lilases afetavam a todos. Na noite anterior, Kylie tinha acordado perto da meia-noite e ouvido um choro. Ela se levantou da cama e foi até a janela. Ali, junto aos lilases, estava sua tia Gillian aos prantos. Kylie observou por algum tempo, até Gillian enxugar os olhos e tirar um cigarro do bolso. Enquanto se enfiava de novo na cama, Kylie teve certeza de que, um dia, ela também estaria chorando num jardim à meia-noite, ao contrário da mãe, que estava sempre na cama às onze horas e não parecia ter nada na vida pelo que valesse a pena chorar. Kylie se perguntou se a mãe algum dia tinha chorado pelo seu pai ou se talvez ela tivesse perdido a capacidade de chorar justamente no dia em que ele morreu.

Ali no quintal, noite após noite, Gillian ainda chorava por Jimmy. Simplesmente não parecia capaz de se conter, mesmo agora. Ela, que prometera solenemente nunca deixar que a paixão a controlasse, tinha sido fisgada. Tinha ficado por muito tempo, quase o ano inteiro, tentando reunir coragem e sangue-frio para ir embora de casa. Escrevia o nome de Jimmy num pedaço de papel e o queimava na primeira sexta-feira de cada mês, durante a lua minguante, para tentar se livrar do seu desejo por ele. Mas isso não a ajudava a esquecê-lo. Depois de mais de vinte anos de paqueras e encontros casuais, nos quais tinha jurado a si mesma jamais se comprometer, tinha de se apaixonar por alguém como ele, alguém tão cruel que, no dia em que chegaram com a mudança na casa alugada de Tucson, todos os ratos tinham fugido, porque até os ratos tinham mais bom senso do que ela.

Agora que está morto, Jimmy parece muito mais encantador. Gillian continua a se recordar de como seus beijos eram ardentes e a simples lembrança deles já basta para mexer com ela. Ele a fazia arder de desejo. E era capaz de fazer isso em menos de um minuto, o que não é algo fácil de se esquecer. Ela só espera que os malditos lilases parem de florescer, porque o cheiro se infiltra na casa e se espalha por todo o quarteirão, e às vezes ela jura que pode senti-lo até na Barraca do Hambúrguer, que fica a quase um quilômetro depois do Pedágio. A vizinhança está completamente alvoroçada por causa dos lilases – eles até já saíram na primeira página do jornal *Newsday* –, mas o cheiro penetrante está enlouquecendo Gillian. Fica impregnado nas roupas e no cabelo, e talvez seja por isso que ela tem fumado tanto, para disfarçar esse odor de lilases e substituí-lo por outro mais forte e mais cheio de fogo.

Ela não consegue parar de pensar no modo como Jimmy costumava manter os olhos abertos quando a beijava – chocava-a perceber que ele ficava observando-a. Um homem que não fecha os olhos, nem quando beija, é um homem que deseja manter o controle o tempo todo. Os olhos de Jimmy tinham pontinhos frios no centro e, a cada vez que o beijava, Gillian se perguntava se o que estava fazendo não era um pouco como fazer um pacto com o diabo. Era às vezes a impressão que ela tinha, sobretudo quando via na rua uma mulher que podia ser autêntica em público, sem medo de que o marido ou namorado explodisse com ela. "Eu disse para você não estacionar aqui", disse uma mulher um dia ao marido, em frente ao cinema ou ao mercado de pulgas, e essas palavras provocaram lágrimas em Gillian. Que maravilha dizer o que se tinha vontade sem ter de ensaiar primeiro, mentalmente, várias e várias vezes, para ter certeza de que isso não causaria uma briga.

Ela um dia vai reconhecer que lutou com todas as suas forças para combater o que simplesmente não podia vencer sozinha. Tentou de tudo para impedir que Jimmy bebesse; experimentou métodos de cura antigos assim como outros, mais novos. Ovos de coruja mexidos e disfarçados com molho Tabasco e pimenta-malagueta, como na receita de *huevos rancheros*. Dentes de alho sob o travesseiro dele. Uma pasta de sementes de girassol nos cereais dele, no café da manhã. Esconder as garrafas; sugerir os Alcoólatras Anônimos; ousar provocar uma briga com ele, quando sabia que não podia vencer. Tinha tentado até o feitiço favorito das tias: esperar até que ele estivesse de porre e depois enfiar sorrateiramente um peixinho vivo em sua garrafa de uísque. As guelras do peixe tinham ficado paralisadas no exato instante em que a pobre criatura entrara em contato com a bebida, e Gillian quase morreu de culpa por causa disso, mas Jimmy não notou nada de estranho na bebida. Ele tomou o peixinho num grande gole, sem sequer piscar, depois se sentiu muito indisposto pelo resto da noite, mas depois seu gosto pela bebida pareceu redobrado. Foi então que ela teve a ideia da beladona, que na época lhe pareceu um plano modesto, só um pequeno artifício para facilitar as coisas e fazê-lo dormir antes de ficar totalmente bêbado.

Quando se senta à noite junto aos lilases, Gillian está tentando decidir se tem ou não a sensação de que cometeu um assassinato. Bem, não tem. Não houve intenção nem premeditação. Se tivesse que fazer tudo de novo, ela faria, embora alterasse uma coisinha ou outra aqui e ali. Ela de fato se sente mais amistosa com relação a Jimmy do que se sentia há muito tempo. Há uma proximidade e uma ternura que sem dúvida não existiam antes. Ela não quer deixá-lo totalmente sozinho na terra fria. Quer estar por perto e lhe contar como foi seu dia, e ouvir as piadas que ele costumava contar quando estava de bom humor. Ele odiava advogados, uma vez que nenhum o livrara de cumprir pena na prisão, e colecionava piadas sobre procuradores. Sabia um milhão delas e nada conseguia impedi-lo de contar uma, se estivesse disposto a isso. Pouco antes de pararem no acostamento em Nova Jersey, Jimmy perguntara a ela o que era marrom e preto e ficava bem num advogado. "Um rottweiler", dissera ele. Parecia tão feliz naquele momento, como se tivesse a vida inteira pela frente. "Pense", ele insistira. "Entendeu a piada?"

Às vezes, quando Gillian se senta na grama e fecha os olhos, pode jurar que Jimmy está ao seu lado. Quase pode senti-lo estendendo a mão na direção dela, do jeito que costumava fazer quando estava bêbado e enlouquecido e queria esbofeteá-la ou transar com ela – ela nunca sabia bem o que seria, até o último minuto. Mas, assim que ele começava a girar aquele anel de prata no dedo, ela sabia que era melhor ter cuidado. No momento em que ele fica real demais, ali no quintal, e Gillian começa a pensar em como as coisas eram – de verdade –, a presença de Jimmy deixa de parecer tão amistosa. Quando isso acontece, Gillian corre para dentro, tranca a porta dos fundos e olha os lilases por trás da segurança do vidro. Ele costumava deixá-la apavorada, costumava obrigá-la a fazer coisas que ela jamais teria coragem de confessar em voz alta.

Sinceramente, ela está feliz por estar dividindo o quarto com a sobrinha. Tem medo de dormir sozinha, de modo que está satisfeita mesmo não dispondo de muita privacidade. Nessa manhã, por exemplo, quando Gillian abre os olhos, Kylie já está sentada na beirada da cama, olhando fixamente para ela. São apenas sete horas da manhã e Gillian só tem de voltar ao trabalho na hora do almoço. Ela solta um gemido e cobre a cabeça com a colcha.

– Já tenho 13 anos! – diz Kylie, surpresa, como se ela própria estivesse aturdida por isso lhe ter acontecido. É a coisa que ela mais quis durante a vida inteira e agora de fato conseguiu.

Gillian imediatamente se senta na cama e abraça a sobrinha. Lembra exatamente a surpresa que foi crescer, como era perturbador e emocionante, tudo tão repentino.

– Eu me sinto diferente – sussurra Kylie.

– Claro que se sente – diz Gillian. – Você está diferente.

A sobrinha a cada dia confia mais nela, talvez porque dividam o mesmo quarto e podem ficar conversando em voz baixa, até tarde da noite, depois que as luzes já estão apagadas. Gillian fica comovida ao ver como Kylie a examina, como se ela fosse um manual sobre como ser mulher. Não consegue se lembrar de ninguém que a tenha admirado desse jeito antes, e a experiência é, ao mesmo tempo, inebriante e embaraçosa.

– Feliz aniversário! – cumprimenta Gillian. – Será o melhor da sua vida.

O cheiro daqueles malditos lilases misturou-se com o do café da manhã que Sally já está preparando na cozinha. Mas há o de café também, de modo que Gillian se arrasta para fora da cama e recolhe as roupas que deixou espalhadas pelo chão na noite anterior.

– Espere até mais tarde – Gillian diz à sobrinha. – Quando ganhar o meu presente, você vai ficar completamente transformada. Cento e cinquenta por cento. As pessoas vão ver você na rua e não vão acreditar.

Em homenagem ao aniversário de Kylie, Sally preparou panquecas, suco de laranja e salada de frutas com coco ralado e passas. No início da manhã, antes que os pássaros começassem a cantar, ela foi ao fundo do quintal e cortou alguns lilases, que arrumou num vaso de cristal. As flores parecem gloriosas, como se cada pétala emitisse um raio de luz arroxeada. Elas são hipnóticas, se a pessoa olhar por tempo demais para elas. Sally se sentou à mesa fitando as flores e, antes que se desse conta, tinha lágrimas nos olhos e sua primeira leva de panquecas já havia queimado na grelha.

Na noite anterior, Sally sonhou que o chão abaixo dos lilases tinha ficado vermelho-sangue e a grama soltava um som choroso quando o vento começava a soprar. Ela sonhou que os cisnes que a assombravam em noites insones estavam arrancando suas penas brancas, uma a uma.

E depois construíam um ninho grande o bastante para caber um homem. Sally acordou com os lençóis úmidos de suor. A testa dava a impressão de ter sido espremida num torno. Mas isso não era nada se comparado à noite anterior, quando ela sonhara que havia um homem morto sentado à mesa da cozinha e ele não ficou nada satisfeito quando lhe serviram lasanha vegetariana no jantar. Com uma bufada feroz, ele derrubou todos os pratos da mesa. Num instante, havia louça quebrada por toda parte e um tapete todo estraçalhado no chão.

Ela tem sonhado tanto com Jimmy, com seus olhos claros e frios, que às vezes não consegue pensar em mais nada. Anda carregando o sujeito para todo lado com ela, sendo que, para começar, ela nem chegou a conhecê-lo, o que não lhe parece justo. O pior é que sua relação com esse homem morto é mais profunda do que qualquer coisa que teve com qualquer outro homem nos últimos dez anos, e isso é assustador.

Nessa manhã, Sally não tem certeza se está trêmula devido aos sonhos com Jimmy ou se é a cafeína que já está fazendo efeito, ou se é simplesmente porque a sua caçula completou 13 anos. Talvez seja a potência de todos os três fatores combinados. Bem, 13 anos não é nada, não significa que Kylie já seja uma moça. Pelo menos é o que Sally está dizendo a si mesma. Mas, quando Kylie e Gillian entram na cozinha, os braços em volta uma da outra, Sally desata a chorar. Há um fator que ela se esqueceu de incluir em sua equação: o ciúme.

– Bem, bom dia para você também – diz Gillian.

– Feliz aniversário – Sally diz a Kylie, mas seu tom de voz não é de alguém muito alegre.

– Um pouco mais de ênfase no "feliz"! – Gillian lembra à Sally, enquanto se serve de uma enorme xícara de café.

Gillian vê sua imagem refletida na torradeira. Essa não é uma hora muito favorável para ela. Ela alisa a pele ao redor dos olhos. Desse dia em diante, só se levantará da cama às nove ou dez horas, nunca mais cedo, embora depois do meio-dia fosse preferível.

Sally entrega a Kylie uma caixinha embrulhada com uma fita cor-de-rosa. Sally tinha sido especialmente cuidadosa, controlando os gastos da mercearia e evitando restaurantes, para oferecer à filha o coração de ouro numa corrente. Não pôde deixar de reparar que, antes de Kylie se permitir uma reação, ela olha para Gillian.

– Bonito – diz Gillian, aprovando com a cabeça. – Ouro de verdade? – pergunta.

Sally pode sentir algo quente e vermelho começar a se esgueirar pelo seu peito e sua garganta. E se Gillian tivesse dito que o pingente não passava de uma bugiganga, o que Kylie teria feito?

– Obrigada, mãe – diz Kylie. – É mesmo muito bonito.

– E isso é surpreendente, uma vez que a sua mãe em geral não tem gosto para joias. Mas esse é ouro de verdade – Gillian segura a corrente junto ao pescoço e deixa o coração oscilar acima dos seios. Kylie começou a empilhar panquecas num prato. – Vai comer tudo isso? – pergunta Gillian. – Todo esse carboidrato?

– Ela tem 13 anos. Uma panqueca não vai matá-la – Sally gostaria de estrangular a irmã. – Ela é nova demais para ficar pensando em carboidratos.

– Muito bem – diz Gillian. – Ela pode pensar nisso quando tiver 30 anos. Depois que já for tarde demais.

Kylie pega a salada de frutas. A menos que Sally esteja equivocada, a filha está usando o lápis azul de Gillian sob os olhos. Kylie coloca duas ínfimas colheradas de frutas em sua tigela e come bocadinhos bem pequenos, embora tenha quase 1,80 metro de altura e pese apenas 53 quilos.

Gillian se serve de uma tigela de frutas.

– Passe na Barraca do Hambúrguer às seis. Assim vamos ter um tempinho antes do jantar.

– Legal – diz Kylie.

As costas de Sally estão rígidas.

– Tempinho para quê?

– Nada – diz Kylie, emburrada como uma típica adolescente.

– Papo de garotas – diz Gillian, dando de ombros. – Ei! – diz ela, enfiando a mão no bolso do jeans. – Quase esqueci.

Gillian tira uma pulseira de prata que encontrou numa loja de penhores a leste de Tucson por apenas doze dólares, apesar da impressionante pedra turquesa no centro. A pessoa devia estar totalmente falida para abrir mão daquilo com tanta facilidade. Não devia ter restado à infeliz nem sequer um pouco de sorte.

– Ah, meu Deus! – exclama Kylie, quando Gillian lhe entrega a pulseira. – É incrível. Nunca mais vou tirá-la do braço.

– Preciso falar com você lá fora – Sally informa a Gillian.

O rosto de Sally está vermelho até a raiz dos cabelos e ela está morta de ciúme, mas Gillian não percebe nada errado. Ela lentamente reabastece sua xícara de café, acrescenta leite e creme, depois segue atrás de Sally para o quintal, bem devagar.

– Quero que dê o fora daqui – diz Sally. – Entende o que estou dizendo? Estou sendo clara?

Choveu na noite anterior e a grama está escorregadia e cheia de minhocas. Nenhuma das irmãs está calçando sapatos, mas é tarde demais para voltar atrás e entrar na casa.

– Não grite comigo! – diz Gillian. – Não aguento isso. Vou surtar, Sally. Sou frágil demais para isso.

– Não estou gritando. Tudo bem? Estou simplesmente afirmando que Kylie é minha filha.

– Pensa que não estou ciente disso? – o tom de Gillian agora é gélido, exceto pelo tremor na voz, que a entrega.

Na opinião de Sally, Gillian realmente é frágil, essa é a pior parte. Ou pelo menos ela pensa que é, o que dá mais ou menos no mesmo.

– Talvez ache que sou má influência – diz Gillian.– Talvez essa seja a causa dessa cena toda.

O tremor está piorando. Gillian fala da maneira como costumava falar quando elas tinham de voltar da escola para casa, no final de novembro. Já estava escuro e Sally esperava por ela, para que não se perdesse, como tinha acontecido no jardim de infância. Naquela ocasião, ela tinha se afastado e as tias só a encontraram depois da meia-noite, sentada num banco na frente da biblioteca fechada, chorando tanto que estava sem fôlego.

– Olhe – diz Sally. – Não quero brigar com você.

– Sim, você quer – Gillian está engolindo o café em grandes goles. Só agora Sally repara como a irmã está magra. – Tudo o que faço é errado. Pensa que não sei? Ferrei com a minha vida toda e todos à minha volta se ferraram junto comigo.

– Ah, vamos. Não comece.

Sally pretende dizer algo sobre o hábito de se culpar, bem como sobre todos os homens que Gillian ferrou ao longo dos anos, mas ela se cala quando Gillian se senta na grama e começa a chorar. As pálpebras de Gillian sempre ficam azuis quando ela chora, o que faz com que pareça frágil e perdida, e ainda mais bonita do que de costume. Sally se agacha ao lado dela.

– Não acho que esteja ferrada – diz Sally à irmã. Uma mentirinha não faz mal a ninguém se os dedos estiverem cruzados atrás das costas ou se ela for dita para que alguém que se ama pare de chorar.

– Tá, conta outra – a voz de Gillian se parte, como um pedaço duro de açúcar.

– Realmente estou contente por você estar aqui.

Isso não é totalmente mentira. Ninguém conhece tão bem uma pessoa como aquela com quem se conviveu na infância. Ninguém jamais compreenderá você do mesmo jeito.

– Ah, é, acredito.

Gillian assoa o nariz na manga da blusa branca. A blusa de Antonia, na verdade, que ela pegou emprestada no dia anterior e que, como lhe cai tão bem, Gillian já começou a considerá-la sua.

– Estou falando sério – insiste Sally. – Quero que fique aqui. Quero que more conosco. Apenas, daqui em diante, pense antes de fazer alguma coisa.

– Entendi – diz Gillian.

As irmãs se abraçam e se levantam da grama. Fazem menção de entrar na casa, mas o olhar das duas é atraído para a sebe de lilases.

– Isso é algo sobre o que não quero pensar – sussurra Gillian.

– Temos simplesmente de tirá-lo da cabeça – diz Sally.

– Certo – concorda Gillian, como se pudesse parar de pensar nele.

Os lilases cresceram tanto que se enroscaram nos fios telefônicos, com florações tão profusas que alguns galhos começaram a vergar em direção ao chão.

– Ele nunca sequer esteve aqui – diz Sally.

Ela provavelmente pareceria mais segura se não fosse por todos aqueles sonhos ruins que continuam a persegui-la e pelas unhas sujas de terra que se recusam a ficar limpas. Isso, acrescido do fato de que ela não consegue parar de pensar no jeito como ele olhava fixamente para ela, enquanto o depositavam naquele buraco no chão.

– Que Jimmy? – diz Gillian animadamente, embora os hematomas que ele deixou nos braços dela ainda estejam ali, como pequenas sombras.

Sally vai para dentro, pensando em acordar Antonia e lavar a louça suja do café, mas Gillian fica parada onde está por algum tempo. Ela inclina a cabeça para trás e fecha os olhos claros contra o sol, e pensa na loucura que o amor pode ser. É assim que ela está, descalça na grama, com a marca salina das lágrimas nas bochechas e um sorriso estranho no rosto, quando o professor de Biologia da escola secundária levanta o trinco do portão dos fundos, para que possa entrar e avisar Sally sobre a reunião na cantina no sábado à noite. Porém, ele nunca chega a atravessar o portão – fica imobilizado ali mesmo tão logo vê Gillian e, daí em diante, sempre que sentir o aroma de lilases, vai se lembrar daquele momento. Das abelhas circulando a cabeça dele, da tinta dos folhetos em sua mão parecendo tão roxa de repente e de como subitamente ele se deu conta do quanto uma mulher pode ser bela.

<hr />

Todos os adolescentes da Barraca do Hambúrguer dizem "sem cebola" quando Gillian anota seus pedidos. Catchup tudo bem, assim como mostarda e outros condimentos. Picles como acompanhamento também são aceitáveis. Mas, quando o garoto está apaixonado, quando está tão obcecado que não consegue nem piscar, ele não quer cebola, e não é para garantir que o beijo seja doce. As cebolas despertam a pessoa, lhe dão uma sacudida, causam um estalo nela e a obrigam a cair na real. Vá encontrar alguém que retribua o seu amor. Saia e dance a noite inteira, depois passeie no escuro, de mãos dadas, e esqueça quem quer que esteja enlouquecendo você.

Esses garotos no balcão são jovens e sonhadores demais para fazer qualquer coisa que não seja dizer bobagens enquanto observam Gillian. E, sejamos justos, Gillian faz questão de ser amável com eles, mesmo quando Ephraim, o cozinheiro, sugere que ela os coloque para fora da lanchonete. Ela compreende que esses talvez sejam os últimos corações que irá partir. Quando você tem 36 anos e já está cansada; quando morou em lugares onde a temperatura passa dos 40 graus e o ar é tão seco que precisa usar litros de hidratante; quando foi espancada, tarde da noite, por um homem que adora uísque, você começa a perceber que tudo um dia acaba, inclusive o próprio encanto. Você começa a olhar para os garotos mais novos com ternura, pois eles sabem tão pouco e pensam que sabem tanto. Você presta mais atenção nos adolescentes e sente arrepios de cima a baixo nos braços – essas pobres criaturas nada sabem sobre o tempo ou o sofrimento ou o preço que terão de pagar por quase tudo.

E, por isso, Gillian decidiu oferecer ajuda à sobrinha. Será a mentora de Kylie, enquanto a menina deixa a infância para trás. Gillian nunca sentiu esse apego a uma criança antes. Para ser sincera, nunca conheceu nenhuma e com certeza nunca esteve interessada no futuro ou no destino de mais ninguém. Mas Kylie inspira nela um estranho impulso de proteger e orientar. Há momentos em que Gillian se pega pensando que, se tivesse uma filha, queria que ela fosse como Kylie. Só um pouco mais confiante e ousada. Um pouquinho mais como a própria Gillian.

Embora normalmente esteja atrasada, na noite do aniversário da sobrinha Gillian já tem tudo preparado antes de Kylie chegar à Barraca do Hambúrguer. Ela até falou com Ephraim sobre a possibilidade de sair mais cedo, para que possam chegar a tempo no Del Vecchio, para o jantar de aniversário. Mas primeiro há a questão do outro presente de Gillian, que valerá muito mais do que a pulseira de turquesa. Esse presente não levará menos que duas horas e, como a maioria das coisas com que Gillian se envolve, também vai causar muito tumulto.

Kylie, que está vestindo um short cortado de uma calça e uma camiseta velha dos Knicks, obedientemente acompanha Gillian ao banheiro feminino, embora não tenha a menor ideia do que a espera. Está usando a pulseira que Gillian lhe deu, assim como o pingente para o qual a mãe economizou por tanto tempo. Ela tem uma sensação esquisita nas pernas. Queria ter tido tempo para correr em volta do quarteirão uma ou duas vezes. Talvez assim não tivesse a impressão de estar prestes a arder em chamas ou desmoronar.

Gillian acende a luz do banheiro, tranca a porta e procura debaixo da pia uma sacola de papel.

– Os ingredientes secretos – diz ela a Kylie, enquanto tira da sacola uma tesoura, um frasco de xampu e uma embalagem de descolorante. – O que me diz? – pergunta ela, quando Kylie para ao seu lado. – Quer descobrir como você é realmente bonita?

Kylie sabe que a mãe vai matá-la. Vai mostrar sua mágoa pelo resto da vida e tirar todos os privilégios da filha – nada de cinema nos fins de semana, nada de rádio, nada de televisão. Pior, a mãe vai ficar com aquele horrível ar de decepção no rosto: *Olha o que você fez* é o que a expressão dela dirá. *Depois de eu ter trabalhado tanto para sustentar você e Antonia e dar às duas uma boa educação.*

– Claro – diz Kylie, com descontração, como se o seu coração não estivesse a mil por hora. – Vamos nessa! – diz ela à tia, como se toda a sua vida não estivesse prestes a dar um salto mortal.

Demora muito tempo para se fazer praticamente qualquer coisa que valha a pena no cabelo de alguém, ainda mais uma mudança tão radical como essa, por isso Sally, Antonia e Gideon Barnes esperam quase uma hora sentados a uma mesa no Del Vecchio, tomando Coca- -Cola Diet e espumando de raiva.

– Faltei ao treino de futebol para vir aqui – diz Gideon, lamentando-se.

– Ah, quem se importa – rebate Antonia.

Antonia trabalhou o dia inteiro na sorveteria e está com o ombro direito dolorido, por causa de todas as casquinhas que serviu. Não se sente nem ela mesma essa noite, embora não faça ideia de quem mais poderia ser. Há semanas que ninguém a convida para sair. De repente, os rapazes que estavam tão loucos por ela parecem mais interessados ou por garotas mais novas – que podem não ser tão bonitas quanto Antonia, mas se impressionam com qualquer coisa, um prêmio idiota do clube do computador ou um troféu da equipe de natação, e se desmancham se um garoto lhes faz o menor elogio – ou por mulheres mais velhas, como a sua tia Gillian, que tem muito mais experiência sexual do que uma moça da idade de Antonia e pode deixar um adolescente excitado só de tentar adivinhar o que ela poderia lhe ensinar na cama.

Esse verão não está sendo o que Antonia esperava. Ela já pode afirmar que essa noite já é outra causa perdida. A mãe a apressou para que ela não chegasse atrasada no jantar e Antonia estava com tanta pressa que pegou as roupas da cômoda sem olhar. E agora ela viu que o que ela pensou que fosse uma camiseta preta se revelou uma horrível coisa verde-oliva, que normalmente ela não usaria nem morta. Em geral, os garçons dali piscavam para Antonia e lhe ofereciam cestinhas extras de torradas e pão de alho. Nessa noite, nenhum deles chegou a notar sua presença, exceto um auxiliar de garçom esquisito, que lhe perguntou se ela queria Coca-Cola ou Ginger Ale.

– Isso é tão típico da tia Gillian – ela diz à mãe, depois de terem esperado durante o que parecia uma eternidade. – É muita falta de consideração.

Sally, que não tem absoluta certeza de que Gillian não incentivaria Kylie a pular dentro de um trem de carga ou viajar de carona para Virginia Beach, sem nenhuma razão específica que não a de se divertir, está tomando uma taça de vinho, algo que raramente faz.

– Bem, que se danem as duas – diz ela.

– Mãe! – diz Antonia, chocada.

– Vamos pedir – Sally sugere a Gideon. – Vamos mandar trazer duas pizzas de pepperoni.

– Você não come carne – Antonia a lembra.

– Então vou pedir outra taça de Chianti – diz Sally. – E cogumelos recheados. Talvez uma massa.

Antonia se vira para fazer um sinal ao garçom, mas imediatamente se vira de volta. Seu rosto está corado e ela passou repentinamente a suar. O sr. Frye, seu professor de Biologia, está numa das mesinhas do fundo, tomando uma cerveja e discutindo sobre as virtudes dos rollatini de berinjela com o garçom. Antonia é louca pelo sr. Frye. Ele é tão brilhante que Antonia pensou na possibilidade de repetir em Biologia I só para poder cursar a matéria de novo, até descobrir que ele seria seu professor de Biologia II no semestre seguinte. Não importa se é muito velho para ela. Ele é tão inacreditavelmente atraente que, se todos os garotos do último ano fossem colocados num saco de presente e enfeitados com um laço, ainda assim não chegariam nem perto dele. Todos os dias, o sr. Frye corre ao anoitecer e sempre dá três voltas em torno do reservatório, na extremidade mais distante da escola secundária. Antonia sempre dá um jeito de aparecer por lá, logo após o pôr do sol, mas ele nunca parece notá-la. Nunca nem sequer acena.

Claro que ela tem que dar de cara com ele na noite em que não se preocupou nem em se maquiar e está usando aquela coisa verde-oliva horrível, que, então percebe, não pertence a ela. Ela está ridícula. Até aquele idiota do Gideon Barnes está olhando para a camiseta dela.

– O que está olhando? – pergunta Antonia com tanta ira que Gideon afasta a cabeça instintivamente, como se esperasse ser esbofeteado. – Qual o problema? – exclama ela, quando Gideon continua a olhar fixamente. Santo Deus, ela não suporta o sujeito. Ele parece um pombo quando pisca e sempre faz um ruído esquisito com a garganta, como se estivesse prestes a escarrar.

– Acho que essa camiseta é minha – diz Gideon como quem se desculpa e, de fato, a camiseta é mesmo dele. Ele a comprou numa viagem a St. Croix, no último Natal, e a deixou na casa das Owens na semana anterior, motivo que fez com que se misturasse à roupa suja. Antonia ficaria mortificada se soubesse que, nas costas, está escrito SOU VIRGEM em letras pretas.

Sally chama o garçom e pede duas pizzas – de muçarela, sem pepperoni –, três porções de cogumelos recheados, uma porção de crostini, pão de alho e duas saladas.

– Ótimo! – diz Gideon, uma vez que, como sempre, está morto de fome. – Aliás – diz ele a Antonia –, pode me devolver a camiseta só amanhã.

– Puxa, obrigada! – Antonia já está a ponto de explodir. – Como se, por acaso, eu quisesse ficar com ela.

Ela ousa olhar por sobre o ombro. O sr. Frye está observando o ventilador de teto, como se o objeto fosse a coisa mais fascinante do mundo. Antonia presume que isso tenha a ver com algum tipo de estudo científico sobre a velocidade ou a luz, mas na verdade está diretamente relacionado com as experiências da juventude de Ben Frye, quando ele foi para San Francisco visitar um amigo e ficou quase dez anos por lá, trabalhando para um conhecido fabricante de LSD. Aquela foi a sua iniciação à ciência. É também a razão por que há momentos em que ele precisa tentar fazer o mundo girar mais devagar. E é em momentos como esse que ele para e olha fixamente para coisas como ventiladores de teto, gotas de chuva e vidraças. E se pergunta que diabos tem feito da sua vida.

Nesse instante, enquanto observa o ventilador girar, está pensando na mulher que viu naquele mesmo dia, no quintal de Sally Owens. Ele não tomou nenhuma atitude, como sempre faz, mas isso não acontecerá uma segunda vez. Se algum dia voltar a encontrá-la, vai se aproximar e lhe pedir que se case com ele; é isso que fará. Está farto de deixar sua vida passar em brancas nuvens. Há anos tem sido como aquele ventilador de teto, girando sem chegar a lugar nenhum. Pensando bem, qual é a diferença entre ele e uma mariposa, que vive toda a sua existência adulta em 24 horas? Na visão de Ben, até esse instante ele já deve ter vivido umas 19 horas, considerando-se as estatísticas sobre a longevidade do homem. Se o que lhe resta são mais cinco horas, poderia pelo menos viver, poderia mandar tudo às favas pelo menos uma vez na vida e simplesmente fazer o que lhe desse na telha.

Ben Frye está pensando em tudo isso, enquanto decide se pede ou não um cappuccino, que o manterá acordado metade da noite, quando

Gillian entra no restaurante. Ela está usando a melhor camiseta branca de Antonia e um jeans velho, e tem no rosto o mais belo sorriso. Seu sorriso poderia derrubar um pombo de uma árvore. Poderia virar tão completamente a cabeça de um homem que ele poderia derrubar sua cerveja e não reparar que ela está formando uma poça na toalha de mesa e no chão.

— Estão preparados? — pergunta Gillian, quando se aproxima da mesa onde estão esperando três clientes muito infelizes, com baixo nível de açúcar no sangue e sem um pingo de paciência.

— Estamos preparados há 45 minutos — diz Sally à irmã. — Se vai dar uma desculpa, é melhor que seja muito boa.

— Não estão vendo? — diz Gillian.

— Estamos vendo que não pensa em ninguém a não ser em si mesma — diz Antonia.

— Ah, é mesmo? — diz Gillian. — Bem, sem dúvida você sabe dessas coisas. Sabe melhor do que ninguém.

— Puta merda! — diz Gideon Barnes.

Nesse momento, ele esqueceu a barriga roncando. Não se incomoda mais que as pernas estejam com câimbra por estarem comprimidas no banco estreito daquela mesa, durante tanto tempo. Alguém que se parece muito com Kylie está caminhando na direção deles, só que essa pessoa é espetacular. Essa pessoa tem cabelo louro, curto, e é magra, não desengonçada como uma cegonha, mas no estilo das mulheres que conseguem fazer com que um cara se apaixone por elas, mesmo quando do as conheça faz uma eternidade, embora ele mesmo ainda não tenha vivido tanto tempo assim.

— Caramba! — diz Gideon, quando essa pessoa chega mais perto. É realmente Kylie. Deve ser, porque, quando ela dá um sorriso largo, Gideon pode ver o dente que ela lascou no verão anterior, quando mergulhou para pegar a bola no treino de futebol.

Assim que repara na maneira como todos estão olhando para ela, boquiabertos, como peixes dourados em cujo aquário ela acabasse de ser lançada, Kylie sente um formigamento que se assemelha a embaraço ou talvez arrependimento. Ela desliza para o lugar vago no banco ao lado de Gideon.

– Estou morta de fome – diz ela. – Vamos comer pizza?

Antonia tem de tomar um gole de água e, ainda assim, tem a impressão de que pode desmaiar. Algo horrível aconteceu. Uma reviravolta tão grande que o mundo parece não estar girando mais no eixo. Antonia sente-se murchar à iluminação amarelada do Del Vecchio. Já está se tornando a irmã de Kylie Owens, aquela do cabelo vermelho demais, que trabalha na sorveteria, tem pés chatos e uma dor no ombro que a impede de jogar tênis ou fazer as coisas direito.

– Ora, ninguém vai dizer nada? – pergunta Gillian. – Ninguém vai dizer: "Kylie! Você está incrível! Está deslumbrante! Feliz aniversário?".

– Como pôde fazer isso? – Sally se levanta para encarar a irmã. Talvez tenha tomado Chianti durante quase uma hora, mas nesse momento está sóbria. – Chegou a pensar em pedir a minha permissão? Chegou a pensar que ela talvez fosse jovem demais para começar a tingir o cabelo, usar maquiagem e fazer o que cargas-d'água você inventou, levando-a pelo mesmo caminho infeliz que você trilhou durante toda a sua vida? Chegou a pensar que eu não quero que ela seja como você e, se tivesse miolos, também não ia querer isso para ela, sobretudo considerando o que acabou de passar e sabe exatamente a que estou me referindo? – A essa altura, Sally está histérica e não vai baixar a voz. – Como pôde? – pergunta ela. – Como teve essa ousadia? – grita.

– Não precisa surtar desse jeito – essa, definitivamente, não é a reação que Gillian esperava. Aplausos, talvez. Um tapinha nas costas. Mas não esse tipo de acusação. – Podemos passar uma tinta castanho-clara por cima se é tão importante assim.

– É importante – Sally está com dificuldade para respirar. Ela olha para a menina no banco que é Kylie, ou que costumava ser Kylie, e sente uma apunhalada no coração. Ela inspira pelo nariz e expira pela boca, exatamente como lhe ensinaram nas aulas do método Lamaze, há tanto tempo. – Privar alguém da sua juventude e inocência, eu diria que isso não é pouca coisa. Diria que é importante.

– Mãe! – suplica Antonia.

Antonia nunca sofreu tamanha humilhação. O sr. Frye está olhando para elas como se a família estivesse encenando uma tragédia grega. E ele não é o único. Em todo o restaurante, todos pararam de conversar. Melhor prestar atenção às Owens. Melhor assistir ao espetáculo.

– Podemos simplesmente comer? – implora Antonia.

O garçom traz o pedido, que deposita sobre a mesa com hesitação. Kylie se esforça ao máximo para ignorar os adultos. Imaginou que a mãe ficaria furiosa, mas a reação dela está totalmente desproporcional.

– Não está morto de fome? – cochicha ela para Gideon. Kylie espera que Gideon seja a única pessoa equilibrada à mesa, mas, assim que vê a expressão no rosto do amigo, compreende que não é na comida que ele está pensando. – Qual o problema? – pergunta ela.

– É você – diz ele, e as palavras dele soam como uma acusação. – Está completamente diferente.

– Não estou – diz Kylie. – E só o meu cabelo.

– Não – diz Gideon. O choque está passando e ele sente como se tivessem roubado algo dele. Onde está a sua companheira de jogos e sua amiga? – Você não é a mesma pessoa. Como pôde ser tão burra?

– Ah, vá para o inferno! – diz Kylie, cheia de mágoa.

– Muito bem – retruca Gideon. – Então se importa em me deixar sair para eu poder ir para lá?

Kylie abre passagem para que Gideon possa deslizar para fora do banco.

– Você é um idiota – ela diz, enquanto ele vai embora, e parece tão serena que se espanta consigo mesma. Até Antonia está olhando para ela com algo que se assemelha a respeito.

– É assim que voce trata o seu melhor amigo? – pergunta Sally a Kylie. – Viu o que você fez? – diz ela a Gillian.

– Ele é um idiota – responde Gillian. – Quem vai embora de uma festa antes de ela sequer acontecer?

– Já aconteceu – diz Sally. – Não está vendo? Já acabou – ela procura a carteira na bolsa, em seguida joga algumas notas sobre a mesa para pagar a comida intocada. Kylie já agarrou um pedaço de pizza, que larga rapidamente ao ver a mãe carrancuda. – Vamos – diz Sally às filhas.

Ben Frye leva todo esse tempo para compreender que tem outra chance. Sally e as filhas se levantaram e Gillian está sozinha à mesa. Ben se aproxima displicentemente, como um homem cujo sangue não se aqueceu até atingir um grau perigoso.

– Olá, Sally – cumprimenta ele. – Como vai?

Ben é um dos poucos professores que trata Sally de igual para igual, embora ela seja apenas uma secretária. Nem todos são tão amáveis – Paula Goodings, a professora de matemática, tiraniza Sally, convencida de que ela é um parasita atrás da mesa, disponível para executar tarefas para qualquer pessoa que passe por ali. Ben e Sally se conhecem há anos e, quando Ben foi contratado pela escola secundária, cogitaram de sair juntos, antes de decidir que o que ambos realmente precisavam era de um amigo. Desde então, eles almoçam juntos com frequência e, nas reuniões da escola, são aliados. Gostam de sair para tomar cerveja e fofocar sobre o corpo docente e os funcionários.

– Vou bem mal – diz Sally, antes de reparar que ele seguiu adiante sem esperar resposta. – Já que você perguntou – acrescenta ela.

– Oi – diz Antonia a Ben Frye quando ele passa. Não é nada genial, mas é o melhor que ela consegue fazer no momento.

Ben abre um sorriso sem expressão, mas continua andando, até chegar à mesa onde Gillian olha fixamente a comida intacta.

– Algum problema com a comida? – pergunta Ben. – Posso ajudar em alguma coisa?

Gillian ergue os olhos para ele. Lágrimas correm dos seus olhos cinza-claros. Ben dá um passo na direção dela. Está tão perdido que não poderia recuar mesmo se quisesse.

– Problema nenhum – responde Sally, enquanto reúne as filhas e começa a marchar em direção à porta.

Se no momento o coração de Sally não estivesse tão fechado, ela sentiria pena de Ben. Lamentaria por ele. À essa altura, o professor já se sentou diante de Gillian. Tirou os fósforos da mão dela – que novamente está com aquele maldito tremor – e está acendendo o seu cigarro. Enquanto Sally conduz as filhas para fora do restaurante, acredita ter ouvido ele dizer à irmã: "Por favor, não chore". Talvez até tenha ouvido ele dizer: "Case-se comigo. Podemos fazer isso esta noite". Ou talvez esteja apenas imaginando que seja isso, uma vez que ela sabe que esse será o próximo passo. Todos os homens que já olharam para Gillian da maneira como Ben está olhando, nesse exato momento, fizeram a ela algum tipo de proposta.

Ora, da maneira como Sally encara isso, Ben é um homem adulto, pode cuidar de si mesmo ou, no mínimo, pode tentar. As filhas dela são um assunto totalmente diferente. Sally não está disposta a permitir que Gillian surja do nada, com três divórcios e um cadáver em seu passado recente, para começar a se comportar de modo irresponsável com as filhas e ameaçar o bem-estar delas. Meninas como Kylie e Antonia são vulneráveis demais. Meras palavras cruéis podem devastá-las; elas são facilmente levadas a acreditar que não são boas o suficiente. A simples visão do pescoço de Kylie, enquanto caminham pelo estacionamento, faz com que Sally tenha vontade de chorar. Mas não chora. E, o que é mais importante, jamais vai chorar.

– Meu cabelo não está tão ruim assim – diz Kylie, assim que entram no Honda. – Não entendo o que há de tão horrível no que fizemos.

Ela está sentada sozinha no banco de trás e se sente desengonçada. Não há espaço algum para as suas pernas; ela tem de se encolher para caber ali. Está quase a ponto de saltar do carro e ir embora. Poderia começar uma vida nova e jamais olhar de novo para trás.

– Se pensar a respeito, talvez entenda – responde Sally. – Você tem mais juízo do que a sua tia, portanto tem uma chance melhor de compreender o seu erro. Reflita.

É o que Kylie faz e, ao que tudo indica, isso é despeito. Ninguém quer que ela seja feliz, a não ser Gillian. Ninguém dá a mínima.

Elas seguem para casa em silêncio mas, depois que estacionam na entrada de carro e andam até a porta da frente, Antonia não consegue mais segurar a língua.

– Você está tão brega! – cochicha ela para Kylie. – E sabe o que é pior? – ela faz uma pausa, como se estivesse prestes a proferir uma maldição. – Está parecida com ela.

Os olhos de Kylie ardem, mas ela não tem medo de responder à irmã. Por que deveria ter? Antonia parece estranhamente pálida nessa noite e seu cabelo está ressecado, uma palha cor de sangue, preso com presilhas. Ela não é tão bonita. Não é tão superior quanto sempre pretendeu ser.

– Ora, isso é bom – diz Kylie. A voz dela é doce, tranquila e suave. – Se sou como a tia Gillian, fico feliz.

Sally ouve algo perigoso na voz da filha, mas evidentemente 13 anos é uma idade perigosa. É uma época em que uma menina pode ser respondona, em que o bem pode se transformar em mal sem nenhuma razão aparente e que, se uma mãe não tiver cuidado, pode perder a própria filha.

– Pela manhã iremos à farmácia – diz Sally. – Assim que passar uma tinta castanho-clara no cabelo, você vai ficar bem.

– Acho que essa é uma decisão minha – Kylie está surpresa consigo mesma, mas isso não significa que esteja disposta a se dar por vencida.

– Bem, eu discordo – diz Sally. Ela tem um nó na garganta. Gostaria de fazer alguma coisa que não fosse ficar parada ali; esbofetear Kylie, talvez, ou abraçá-la com força, mas sabe que nenhuma dessas coisas é possível.

– Bem, tanto pior – rebate Kylie. – Porque o cabelo é meu.

Assistindo à cena, Antonia abre um grande sorriso.

– Isso é da sua conta? – Sally pergunta a ela. Ela espera que Antonia esteja dentro de casa, antes de se voltar para Kylie. – Discutimos isso amanhã. Entre.

O céu está escuro e profundo. As estrelas começaram a aparecer. Kylie faz que não com a cabeça.

– Não vou entrar.

– Muito bem – diz Sally. Está com a voz presa, mas sua atitude é direta e inflexível. Há semanas está com receio da possibilidade de perder a filha, de que Kylie prefira o jeito descuidado de Gillian, de que cresça cedo demais. Sally planejava ser compreensiva e considerar esse comportamento uma fase passageira, mas agora que isso realmente aconteceu Sally está atordoada, ao descobrir o quanto está zangada. *Depois de tudo o que fiz por você!* Essa frase está cravada em algum lugar do seu cérebro e, muito pior, está igualmente no seu coração. – Se é assim que quer passar o seu aniversário, que seja.

Depois que Sally entra, a porta se fecha com um pequeno assobio, em seguida bate. Durante treze anos, Kylie vive sob esse céu, mas só nessa noite ela realmente olha as estrelas. Tira os sapatos, deixa-os na varanda, em seguida contorna a casa e vai até o quintal dos fundos. Nunca antes os lilases estiveram floridos no seu aniversário e ela considera isso um sinal de sorte. Os ramos estão tão exuberantes e cheios de flores que ela precisa se abaixar para passar por eles. Durante toda a sua vida, ela mediu forças com a irmã, e não fará mais isso. Esse é o presente que Gillian lhe deu nessa noite e pelo qual ela sempre será grata.

Qualquer coisa pode acontecer. Kylie compreende isso agora. Por todo o gramado, há vaga-lumes e ondas de calor. Kylie estende uma das mãos e os vaga-lumes se juntam na sua palma. Quando sacode a mão e eles se elevam no ar, ela se pergunta se possui algo que as outras pessoas não possuem. Intuição ou esperança – não saberia que nome dar a isso. Talvez o que ela possua seja a simples capacidade de saber que algo mudou e ainda está mudando, sob esse céu escuro e estrelado.

Kylie sempre foi capaz de decifrar as pessoas, mesmo aquelas mais fechadas. Mas, agora que completou 13 anos, seu leve dom se intensificou. Durante toda a noite, ela viu cores em torno das pessoas, como se estivessem iluminadas por dentro, assim como os vaga-lumes. Viu a aura verde de ciúme da irmã, a sombra negra de medo em torno da mãe, quando ela viu que a filha parecia uma mulher, não uma menininha. Essas faixas coloridas parecem tão reais para Kylie que ela estende a mão e tenta tocá-las, mas as cores se espalham no ar e desaparecem. E, nesse momento, enquanto está parada no quintal, ela vê que os lilases, aquelas belas criaturas, possuem uma aura própria, surpreendentemente escura. De um tom púrpura que mais parecem restos mortais sanguinolentos, espiralando como fumaça.

De repente, Kylie não se sente mais tão adulta. Tem vontade de estar na sua cama e se descobre até desejando voltar no tempo, pelo menos por um instante. Mas isso nunca acontece. As coisas não podem ser desfeitas. É ridículo, mas Kylie pode jurar que há um estranho ali fora, no quintal. Ela recua até a porta, gira a maçaneta e, exatamente antes de entrar, olha para o gramado e o vê. Kylie pisca, mas sem dúvida ele está ali, sob o arco dos lilases, e parece o tipo de homem com que ninguém, em seu juízo perfeito, gostaria de topar numa noite escura como aquela. Mas que ousadia ele estar ali, numa propriedade particular, tratando aquele quintal como se fosse dele. Mas é claro que ele não dá a mínima para coisas como decência e bom comportamento. Está ali sentado, esperando, e, se Kylie ou qualquer outra pessoa aprova ou desaprova isso, pouco importa. Ele está ali, sem dúvida, admirando a noite com seus olhos frios e deslumbrantes, pronto para fazer alguém pagar pelo que fez.

Clarividência

Se uma mulher está em *maus lençóis*, deve sempre usar azul para sua proteção. Sapatos azuis ou um vestido azul. Um suéter da tonalidade de um ovo de tordo ou uma echarpe da cor do céu. Uma estreita fita de cetim passada com cuidado pela bainha de renda branca de uma combinação. Qualquer uma dessas coisas servirá. Mas, se a chama de uma vela ficar azulada, isso é outra história; não é sorte coisa nenhuma, pois significa que há um espírito na casa. E, se a chama bruxulear, depois se tornar mais forte cada vez que a vela é acesa, isso é sinal de que o espírito já está tomando conta do lugar. Sua essência está impregnando os móveis e as tábuas do assoalho, está reivindicando armários e guarda-roupas, e em breve estará sacudindo portas e janelas.

Às vezes, leva bastante tempo até que alguém na casa perceba o que aconteceu. As pessoas preferem ignorar o que não conseguem compreender. Procuram a lógica a qualquer preço. Uma mulher pode pensar que é tola o suficiente para perder seus brincos toda noite. Ela pode se convencer de que uma colher de pau extraviada é o que faz a máquina de lavar louça viver entupindo e que o banheiro não pára de alagar devido a um furo no cano. Quando as pessoas têm desentendimentos, quando batem portas umas na cara das outras e trocam xingamentos, quando não conseguem dormir à noite por causa da culpa e dos pesadelos, e o próprio ato de se apaixonar as deixa enjoadas, em vez de alegres e distraídas, então é melhor considerar qual a causa possível para tanto azar.

Se Sally e Gillian estivessem se falando, em vez de se evitarem no corredor e à mesa de jantar, onde uma sequer pede à outra para passar a manteiga, os pãezinhos ou as ervilhas, teriam descoberto, à medida que julho transcorria abafado e silencioso, que estavam igualmente sem sorte. As irmãs podiam acender uma lâmpada, sair do aposento por um instante e, ao voltar, descobrir o cômodo mergulhado na escuridão. Podiam dar partida no carro, guiar por meio quarteirão e descobrir que estavam sem gasolina, ainda que horas antes o tanque estivesse praticamente cheio. Quando uma das irmãs entrava no chuveiro, a água quente transformava-se em gelo, como se alguém estivesse brincado com a torneira. O leite coalhava ao ser despejado da leiteira. A torrada queimava. Cartas que o carteiro tinha deixado cuidadosamente na caixa do correio amanheciam rasgadas ao meio e com as bordas enegrecidas, como uma rosa murcha.

Não foi preciso muito tempo para que cada irmã começasse a perder tudo o que lhe era mais caro. Certa manhã, Sally acordou e reparou que a fotografia das filhas, que sempre mantinha sobre a cômoda, havia desaparecido do porta-retratos prateado. Os brincos de diamante que as tias tinham lhe dado no dia do seu casamento não estavam mais no porta-joias. Ela revirou o quarto inteiro e, ainda assim, não conseguiu encontrá-los em lugar nenhum. As contas que devia pagar até o final do mês, que antes ficavam numa pilha arrumada sobre a bancada da cozinha, pareciam ter desaparecido, embora ela tivesse certeza de que preenchera os cheques e selara todos os envelopes.

Gillian, que sem dúvida podia ser acusada de ser esquecida e bagunceira, estava sentindo falta de coisas que pareciam quase impossíveis de perder, mesmo no caso dela. Suas estimadas botas vermelhas de caubói, que sempre mantinha ao lado da cama, simplesmente não estavam mais lá quando ela acordou certa manhã, como se tivessem simplesmente decidido ir embora. As cartas de tarô, que ela guardava embrulhadas num lenço de cetim – e que certamente a haviam ajudado a sair de um ou dois apertos, sobretudo após o segundo casamento, quando não tinha um centavo e era obrigada a ler cartas numa rua comercial cobrando 2,95 dólares a leitura –, tinham evaporado como fumaça, a não ser pela carta do Enforcado, que podia representar a sabedoria ou o egoísmo, dependendo da sua posição na tiragem.

Pequenos objetos estavam desaparecendo, como a pinça de sobrancelhas e o relógio de pulso de Gillian, mas peças maiores apareciam fora de lugar. No dia anterior, ela saíra pela porta da frente ainda sonolenta e, quando ia entrar no Oldsmobile, percebeu que ele não estava em nenhum lugar à vista. Ela estava atrasada para o trabalho e supôs que algum adolescente houvesse roubado o carro e seria melhor ligar para a polícia só quando já estivesse na Barraca do Hambúrguer. Contudo, ao chegar lá, com os pés doloridos, uma vez que não estava usando sapatos de caminhada, lá estava o Oldsmobile, estacionado bem na frente, como se estivesse à espera dela, movido por vontade própria.

Quando Gillian questionou Ephraim, que trabalhava na chapa desde o início da manhã, exigindo saber se ele vira alguém deixando o carro ali, a voz dela estava aguda, quase histérica.

– Estão zoando com você – concluiu Ephraim. – Ou alguém roubou o carro e depois desistiu, com frio na barriga.

Ora, frio na barriga era algo que, sem dúvida, Gillian andava sentindo ultimamente. Toda vez que o telefone tocava, no trabalho ou na casa de Sally, Gillian achava que era Ben Frye. Só de pensar nele ela sentia calafrios, da ponta dos pés até o último fio de cabelo. Ben lhe enviara flores, rosas vermelhas, na manhã seguinte ao encontro dos dois no Del Vecchio, mas, quando ele ligou, ela disse que não poderia aceitar as rosas, nem coisa nenhuma.

– Não me telefone – disse ela. – Nem mesmo pense em mim!
– exclamou.

Mas, por Deus, o que havia de errado com Ben Frye? Ele não via que ela era o fracasso em pessoa? Ultimamente, tudo o que tocava se despedaçava – animal, vegetal, mineral, qualquer coisa que fosse. Tudo se desfazia sob o seu toque. Ela abria o guarda-roupa de Kylie e a porta se desprendia das dobradiças. Colocava uma lata de sopa para aquecer no fogão e as cortinas da cozinha pegavam fogo. Saía no quintal para fumar um cigarro em paz e pisava num corvo morto, que parecia ter caído do céu, bem nos pés dela.

Ela se sentia azarada, infeliz e desventurada. Quando ousava olhar no espelho, parecia a mesma – malares altos, grandes olhos cinzentos, boca generosa –, tudo isso era familiar e, muitos diriam, bonito. Porém, uma ou duas vezes dera com os olhos na sua imagem de relance e não tinha gostado nem um pouco do reflexo que viu. De determinados ângulos, com determinados tipos de luz, ela via o que imaginava que Jimmy deveria ver, no final da noite, quando estava de porre e ela estava se esquivando dele, as mãos erguidas, para proteger o rosto. Aquela mulher era uma tola e fútil criatura, que não parava para pensar antes de abrir a boca. Aquela mulher achava que podia mudar Jimmy ou, na pior das hipóteses, consertá-lo de alguma maneira. Uma completa idiota. Não admira que não conseguisse manejar o fogão ou encontrar as botas. Não admira que tivesse conseguido matar Jimmy, quando tudo o que realmente queria era um pouco de carinho.

Para começar, Gillian tinha sido louca de se sentar à mesa do Del Vecchio com Ben Frye, mas estava tão chateada que ficou ali até a meia-noite. No final da noite, eles já tinham comido cada migalha da refeição que Sally pedira e estavam tão entretidos um no outro que não repararam que cada um devorara uma pizza inteira. Comeram assim como talvez comam as pessoas hipnotizadas, sem nem olhar para os bocados de salada e cogumelos que espetavam com o garfo, sem querer sair da mesa para não ter de se afastar um ao outro.

Gillian ainda não consegue acreditar que Ben Frye é real. Ele é diferente de qualquer outro homem com quem já esteve. O motivo é que ele presta atenção nela. É tão gentil que as pessoas se sentem atraídas por ele. Elas simplesmente sentem que ele é digno de confiança; toda vez que visita cidades em que nunca esteve, alguém o para na rua para pedir informação, até mesmo os nativos. Ele se formou em Biologia em Berkeley, mas também faz truques de mágica na enfermaria infantil do hospital da cidade, todas as tardes de sábado. As crianças não são as únicas que se aglomeram em torno dele, quando Ben chega com seus lenços de seda, caixa de ovos e baralhos de cartas. É impossível ter a atenção de qualquer uma das enfermeiras do andar na hora do espetáculo de mágica. Algumas juram que Ben Frye é o solteiro mais bonito do estado de Nova York.

Por tudo isso, Gillian Owens decididamente não é a primeira mulher a ter Ben na cabeça o dia todo. Na cidade, há mulheres que estão há muito tempo interessadas nele, que memorizaram a rotina diária e todos os fatos da vida do professor, e estão de tal modo obcecadas que, quando lhes perguntam o número do telefone delas, muitas vezes elas repetem o dele, em vez do seu próprio. Na escola secundária, há professoras que levam ensopado para ele todas as sextas-feiras à noite e vizinhas recém-divorciadas que lhe telefonam tarde da noite, porque todos os fusíveis queimaram e elas insistem em dizer que têm medo de ser eletrocutadas sem a perícia científica dele.

Essas mulheres dariam qualquer coisa para que Ben Frye lhes enviasse rosas. Diriam que Gillian devia ter um parafuso a menos por devolvê-las. Você tem sorte, é o que elas diriam a ela. Mas é uma espécie de sorte meio perversa. No segundo em que Ben Frye se apaixonou por ela, Gillian soube que nunca poderia permitir que alguém tão maravilhoso como ele se envolvesse com uma mulher como ela. Considerando todas as encrencas que provocou, apaixonar-se está agora permanentemente fora de cogitação. A única maneira de alguém obrigá-la a se tornar uma esposa de novo seria acorrentá-la à parede de uma capela e apontar uma espingarda de caça para a sua cabeça. Quando chegou em casa do Del Vecchio, na noite em que conheceu Ben, fez uma promessa solene de nunca mais se casar. Trancou-se no banheiro, acendeu uma vela preta e tentou se lembrar de alguns dos encantamentos das tias. Quando viu que não conseguia, repetiu: "Solteira para sempre" três vezes, e isso parece ter resolvido, porque continua com força para rejeitá-lo, apesar de como ele a faz se sentir.

– Vá embora – diz ela a Ben sempre que ele telefona. Ela não pensa na aparência dele ou na sensação dos calos em seus dedos, aqueles causados pelas inúmeras vezes em que ele treina nós para o número de mágica, quase todos os dias. – Encontre alguém que o faça feliz.

Mas não é isso que Ben quer. Ele quer Gillian. Telefona tanto que agora todas na casa pressupõem que é ele quem liga todas as vezes. Sempre que o telefone toca na casa das Owens, quem quer que atenda não diz uma palavra, nem mesmo um alô. Apenas respira e espera. Ele chegou ao ponto de conseguir distinguir o estilo de respiração de cada uma delas: a inspiração pragmática de Sally; o resfolegar de Kylie, como um cavalo sem paciência com o idiota do outro lado da cerca; a respiração triste e trêmula de Antonia, e, naturalmente, o som pelo qual ele está sempre almejando: o exasperado e belo suspiro que escapa da boca de Gillian, antes de ela lhe dizer para deixá-la em paz e desaparecer. Faça o que quiser, apenas não me telefone mais.

Porém, a voz dela está entrecortada e Ben tem certeza de que, ao desligar o telefone, ela se sente triste e confusa. Ele mal pode suportar o pensamento de que ela seja infeliz. A simples ideia de lágrimas escorrendo dos olhos de Gillian o deixa tão exasperado que ele dobra a distância que costuma correr. Ele contorna o reservatório tantas vezes que os patos começaram a reconhecê-lo e já não levantam voo quando ele passa. Para as aves, ele é tão familiar quanto o crepúsculo e os cubos de pão branco. Às vezes enquanto corre, ele canta "Heartbreak Hotel" e, nessa hora, percebe que sua mente está atribulada. Certa vez, numa convenção de mágicos em Atlantic City, uma cartomante lhe disse que, quando ele se apaixonasse, seria para sempre, e ele riu da ideia, mas agora compreende que a leitura estava corretíssima.

Ben está tão atormentado que começou a fazer truques de mágica involuntariamente. No posto de gasolina, enfiou a mão no bolso para pegar o cartão de crédito e tirou dali a dama de copas. Fez sua conta de luz desaparecer e pôs fogo na roseira do seu quintal. Tirou uma moeda de 25 centavos de trás da orelha de uma mulher idosa, enquanto a ajudava a atravessar a rua, e ela quase morreu de susto. O pior de tudo é que não o aceitam mais no Owl Café, na extremidade norte do Pedágio, onde costumava tomar café da manhã, porque ultimamente ele faz todos os ovos quentes rodopiarem e arranca as toalhas das mesas por onde passa, a caminho do seu lugar habitual no balcão.

Ben não consegue pensar em nada além de Gillian. Começou a carregar consigo uma corda, para atar e desatar nós especiais, um mau hábito que volta sempre que ele está nervoso ou não consegue algo que deseja. Mas nem a corda está ajudando. Ele quer tanto Gillian que faz sexo com ela em sua cabeça quando deveria estar fazendo coisas como acionar os freios num sinal vermelho ou explicar sobre a maré de escaravelhos para a sra. Fishman, sua vizinha da casa ao lado. Ele vive tão acalorado que os punhos das suas camisas estão chamuscados. Anda constantemente excitado, pronto para algo que aparentemente nunca vai acontecer.

Ben não sabe o que fazer para conquistar Gillian, não tem nenhuma ideia, por isso vai procurar Sally, disposto a implorar a ajuda dela. Mas Sally sequer abre a porta para ele. Fala através da tela com um tom distante, como se ele tivesse aparecido em sua porta vendendo aspiradores de pó, não com o coração sangrando.

– Aceite o meu conselho – sugere Sally. – Esqueça Gillian. Nem pense nela. Case-se com uma boa moça.

Mas Ben Frye já estava com a cabeça feita um minuto depois de ver Gillian sob os lilases. Ou talvez não só a sua cabeça tenha sido afetada, pois cada parte do seu ser a desejava. E, assim, quando Sally lhe diz para ir para casa, Ben recusa-se a ir embora. Senta-se na varanda, como se fizesse um protesto e tivesse todo o tempo do mundo. Ele fica ali o dia inteiro e, quando soa o alarme das seis horas no posto de bombeiros além do Pedágio, ele está no mesmo lugar. Ao retornar do trabalho para casa, Gillian nem lhe dirige a palavra. Nesse dia, ela perdeu o relógio e seu batom preferido. No trabalho, deixou cair no chão tantos hambúrgueres que poderia jurar que alguém estava derrubando os pratos das suas mãos. Agora Ben Frye está ali, apaixonado por ela, e ela não pode ao menos beijá-lo ou passar os braços ao redor do pescoço dele, porque ela é puro veneno e sabe disso; essa é simplesmente a sua sina.

Gillian passa correndo por ele e se tranca no banheiro, onde deixa a água do chuveiro correr para que ninguém possa ouvi-la chorar. Não é digna da devoção dele. Ela queria que ele evaporasse. Talvez assim não tivesse aquela sensação em seu íntimo, a sensação de que ela pode negar o quanto queira, mas nunca vai dexar de querê-lo. Ainda assim, apesar das suas constantes negativas, ela não consegue deixar de espiar pela janela do banheiro, apenas para dar uma olhada em Ben. Ali está ele, à luz mortiça do entardecer, convicto do que quer, convicto dela. Se Gillian estivesse falando com a irmã ou, melhor, se Sally estivesse falando com ela, Gillian a faria ir até a janela para dar uma olhada. *Ele não é lindo?* É o que teria dito se ela e Sally estivessem conversando. *Como eu queria merecê-lo!*, teria sussurrado ao ouvido da irmã.

Antonia fica deprimida ao ver o sr. Frye na varanda da frente, tão obviamente apaixonado que parece ter posto seu orgulho e amor-próprio no chão, para qualquer um usar como capacho. Antonia considera essa mostra de devoção extremamente repulsiva. Quando passa por ele, a caminho do trabalho, nem se preocupa em dizer olá. Suas veias estão cheias de água gelada, em vez de sangue. Ultimamente Antonia não se preocupa em escolher com cuidado as roupas que usa. Não escova o cabelo mil vezes à noite, nem faz as sobrancelhas, nem se massageia com óleo de gergelim, para manter a pele macia. Num mundo sem amor, para que serve qualquer uma dessas coisas? Ela quebrou o seu espelho e guardou as sandálias de salto alto. A partir de agora vai se concentrar em trabalhar na sorveteria, o máximo que puder. Ali, pelo menos, as coisas são tangíveis. Ela cumpre o horário e recebe o pagamento. Sem expectativas nem decepções e, nesse momento, é isso o que Antonia quer.

– Você por acaso está passando por um esgotamento nervoso? – pergunta Scott Morrison ao vê-la na sorveteria, no final dessa noite.

Scott veio de Harvard para passar as férias de verão em casa e está entregando calda de chocolate e cobertura de marshmallow, assim como raspas de chocolate, cerejas marrasquino e cobertura de nozes. Foi o rapaz mais inteligente que já se formou na escola secundária e o único aceito em Harvard. Mas e daí? Durante todo o tempo em que morou no bairro, era tão inteligente que ninguém falava com ele, muito menos Antonia, que o considerava um verdadeiro porre.

Antonia estava limpando metodicamente as colheres de sorvete e organizando-as numa fileira. Não se deu o trabalho nem de olhar de relance para Scott, enquanto ele entregava os vasilhames de calda. Sem dúvida ela não é mais o que costumava ser – era bonita e esnobe, mas nessa noite tem a aparência de algo encontrado na areia depois de uma tempestade. Quando ele lhe faz a pergunta inocente a respeito do esgotamento nervoso, Antonia rompe em lágrimas. Elas escorrem livres pelas suas bochechas, sem que ela as contenha. Deixa o corpo deslizar até o chão, com as costas apoiadas no freezer. Scott larga o carrinho de metal e vai se ajoelhar ao lado dela.

– Eu me contentaria com um simples sim ou não – diz ele.

Antonia assoa o nariz no avental branco.

– Sim.

– Dá pra ver – diz Scott. – Você, sem dúvida nenhuma, é material de estudo psiquiátrico.

– Achei que eu estava apaixonada por alguém – explica Antonia. Lágrimas continuam a escorrer dos olhos dela.

– Amor – diz Scott com desdém. Ele balança a cabeça, indignado. – O amor vale a soma de si mesmo e nada mais.

Antonia para de chorar e olha para ele.

– Exatamente – concorda ela.

Em Harvard, Scott ficou chocado ao descobrir que existiam centenas, se não milhares, de pessoas tão inteligentes quanto ele. Durante anos, havia se virado bem usando um décimo da capacidade do seu cérebro e agora tinha que que se esforçar de fato se quisesse dar conta dos estudos. Tinha ficado tão ocupado, competindo o ano inteiro, que não tivera tempo para sua vida diária – desprezava coisas como café da manhã e cortes de cabelo, o que o levou a perder nove quilos e ficar com o cabelo na altura do ombro, o que fez o patrão exigir que ele o prendesse com um cordão de couro, para não desagradar os clientes.

Antonia olha para ele com mais atenção e descobre que Scott parece completamente diferente e exatamente o mesmo. Lá fora, no estacionamento, o colega de Scott, que há vinte anos cobre esse percurso de entrega e nunca teve um ajudante que recebesse nota tão alta no teste de aptidão para a faculdade, pressiona a buzina.

– Hora de voltar ao trabalho – diz Scott com pesar. – Preciso da droga desse pagamento.

Isso basta. Antonia corre atrás, quando ele vai buscar o carrinho de metal. Ela tem a impressão de que seu rosto está quente, embora o ar-condicionado esteja ligado.

— Até a semana que vem – diz Scott. – Vocês estão com pouca calda quente.

— Você poderia vir antes disso – diz Antonia. De certas coisas ela não se esqueceu, apesar da depressão e da tragédia com sua tia Gillian e o sr. Frye.

— Eu poderia – concorda Scott, percebendo, antes de voltar para o caminhão, que Antonia Owens é muito mais profunda do que jamais teria imaginado.

Nessa noite, depois do trabalho, Antonia corre todo o caminho até em casa. De repente se sente cheia de energia; sua animação voltou redobrada. Quando vira a esquina da sua rua, pode sentir o aroma dos lilases e o odor faz com que ela ria das tolas reações provocadas por algumas ridículas florescências fora de época. A maioria das pessoas do bairro acostumou-se ao tamanho inacreditável das flores. Elas já não reparam que, em algumas horas do dia, toda a rua ressoa com o zumbido das abelhas e a luz fica mais púrpura e suave. No entanto, algumas ainda voltam repetidas vezes. Há mulheres que ficam paradas na calçada e choram à visão dos lilases, algumas sem razão nenhuma e outras com muitas razões para chorar alto, embora nenhuma admitiria se questionada.

Um vento quente sopra entre as árvores, balançando os galhos, e começa a relampejar no leste. É uma noite curiosa, tão quente e espessa que parece mais condizente com os trópicos, mas, apesar do tempo, Antonia vê duas mulheres, uma de cabelo branco e outra que é quase uma menina, se aproximando para contemplar os lilases. Quando Antonia passa por elas, apressada, pode ouvir o choro e acelera o passo, entra em casa e tranca a porta.

— Patético – decreta Antonia, enquanto ela e Kylie espiam pela janela da frente, observando as mulheres chorando na calçada.

Desde o seu jantar de aniversário, Kylie está mais retraída do que de costume. Ela sente falta de Gideon e tem de fazer um grande esforço para não ceder e telefonar para ele. Sente-se péssima, mas, em compensação, ficou ainda mais bonita. Seu cabelo louro cortado rente já não é tão chocante. Ela parou de andar encurvada para esconder o quanto é alta e, agora que assumiu toda a sua altura, anda com o queixo erguido, como se estivesse apreciando o céu azul ou as rachaduras do teto da sala de estar. Ela aperta os olhos verde-acinzentados para enxergar através da vidraça. Tem um interesse particular por essas duas mulheres, pois há semanas elas vêm, todas as noites, postar-se na calçada. A mais velha tem uma aura branca à sua volta, como se uma nevasca caísse apenas sobre ela. A garota, que é sua neta e acabou de se formar na faculdade, tem centelhas rosadas de confusão irradiando-se da sua pele. Elas estão ali para chorar pelo mesmo homem – o filho da mulher mais velha, pai da moça –, alguém que passou da condição de menino à de homem sem jamais mudar de atitude, convencido até o fim de que o universo girava exclusivamente à volta dele. As mulheres na calçada mimaram-no, as duas, depois acusaram uma à outra quando ele foi descuidado o bastante para se matar num barco a motor no estreito de Long Island. Agora, são atraídas para os lilases porque as flores fazem com que se lembrem de uma noite de junho, anos antes, quando a moça ainda era muito jovem e desajeitada e a mulher mais velha ainda exibia uma basta cabeleira negra.

Naquela noite, havia um jarro de sangria sobre a mesa e os lilases no quintal da avó estavam todos floridos; o homem que ambas amavam com tanta ternura que o arruinaram tomou a filha nos braços e dançou com ela no gramado. Naquele momento, sob os lilases e o céu sereno, ele era tudo o que poderia ter sido, se elas não houvessem cedido ao temperamento dele dia após dia, se tivessem alguma vez sugerido que ele arranjasse um emprego ou agisse com bondade ou pensasse em alguém além de si mesmo. Estavam chorando por tudo o que ele poderia ter sido e por tudo o que poderiam ter sido na presença dele e ao seu lado. Observando-as, pressentindo que tinham perdido o que, apenas por um breve instante, haviam possuído, Kylie chora junto com elas.

– Ah, por favor – exaspera-se Antonia.

Desde o encontro com Scott, ela não consegue deixar de se sentir mais satisfeita consigo mesma. Amor não correspondido é tão chato! Choramingar pelos cantos, sob um céu azul-escuro, é para os trouxas ou para os fracos.

– Quer cair na real? – aconselha à irmã. – Elas são duas absolutas desconhecidas, provavelmente doidas. Ignore-as. Feche a cortina. Cresça.

Mas isso é exatamente o que aconteceu a Kylie. Ela cresceu, só para descobrir que sabe e sente coisas demais. Não importa aonde vá – ao mercado fazer uma compra ou à piscina municipal para nadar um pouco à tarde –, é confrontada com as mais íntimas emoções das pessoas, que exalam da pele, ondulando para fora, até pairar acima delas, como nuvens. Ainda no dia anterior, Kylie tinha passado por uma mulher idosa que levava para passear o seu velho poodle, estropiado pela artrite e com dificuldade para andar. A tristeza da mulher era tão grande – no final da semana ela levaria o cachorro ao veterinário para sacrificá-lo – que Kylie achou que não conseguiria dar mais um passo. Sentou-se no meio-fio e ficou ali até o cair da noite e, quando finalmente voltou para casa, sentia vertigem e fraqueza.

Ela queria poder sair, jogar futebol com Gideon e não sentir a aflição das outras pessoas. Queria ter novamente 12 anos e que os homens não assobiassem pela janela dos carros sempre que ela andava pelo Pedágio. Queria ter uma irmã que agisse como um ser humano e uma tia que não chorasse tanto, até dormir, a ponto de seu travesseiro ter que ser torcido todas as manhãs.

Acima de tudo, Kylie queria que o homem no quintal fosse embora. Ele está lá fora naquele exato instante, quando Antonia vai à cozinha, para fazer um lanche. Kylie pode vê-lo pela janela, que dá tanto para o jardim da frente quanto para o lateral. O mau tempo nunca o afeta; pelo contrário, ele parece adorar o vento e o céu carregado. A chuva não o incomoda nem um pouco. Ela parece atravessá-lo, cada gota tornando-se de um azul luminoso. Suas botas engraxadas têm apenas a mais leve camada de poeira. A camisa branca parece passada e engomada. No entanto, ele está causando o maior tumulto. Cada vez que respira, coisas horríveis saem pela sua boca. Sapinhos verdes. Perdigotos de sangue. Bombons embrulhados num bonito papel laminado, mas com um recheio venenoso que desprende um cheiro fétido cada vez que ele os quebra ao meio. Ele destroça as coisas simplesmente estalando os dedos. Está fazendo com que objetos se desintegrem. Dentro das paredes, os canos estão ficando enferrujados. O piso de ladrilhos, no porão, está esfarelando. A serpentina da geladeira está retorcida e ela já não conserva os alimentos. Os ovos estão apodrecendo dentro da casca, todos os queijos estão mofando.

Esse homem no jardim não tem uma aura própria, mas com frequência estende as mãos e as mergulha na sombra vermelho-púrpura acima dele, para lambuzá-las na aura dos lilases. Ninguém exceto Kylie consegue vê-lo, mas ele ainda é capaz de atrair todas essas mulheres, tirando-as de casa. É ele quem sussurra no ouvido delas, tarde da noite, enquanto elas dormem em suas camas. *Benzinho*, diz ele, mesmo àquelas que nunca imaginaram que ouviriam um homem falar com elas assim novamente. Ele entra na mente de uma mulher e permanece ali, até ela se ver chorando na calçada, inebriada com o aroma dos lilases, e mesmo assim ele não vai a lugar algum. Pelo menos, por enquanto. Ele decididamente ainda não terminou o que pretende fazer ali.

Desde o seu aniversário, Kylie o vem observando. Ela compreende que ninguém mais consegue vê-lo, embora os pássaros o percebam e evitem os lilases, e os esquilos estaquem abruptamente sempre que chegam perto demais. As abelhas, por outro lado, não o temem. Parecem atraídas por ele e pairam por perto, e qualquer pessoa que se aproxime muito com certeza se arriscaria a levar uma ferroada, talvez duas. É mais fácil ver o homem no jardim em dias chuvosos ou tarde da noite, quando ele surge do ar rarefeito, como uma estrela para a qual você estivesse olhando fixamente mas só agora vê, bem no centro do céu. Ele não come nem dorme nem bebe nada, mas isso não significa que não existam coisas que ele queira. Seu querer é tão forte que Kylie pode senti-lo, como faixas de eletricidade agitando o ar ao seu redor. Pouco tempo atrás, ele também passou a encará-la. Sempre que ele faz isso, ela morre de medo. Seu sangue gela. Ele está fazendo isso cada vez mais, passando cada vez mais tempo com os olhos colados nela. Não importa onde ela esteja, atrás da janela da cozinha ou no caminho para a porta dos fundos. Se quiser, pode observá-la 24 horas por dia, pois nunca precisa piscar, nem mesmo por um segundo, e nunca mais precisará.

Kylie começou a colocar pratos com sal no peitoril das janelas. E salpicar alecrim do lado de fora de todas as portas. Ainda assim, ele consegue entrar na casa quando todas estão dormindo. Kylie continua de pé depois que todas vão para a cama, mas não consegue ficar acordada a noite toda, embora não seja por falta de esforço. Muitas vezes, pega no sono ainda vestida, com um livro aberto ao seu lado e a luz do teto acesa, uma vez que sua tia Gillian, com quem ainda está dividindo o quarto, recusa-se a dormir no escuro e ultimamente tem insistido para que as janelas também fiquem bem fechadas, mesmo nas noites mais sufocantes, para impedir que o aroma dos lilases invada o quarto.

Há noites em que todas na casa têm um pesadelo ao mesmo tempo. Há outras em que todas dormem tão profundamente que o despertador não consegue tirá-las da cama. Em ambos os casos, Kylie sabe que ele esteve por perto, pois ao acordar descobre que Gillian está chorando enquanto dorme. Ela sabe quando segue pelo corredor até o banheiro e verifica que o vaso sanitário está entupido e, quando dá descarga, o corpo de um pássaro ou morcego morto vem à superfície da água. Há lesmas no jardim, baratas no porão e ratos começaram a fazer ninho num par de botas de Gillian, as de verniz preto que ela comprou em Los Angeles. Ela olha num espelho e a imagem começa a se mover. Passa junto a uma janela e ouve o vidro estremecer. É o homem do jardim o responsável quando a manhã começa com uma praga resmungada a meia voz ou uma topada na quina do sofá ou um vestido favorito rasgado com tanta simetria que se pensaria que alguém cortou o tecido com uma tesoura ou uma faca de caça.

Nessa manhã, a má sorte proveniente do jardim é particularmente cruel. Não só Sally descobriu os brincos de diamante, que ganhou de presente de casamento, enfiados no bolso da jaqueta de Gillian, como Gillian achou seu cheque de pagamento da Barraca do Hambúrguer picado em mil pedaços, espalhados sobre a toalha de renda da mesinha de centro.

O silêncio com que Sally e Gillian concordaram mutuamente no jantar de aniversário de Kylie, quando fecharam a boca de fúria e desespero, está agora terminado. Durante esses dias de silêncio, as duas irmãs sofreram de enxaqueca. Ambas têm no rosto uma expressão de azedume e olhos inchados, e ambas perderam peso, visto que abriram mão do café da manhã para evitar de se encontrarem logo cedo. Mas duas irmãs não podem viver na mesma casa e se ignorar por muito tempo. Mais cedo ou mais tarde, elas perderão as estribeiras e terão a briga que deveriam ter tido desde o início. O desamparo e a raiva conduzem a um comportamento previsível: crianças na certa vão se empurrar e puxar o cabelo uma da outra; adolescentes vão trocar xingamentos e chorar; e mulheres adultas que são irmãs dirão palavras tão duras que cada sílaba tomará a forma de uma cobra, embora essa cobra muitas vezes volte-se contra si mesma para devorar a própria cauda, assim que as palavras são ditas em voz alta.

– Sua ladra ordinária! – diz Sally à irmã, que irrompeu na cozinha em busca de café.

– Ah, é? – diz Gillian. Ela está mais do que pronta para essa briga. Tem o cheque de pagamento picado na palma da mão e o joga no chão, como confete. – Lá no fundo, atrás de toda essa fachada de beata, existe uma vadia de primeira!

– É isso aí! – diz Sally. – Quero que você dê o fora. Quis que fosse embora desde o momento em que a vi na porta. Nunca pedi que ficasse. Nunca a convidei para morar aqui. Você pega para si aquilo que quer, assim como sempre fez.

– Nao vejo a hora de sumir daqui. Estou contando os segundos. Mas seria mais rápido se você não rasgasse os meus cheques.

– Ouça aqui – rebate Sally. – Se precisa roubar os meus brincos para custear a sua partida, ora, então muito bem, pode ficar com eles! – ela abre a mão fechada e os brincos caem sobre a mesa da cozinha. – Só não pense que está me fazendo de palhaça.

– Por que diabos eu ia querer esses brincos? – diz Gillian. – Como poder ser tão ridícula? As tias deram esses brincos a você porque ninguém mais usaria essas coisas horrorosas.

– Foda-se! – diz Sally. Ela vomita as palavras, que deslizam da sua boca como se fossem manteiga, mas na verdade acha que nunca falou palavrões em voz alta antes, dentro da sua casa.

– Foda-se você primeiro! – diz Gillian. – Está precisando mais do que eu.

É então que Kylie desce do quarto. Seu rosto está pálido e o cabelo espetado com gel. Se Gillian se postasse diante de um espelho que a mostrasse mais jovem, mais alta e mais bonita, ela estaria olhando para Kylie. Quando você tem 36 anos e se vê diante disso, bem no início da manhã, seus lábios podem subitamente parecer ressecados e a pele pode parecer irritada e cansada, não importa quanto hidratante você passe.

– Vocês têm de parar de brigar – a voz de Kylie é prática e muito mais grave do que a da maioria das meninas da sua idade. Um tempo atrás, suas maiores preocupações eram saber marcar gols ou se era alta demais para uma garota; agora está pensando na vida, na morte e em homens a quem seria melhor não dar as costas.

– Se quer dar palpite, primeiro cresça! – rebate Gillian com arrogância, depois de decidir, talvez um pouco tarde demais, que na verdade teria sido melhor se Kylie continuasse criança, pelo menos por mais alguns anos.

– Isso não é da sua conta – diz Sally à filha.

– Será que não entendem? Quando brigam, vocês o deixam mais satisfeito. É exatamente o que ele quer.

Sally e Gillian imediatamente se calam. E trocam um olhar preocupado. A janela da cozinha fora deixada aberta a noite inteira e a cortina balança, molhada pelo aguaceiro da noite anterior.

– De quem você está falando? – pergunta Sally com um tom calmo e confiante, como se não estivesse se dirigindo a alguém que pode ter acabado de incitar a sua fúria.

– O homem debaixo dos lilases – diz Kylie.

Gillian cutuca Sally com o pé descalço. Ela não gosta do rumo que a conversa está tomando. Além disso, Kylie tem um ar estranho, como se tivesse visto algo que não está contando, e elas simplesmente terão de levar adiante esse jogo de adivinhação até entenderem a história toda.

– Esse homem que quer nos ver brigar... é uma pessoa má? – pergunta Sally.

Kylie bufa, em seguida pega a cafeteira e um coador.

– Ele é vil – diz ela (uma palavra do vocabulário do semestre anterior, que ela está aproveitando pela primeira vez).

Gillian se vira para Sally.

– Parece com alguém que conhecemos.

Sally não se dá ao trabalho de lembrar à irmã que somente ela conhece aquele homem. Foi ela quem as obrigou a aceitá-la em suas vidas, simplesmente porque não tinha outro lugar para ir. Sally não pode de modo algum estimar até onde vai o discernimento praticamente nulo da irmã. Depois que começou a dividir o quarto com Kylie, quem sabe o que pode ter confidenciado à sobrinha?

– Você contou a ela sobre Jimmy, não foi? – a pele de Sally parece demasiadamente quente. Dentro em breve, seu rosto estará inflamado e vermelho, e a garganta seca de fúria. – Você simplesmente não conseguiu manter a boca fechada.

– Muito obrigada por confiar em mim – Gillian está realmente ofendida. – Para sua informação, não contei nada. Não disse nem uma palavra – insiste Gillian, embora nesse momento não tenha tanta certeza. Não pode se zangar com as suspeitas de Sally, porque sequer confia em si mesma. Talvez tenha falado durante o sono, talvez tenha contado tudo enquanto Kylie estava na cama, bem ao lado, prestando atenção a cada palavra.

– Está falando de um homem de verdade? – pergunta Sally a Kylie. – De alguém que está perambulando em volta da nossa casa?

– Não sei se ele é de verdade ou não. Ele simplesmente está lá.

Sally observa a filha colocar colheradas de café descafeinado no filtro de papel branco. Nesse momento, Kylie parece uma desconhecida, uma mulher adulta com segredos guardados. À sombria luz da manhã, seus olhos cinzentos parecem verdes como os de um gato, que pode enxergar no escuro. Tudo o que Sally sempre desejou à filha, uma vida boa e nada fora do comum, desapareceu como fumaça. Kylie é tudo, menos comum. Não há como escapar disso. Ela não é como as outras meninas da idade dela.

– Me diga se está vendo esse homem agora – diz Sally.

Kylie olha para a mãe. Ela está com medo, mas reconhece aquele tom de voz, que não tolera desobediência, e vai até a janela, apesar do seu temor. Sally e Gillian vão se postar ao seu lado. Elas podem ver suas imagens refletidas no vidro e o gramado úmido. Lá fora estão os lilases, mais altos e viçosos do que se consideraria possível.

– Debaixo dos lilases – um calafrio de medo arrepia os pelos dos braços e das pernas de Kylie, e em toda parte entre eles. – Onde a grama é mais verde. Ele está bem ali.

É o ponto exato.

Gillian fica bem atrás de Kylie e aperta os olhos, mas tudo o que consegue ver são as sombras dos lilases.

– Alguém mais consegue vê-lo?

– Os pássaros – Kylie pisca para conter as lágrimas. Ela faria qualquer coisa para olhar para fora e descobrir que ele se foi. – As abelhas.

Gillian está pálida como um cadáver. Ela é quem deveria ser punida. Ela é quem merece esse castigo, não Kylie. Jimmy devia estar assombrando a ela. Cada vez que fecha os olhos, era ela que deveria ver o rosto dele.

– Ah, merda – diz ela, para ninguém em particular.

– Era seu namorado? – pergunta Kylie à tia.

– Em outros tempos – diz Gillian. – Acredite se quiser.

– É por isso que ele nos odeia tanto? – pergunta Kylie.

– Meu bem, ele simplesmente odeia – diz Gillian. – Não importa se somos nós ou qualquer outra pessoa. Eu só queria ter descoberto isso quando ele ainda estava vivo.

– E agora ele não vai mais embora.

Kylie compreende essa parte. Até mesmo meninas de 13 anos podem entender que o fantasma de um homem reflete quem ele foi e tudo o que ele fez um dia. Há bastante rancor sob aqueles lilases. Há um grande desejo de vingança.

Gillian balança a cabeça.

– Ele não vai.

– Estão falando sobre isso como se fosse real – diz Sally. – E simplesmente não é. Não pode ser! Não há ninguém lá fora.

Kylie se vira a fim de olhar para fora. Ela quer que a mãe tenha razão. Seria um grande alívio olhar e ver apenas o gramado e as árvores, mas não é só isso que está ali no quintal.

– Ele está sentando lá, acendendo um cigarro. Acabou de jogar o fósforo aceso na grama.

A voz de Kylie soa entrecortada e ela tem lágrimas nos olhos. Sally está muito fria e calada. É Jimmy que sua filha está vendo, não há dúvida. De vez em quando, a própria Sally sente algo no quintal, mas não dá atenção à forma escura que vê com o canto do olho, recusa-se a reconhecer o calafrio que percorre o seu corpo quando vai regar os pepinos no jardim. Não é nada, é o que sempre diz a si mesma. Um sombra, uma brisa fria, nada além de um homem morto, que não pode prejudicar ninguém.

Nesse momento, enquanto examina o seu próprio quintal, Sally acidentalmente morde o lábio, mas nem repara no sangue. Na grama, há uma espiral de fumaça e o cheiro acre de algo queimando, como se, de fato, alguém tivesse jogado um fósforo na grama molhada. Se quisesse, ele poderia incendiar a casa. Poderia tomar conta do quintal, deixando-as apavoradas demais para fazer qualquer coisa que não fosse espiar pela janela. O gramado está repleto de capim e ervas-daninhas, e faz muito tempo que ninguém cuida dele. Ainda assim, os vaga-lumes aparecem ali em julho. Os tordos sempre encontram minhocas, depois de uma tempestade. Esse é o jardim onde as suas meninas cresceram, e que o diabo a carregue se ela permitir que Jimmy a obrigue a sair daquela casa, considerando que ele não valia dois centavos, mesmo quando estava vivo. Ele não vai se sentar no seu quintal e ameaçar as suas filhas.

– Você não tem com que se preocupar – diz Sally a Kylie. – Nós vamos cuidar disso – ela vai até a porta dos fundos e a abre, em seguida faz um sinal com a cabeça para Gillian.

– Eu? – Gillian estava tentando tirar um cigarro do maço, mas as mãos tremem como as asas de um passarinho. Ela não tem intenção alguma de ir àquele quintal.

– Agora! – diz Sally, com aquela estranha autoridade que adquire naquelas horas, as piores horas; momentos de pânico e confusão em que o primeiro impulso de Gillian é sempre correr na direção contrária e o mais rápido possível.

As irmãs saem juntas, tão próximas que uma pode sentir o batimento do coração da outra. Choveu a noite inteira e, nesse momento, o ar úmido está se movendo em ondas espessas de cor malva. Nessa manhã, os pássaros não estão cantando, está escuro demais para isso. Mas a umidade levou os sapos para longe do riacho que fica atrás da escola secundária e eles entoam uma espécie de canção, um zumbido profundo que ressoa pelo bairro adormecido. Os sapos são loucos pelos Snickers que os adolescentes às vezes jogam para eles na hora do almoço. É chocolate que estão procurando, enquanto perambulam pelo bairro, aos pulos, pelos gramados e poças de água da chuva que se acumularam nas sarjetas. Menos de uma hora antes, o garoto que entrega jornais de bicicleta tinha ido alegremente para cima de um dos sapos maiores, só para bater de frente com uma árvore, causando uma roda dianteira retorcida e a fratura de dois ossos do tornozelo esquerdo, e assegurando que nesse dia não haveria mais entrega de jornais.

Um dos sapos do riacho está a meio caminho do gramado, avançando em direção à cerca de lilases. Agora que estão do lado de fora, as irmãs têm frio. Elas sentem o que costumavam sentir nos dias de inverno, quando se cobriam com uma velha colcha de retalhos, na sala de visitas das tias, e observavam enquanto o gelo se formava no lado de dentro das vidraças. A simples visão dos lilases faz Sally baixar naturalmente o tom de voz.

– Estão maiores do que ontem. Ele está fazendo com que cresçam. Não sei se faz isso com seu ódio ou rancor, mas é evidente que está dando certo.

– Maldito seja, Jimmy – sussurra Gillian.

– Nunca fale mal dos mortos – diz Sally. – Além disso, fomos nós que o colocamos aqui. Aquele cafajeste.

A garganta de Gillian está tão seca que ela parece ter areia na boca.

– Acha que é melhor desenterrar o corpo?

– Ah, essa é boa! – diz Sally. – Brilhante! Depois, o que faremos com ele? – muito provavelmente, elas não pensaram num milhão de detalhes. Um milhão de maneiras pelas quais ele as faria pagar. – E se alguém vier procurá-lo?

– Ninguém vai vir. Ele é o tipo de sujeito que todo mundo evita. Ninguém vai se dar ao trabalho de procurar Jimmy. Pode acreditar. Estamos a salvo quanto a isso.

– Você o procurou – lembra Sally. – Você o encontrou.

Num quintal da vizinhança, uma mulher está pendurando camisas brancas e calças jeans num varal. Não vai chover mais, é o que estão afirmando no rádio. A semana inteira será bonita e ensolarada, até o final de julho.

– Tive o que eu achava que merecia – diz Gillian.

É uma declaração tão profunda e verdadeira que Sally não consegue acreditar que as palavras tenham saído da boca displicente de Gillian. As duas se avaliavam com rigor, e ainda fazem isso, como se nunca tivessem deixado de ser aquelas duas pobres menininhas, esperando no aeroporto que alguém viesse buscá-las.

– Não se preocupe com Jimmy – diz Sally à irmã.

Gillian quer acreditar que isso seja possível, pagaria um bom dinheiro por isso se tivesse algum, mas balança a cabeça, nada convencida.

– Ele já era – garante Sally. – Espere para ver.

O sapo no meio do gramado chegou mais perto. Para dizer a verdade, ele é bem engraçadinho, com sua pele lisa e molhada, e os olhos verdes. Parece atento e paciente, e isso é mais do que se pode dizer da maioria dos seres humanos. Nesse dia, Sally vai seguir o exemplo do sapo e usar a paciência como sua arma e seu escudo. Cuidará dos seus afazeres; passará o aspirador de pó e trocará os lençóis das camas, mas durante todo o tempo em que se ocupa dessas tarefas estará, na realidade, esperando que Gillian, Kylie e Antonia saiam de casa.

Assim que se vê sozinha, Sally vai para o quintal. O sapo ainda está ali, tinha ficado esperando com Sally. Quando ela vai até a garagem buscar a tesoura de poda, ele se mete ainda mais na grama e ainda está ali quando ela traz a ferramenta, junto com a escada que usa para trocar lâmpadas ou mexer nas prateleiras de cima da despensa.

A tesoura de poda, deixada pelos proprietários anteriores da casa, está velha e enferrujada, mas dará conta do serviço. O dia já está ficando quente e abafado, com vapor espiralando das poças de chuva à medida que o calor aumenta. Sally prevê interferência. Nunca teve nenhuma experiência com almas penadas, mas supõe que elas queiram fincar os dois pés neste mundo real. Ela quase espera que a mão de Jimmy surja através da grama e agarre o seu tornozelo. Não se surpreenderia se cortasse a ponta do polegar ou fosse derrubada da escada. Mas o trabalho avança com uma facilidade surpreendente. Um homem como Jimmy, afinal de contas, nunca passa muito bem nesse tipo de clima. Ele prefere ar-condicionado e muitas cervejas. Prefere esperar até o cair da noite. Se uma mulher quer trabalhar sob o sol quente, não seria ele que iria impedi-la. Ele se deitaria de costas na grama e relaxaria à sombra, antes mesmo que ela tivesse tempo de armar a escada.

Sally, porém, está acostumada ao trabalho pesado, especialmente no rigor do inverno. Nessa época, ela costuma programar o despertador para as cinco da manhã, de modo que possa acordar cedo o suficiente para remover a neve e lavar pelo menos uma pilha de roupa, antes que ela e as meninas tenham que sair de casa. Ela achava uma sorte ter arranjado um emprego na escola secundária, pois isso lhe dava mais tempo para as filhas. Agora compreende que foi esperta. Ela sempre tem os verões livres e sempre terá. É por isso que pode cuidar do jardim com calma. Pode levar o dia inteiro, se preciso, mas no fim do dia aqueles lilases já não estarão mais ali.

Na parte mais distante do quintal, só haverá alguns tocos de árvores, tão escuros e nodosos que não servirão mais para nada, além de dar abrigo aos sapos. O ar estará tão parado que será possível ouvir o zumbido de um único mosquito. O último pio da cotovia-do-norte vai ecoar e em seguida se desvanecer. Quando a noite cair, haverá braçadas de galhos e flores na rua, todas cuidadosamente amarradas com barbante, prontas para a chegada do caminhão de lixo pela manhã. As mulheres atraídas pelos lilases chegarão para ver que as sebes foram decepadas até o chão e suas magníficas flores agora não passarão de lixo atirado na calçada e na rua. É nesse momento que elas vão se abraçar e exaltar coisas simples e, enfim, se considerar livres.

***

Duzentos anos antes, as pessoas achavam que um julho quente e fumegante era sinal de um inverno gelado e melancólico. Costumavam examinar com cuidado a sombra de uma marmota, pois acreditavam que o animal era um indicador de mau tempo. Também usavam a pele da enguia para prevenir reumatismo. E nunca permitiam gatos dentro de casa, pois era de conhecimento geral que essas criaturas podiam sugar a respiração de um bebê, matando a pobre criança no berço. As pessoas acreditavam que havia razões para tudo e que era muito fácil descobrir essas razões. Se não fosse assim, então algo perverso devia estar em ação. Não só era possível conversar com o diabo, como alguns faziam pactos com ele. Qualquer pessoa que fizesse isso era sempre desmascarada no final, denunciada pelo próprio infortúnio ou pela maré de azar que assolava os que lhe eram mais próximos.

Quando marido e mulher não conseguiam ter um filho, o marido colocava uma pérola sob o travesseiro da esposa e, se ainda assim ela fosse incapaz de conceber, começariam a surgir boatos sobre ela e questionamentos sobre a verdadeira natureza do seu caráter. Se, da noite para o dia, os morangos de todos os canteiros fossem devorados por centopeias, então a idosa do final da rua, que era vesga e bebia até ficar imóvel como uma pedra, era levada à delegacia para um interrogatório. Mesmo depois que uma mulher conseguisse provar sua inocência de qualquer delito – se conseguisse caminhar pela água e não se dissolvesse em fumaça e cinzas, ou se descobrissem que os morangos de toda nação tinham sido afetados –, isso ainda não significava que ela seria bem recebida na cidade ou que alguém acreditaria que não tivesse culpa de nada.

Essas eram as atitudes que prevaleciam quando Maria Owens chegou a Massachusetts, carregando apenas um pequeno saco de couro com seus pertences, sua filhinha e um saquinho de diamantes costurado na bainha do vestido. Maria era jovem e atraente, se vestia toda de preto e não tinha marido. Apesar disso, tinha dinheiro suficiente para contratar os doze carpinteiros que construíram a casa da Rua Magnólia e estava tão segura de si mesma e do que desejava que passou a aconselhar esses homens sobre assuntos como que madeira usar no consolo da lareira, na sala de jantar, e quantas janelas eram necessárias para oferecer a melhor vista do jardim dos fundos. As pessoas ficaram desconfiadas, e por que não deveriam ficar? A filhinha de Maria Owens nunca chorava, nem mesmo quando era mordida por uma aranha ou picada por uma abelha. O jardim de Maria nunca era infestado por centopeias ou ratos. Quando a cidade foi assolada por um furacão, todas as casas da Rua Magnólia sofreram prejuízos, exceto a construída pelos doze carpinteiros. Nenhuma das persianas foi carregada pelo vento e nem mesmo a roupa esquecida no varal saiu do lugar, nem uma única meia se perdeu.

Se Maria Owens decidisse falar com uma pessoa, olhava-a diretamente nos olhos, ainda que essa pessoa tivesse mais idade do que ela ou uma condição social mais elevada. Ela era conhecida por fazer o que lhe desse vontade, sem parar para pensar nas consequências. Homens comprometidos se apaixonavam por Maria e se convenciam de que ela os procurava no meio da noite, incitando seus apetites carnais. As mulheres viam-se atraídas para Maria e queriam lhe confessar seus segredos, nas sombras da varanda, onde a glicínia começara a crescer e já se enroscar nas grades pintadas de preto.

Maria Owens não prestava atenção em ninguém além de si mesma, da sua filha e de um homem de Newburyport, que nenhum dos seus vizinhos jamais soube que existia, embora fosse bastante conhecido e muito respeitado em sua cidade natal. Três vezes por mês, Maria agasalhava o bebê adormecido, em seguida vestia seu longo casaco de lã e atravessava os campos, passando por pomares e lagoas repletas de gansos. Arrastada pelo desejo, deslocava-se rapidamente, não importava como estivesse o tempo. Havia noites que as pessoas achavam que a viam com o casaco ondulando às costas, correndo tão depressa que parecia não tocar o solo. Mesmo que houvesse gelo e neve, mesmo que houvesse flores brancas em todas as macieiras, era impossível dizer quando Maria atravessaria os campos. Alguns não chegavam nem a se dar conta de que ela estava passando pela casa deles. Simplesmente ouviam algo perto de onde moravam, lá onde as framboeseiras cresciam, os cavalos dormiam, e uma onda de desejo percorria sua pele, as mulheres de camisola, os homens exaustos do trabalho pesado e do tédio do dia a dia. Sempre que encontravam Maria à luz do dia, na rua ou numa loja, eles a olhavam atentamente e não acreditavam no que viam – o rosto bonito, os plácidos olhos cinzentos, o casaco preto, o perfume de uma flor que ninguém na cidade conseguia identificar.

E então, um dia, um fazendeiro feriu a asa de um corvo em seu milharal, uma criatura que durante meses tivera a ousadia de furtar suas plantações. Quando Maria Owens surgiu, logo na manhã seguinte, com o braço numa tipoia e a mão direita enrolada numa atadura branca, as pessoas apostaram que já sabiam a razão. Eram educadas quando ela entrava em seus estabelecimentos, para comprar café, melado ou chá, mas, logo que Maria virava as costas, elas faziam o sinal da raposa, erguendo o dedo mínimo e o indicador, pois acreditavam que esse gesto as protegia de feitiços. Observavam o céu noturno em busca de algo estranho; penduravam ferraduras sobre as portas, cravadas com três pregos fortes, e algumas pessoas mantinham ramos de visgo na cozinha e na sala de visitas, para proteger do mal seus entes queridos.

Toda mulher Owens, depois de Maria, herdou aqueles mesmos olhos cinzentos e o conhecimento de que não existe uma defesa verdadeira contra o mal. Maria não era nenhum corvo interessado em furtar os fazendeiros e suas plantações. O amor é que a ferira. O homem que era o pai de sua filha, a quem Maria seguira inicialmente até Massachusetts, tinha decidido que se cansara dela. Seu ardor arrefecera, pelo menos por Maria, e ele lhe enviara uma grande soma em dinheiro para que ela se calasse e ficasse longe dele. Maria recusou-se a acreditar que ele a trataria assim. No entanto, ele faltou a três encontros e ela simplesmente não podia esperar mais. Foi até a casa dele em Newburyport, algo que ele a proibira terminantemente de fazer, e machucou o braço, chegando a quebrar o osso da mão direita, de tanto esmurrar a porta. O homem que ela amava não respondeu aos seus apelos. Em vez disso, gritou para que ela fosse embora, com um tom de voz tão indiferente que se poderia imaginar que eles eram pouco mais do que meros desconhecidos. Mas Maria não foi embora; ela bateu, bateu e bateu na porta dele e nem reparou que os nós dos dedos já estavam ensanguentados. Vergões já tinham começado a surgir na pele.

Por fim, o homem que Maria amava enviou a esposa à porta e, quando Maria viu aquela mulher simples, de camisola de flanela, ela simplesmente se virou e correu por todo o caminho até em casa, pelos campos ao luar, rápida como uma corça, invadindo os sonhos das pessoas. Na manhã seguinte, a maioria das pessoas da cidade acordou sem fôlego, com as pernas tremendo de fraqueza, tão cansadas que parecia que não tinham pregado os olhos. Maria só percebeu que tinha se machucado ao tentar mexer a mão direita e não conseguir, mas considerou muito apropriado que ficasse marcada daquela maneira. Daí em diante, só usou as mãos para beneficiar a si mesma.

Evidentemente, é bom evitar o azar sempre que possível e, quando se tratava dessas questões relacionadas à sorte, Maria era sempre prudente. Ela plantava árvores frutíferas nas noites sem lua e algumas das plantas perenes mais resistentes que cultivou continuam a germinar entre os canteiros, no jardim das tias. As cebolas ainda são tão fortes e de sabor tão marcante que é fácil entender por que eram consideradas o melhor remédio para mordidas de cachorro e dores de dente. Maria sempre fez questão de vestir algo azul, mesmo quando era uma senhora idosa e não conseguia mais se levantar da cama. O xale em volta dos ombros era azul como o paraíso e, quando ela se sentava na varanda, em sua cadeira de balanço, era difícil saber onde acabava Maria e começava o céu azul.

Até o dia da sua morte, Maria usou a safira que o homem que amara lhe deu, apenas para lembrar a si mesma do que era importante e do que não. Muito tempo depois de ela morrer, algumas pessoas continuaram dizendo que viam uma gélida figura azul nos campos, tarde da noite, quando o ar estava frio e nem uma brisa soprava. Juravam que ela passava pelos pomares, rumo ao norte, e que, se a pessoa ficasse parada junto às velhas macieiras, sem mover um músculo e apoiada num joelho, o vestido de Maria roçaria nela e, desse dia em diante, essa pessoa teria sorte em todas as questões, assim como seus filhos e netos.

No retrato que as tias enviaram a Kylie pelo seu aniversário, e que chegou duas semanas depois num caixote fechado, Maria está usando seu vestido azul predileto e seu cabelo escuro está preso com uma fita de cetim azul. Durante 192 anos, esse velho quadro tinha ficado pendurado na escada da casa das Owens, junto às cortinas de damasco. Ao subirem as escadas para dormir, Gillian e Sally tinham passado mil vezes pelo quadro, sem prestar atenção nele. Durante as férias de agosto, Antonia e Kylie jogavam partidas de gamão no patamar dessa mesma escada e nunca repararam que havia algo naquela parede, além de poeira e teias de aranha.

Agora elas reparam. O quadro de Maria Owens está pendurado na parede atrás da cama de Kylie. Está tão viva na tela que é óbvio que o pintor estava apaixonado por ela no momento em que terminou o retrato. Quando já é tarde e a noite está muito silenciosa, é quase possível senti-la respirar. Se um fantasma resolvesse escalar a janela ou atravessar a parede, pensaria duas vezes antes de encarar Maria. Pode-se dizer, só de olhar, que ela nunca recuou ou colocou a opinião de alguém acima da própria. Ela sempre acreditou que a experiência não era apenas a melhor mestra, mas a única, e foi por isso que insistiu para que o artista pintasse sua mão direita inchada como estava e que nunca chegou a sarar totalmente.

No dia em que o quadro chegou, Gillian voltou para casa do trabalho cheirando a batatas fritas e açúcar. Desde que Sally decepara os lilases, cada dia era melhor do que o anterior. O céu estava mais azul, a manteiga posta à mesa era mais fresca e elas conseguiam dormir a noite inteira sem ter pesadelos ou medo do escuro. Gillian cantava enquanto limpava os balcões da Barraca do Hambúrguer e assobiava a caminho do correio ou do banco. Entretanto, quando subiu a escada e abriu a porta do quarto de Kylie, dando de cara com o quadro de

Maria, ela soltou um gritinho estridente que afugentou todos os pardais nos jardins vizinhos e fez os cachorros uivarem.

– Que surpresa mais horripilante – disse ela a Kylie.

Gillian chegou tão perto de Maria Owens quanto se atreveu. Sentia o ímpeto de cobrir o retrato com uma toalha ou substituí-lo por algo alegre e comum, como uma pintura em tons vivos de cachorrinhos brincando de cabo de guerra ou crianças num chá de bonecas, servindo bolos para seus ursinhos de pelúcia. Quem precisava do passado bem ali na parede? Quem precisava de qualquer coisa que antes estava na casa das tias, pendurado num patamar sombrio, ao lado de cortinas puídas?

– Isso é sinistro demais para ficar num quarto – disse Gillian à sobrinha. – Vamos levá-lo para baixo.

– Maria não é sinistra – rebateu Kylie.

O cabelo de Kylie estava crescendo, deixando-a com uma faixa castanha de um centímetro de largura no meio da cabeça. Isso devia deixá-la com uma aparência estranha e descuidada, mas, em vez disso, ela parecia ainda mais bonita. Na verdade, parecia-se com Maria. Postas lado a lado, podiam até pensar que eram gêmeas.

– Gosto dela – disse Kylie à tia e, como o quarto era dela, o assunto estava encerrado.

Gillian reclamou, dizendo que ficaria nervosa demais para dormir com Maria pairando sobre elas; teria pesadelos e talvez até calafrios, mas não foi isso o que aconteceu. Ela parou completamente de pensar em Jimmy e não se preocupou mais com a possibilidade de alguém vir procurá-lo. Se ele devia dinheiro ou fizera um mau negócio, os homens que tinha prejudicado a essa altura já estariam lá, teriam aparecido e levado o que quisessem e já teriam ido embora.

Agora que o retrato de Maria está na parede, Gillian tem dormido ainda melhor. Toda manhã, ela acorda com um sorriso no rosto. Não tem mais tanto medo do quintal como costumava ter, embora de vez em quando arraste Kylie até a janela, só para se assegurar de que Jimmy não voltou. Kylie sempre insiste em dizer que ela não tem com que se preocupar. O jardim está limpo e verdejante. Os lilases foram cortados tão rente às raízes que talvez levem anos para brotar de novo. De tempos em tempos, algo lança uma sombra no gramado, mas provavelmente é o sapo que fixou residência nas raízes dos lilases. Elas saberiam se fosse Jimmy, não é mesmo? Iriam se sentir mais ameaçadas e muito mais vulneráveis.

– Não há ninguém lá fora – assegurou Kylie. – Ele se foi.

E talvez realmente tenha ido, porque Gillian não está mais chorando, nem mesmo durante o sono, e aqueles hematomas que ele deixou nos braços dela desapareceram e ela começou a sair com Ben Frye.

A decisão de dar uma chance a Ben lhe ocorreu de repente, enquanto ela seguia do trabalho para casa no Oldsmobile de Jimmy, que ainda tinha latas de cerveja chacoalhando em algum lugar sob o banco. Ben continuava a ligar várias vezes por dia, mas isso não podia continuar para sempre, embora ele tivesse uma paciência fora do comum. Quando era menino, tinha passado oito meses tentando aprender a se livrar de algemas de ferro. Antes de dominar a arte de apagar um fósforo sob a língua, queimou o céu da boca tantas vezes que passou semanas sem conseguir consumir outra coisa que não fosse creme de leite e pudim. Ilusionismos que duravam apenas segundos em cima de um palco exigiam meses ou até anos para serem aprendidos e executados. Mas o amor não tinha a ver com treino e preparo; era pura oportunidade. E quem não aproveitasse essa oportunidade corria o risco de vê-la evaporar antes mesmo que se desse conta. Mais cedo ou mais tarde, Ben haveria de desistir. Ele estaria a caminho da casa dela, com um livro debaixo do braço, para ter um passatempo enquanto a esperava na varanda, e subitamente pensaria *Chega!*, simplesmente assim, do nada. Tudo o que Gillian tinha que fazer era fechar os olhos para ver a expressão de dúvida que se espalharia pelo rosto dele. *Hoje não*, ele decidiria, depois daria meia-volta e iria para casa, provavelmente sem jamais voltar.

Imaginar o momento em que Ben finalmente pararia de persegui-la deixou Gillian com náuseas. O mundo sem ele, sem seus telefonemas e sua fidelidade não lhe interessava nem um pouco. E de quem ela o está protegendo, na realidade? Aquela moça despreocupada, que partia o coração dos homens e não esperava nada além de diversão, havia desaparecido; Jimmy encarregara-se disso. Aquela moça pertencia a um passado tão remoto e longínquo que Gillian não conseguia nem se lembrar da razão que a levara a pensar que já se apaixonara antes ou que ganhava alguma coisa com todos aqueles homens que, para começar, nem sabiam quem ela era.

Naquela noite, quando o céu estava pálido e azul, e as latas de cerveja rolavam de um lado para o outro cada vez que ela pisava no freio, Gillian fez um retorno proibido e seguiu para a casa de Ben Frye, antes que perdesse a coragem. Disse a si mesma que já era adulta e podia muito bem ter um encontro adulto. Não tinha por que fugir ou proteger alguém em detrimento de si mesma, ou fazer qualquer coisa além de dar um passinho por vez, em qualquer direção que escolhesse. Contudo, achou que poderia desmaiar quando Ben atendesse à porta. Pensou em dizer que não estava querendo compromisso nem nada sério – não tinha certeza se iria beijá-lo, muito menos se iria para a cama com ele –, mas não chegou a dizer nada disso, porque, assim que ela pisou na soleira da porta, Ben não pareceu disposto a esperar.

Ele já havia sido paciente demais, cumprira a sua sentença, agora não pretendia perder de vista o que queria. Começou a beijar Gillian antes mesmo que ela tivesse tempo de mencionar que ainda estava refletindo. Os beijos dele a fizeram sentir coisas que não queria sentir, pelo menos não por enquanto. Ele a ergueu de encontro à parede e deslizou as mãos sob a blusa dela, e foi isso. Ela não disse "Pare", não disse "Espere"; ela retribuiu os beijos até ter ido longe demais para refletir sobre qualquer coisa. Ben a estava enlouquecendo e testando-a também – cada vez que a deixava realmente excitada, parava a fim de ver o que ela faria e o quanto queria aquilo. Se não a levasse logo para o quarto, ela se veria implorando para que ele fizesse amor com ela. Acabaria dizendo: *Por favor, baby*, que era o que costumava dizer a Jimmy, embora na realidade nunca estivesse sendo sincera. Não naquela época. Uma mulher não consegue se concentrar em fazer amor quando está tão apavorada. Apavorada demais para respirar, assustada demais para ter coragem de dizer: *Assim não. Você me machuca quando faz isso.*

Ela dizia obscenidades para Jimmy, porque sabia que isso ajudava a deixá-lo excitado. Se tivesse bebido a noite inteira e não conseguisse uma ereção, ele se voltava contra ela tão rápido que ela tinha até um sobressalto. Num minuto tudo estava bem e, no minuto seguinte, todo o ar ao redor se incendiava com a fúria do que quer que fosse que havia dentro dele. Quando isso acontecia, ou ele começava a esbofeteá-la ou ela tinha que começar a dizer o quanto o desejava dentro dela. Pelo menos assim ele teria algo para fazer com sua raiva quando Gillian lhe dissesse que desejava que ele a amasse a noite inteira, desejava-o tanto que faria qualquer coisa, ele poderia obrigá-la a fazer qualquer coisa. E ele não tinha todo o direito de estar zangado e fazer o que bem entendesse? Ela não era tão má que precisava ser castigada e somente ele poderia fazer isso, poderia fazer isso do jeito certo?

Conversas e violência sempre deixavam Jimmy ligado e, por isso, Gillian sempre começava imediatamente a falar. Era esperta o bastante para deixá-lo excitado depressa, para falar indecências e praticar sexo oral antes que ele ficasse realmente furioso. Então ele a penetrava, mas podia ser perverso quanto a isso também, e egoísta, e gostava quando ela gritava. Quando ela fazia isso, ele sabia que tinha vencido e, por algum motivo, vencer era importante para ele. Jimmy parecia não saber que ele já estava vencendo desde o início, desde o instante em que ela o viu e olhou nos olhos dele pela primeira vez.

Logo que terminavam o sexo, Jimmy voltava a ser gentil com ela, e valia praticamente qualquer coisa tê-lo quando estava assim. Quando estava se sentindo bem e não tinha nada a provar, ele era o homem por quem ela se apaixonara, era aquele que poderia fazer com que praticamente qualquer mulher acreditasse no que ele queria. É fácil esquecer o que você faz no escuro, quando isso é necessário. Gillian sabia que outras mulheres achavam que ela tinha sorte e concordava com elas. Tinha ficado confusa, foi isso o que aconteceu. Começara a aceitar que o amor tinha de ser daquele modo e, de certa maneira, ela tinha razão, porque com Jimmy era assim que tinha de ser.

Gillian estava tão acostumada a ter alguém que, logo de cara, já a fazia ficar de quatro; estava tão preparada para que batessem nela e depois dissessem que era melhor que chupasse direito, que não conseguia acreditar que Ben estivesse passando todo aquele tempo apenas beijando-a. Todos aqueles beijos a estavam deixando louca e a estavam fazendo se lembrar do que podia sentir e como podia ser quando você quer alguém que também quer você. Ben era tão diferente de Jimmy quanto alguém pode ser. Não estava interessado em fazer ninguém chorar, para depois falar com essa pessoa com ternura, como Jimmy costumava fazer, e não precisava de ajuda como Jimmy sempre precisava. Quando Ben lhe tirou a calcinha, Gillian estava com os joelhos moles. Pouco lhe importava ir para o quarto, queria aquilo ali mesmo, queria naquele mesmo instante. Não tinha mais de considerar a possibilidade de estar com Ben Frye. Esse relacionamento já acontecera, ela já mergulhara de cabeça e não estava disposta a recuar.

Eles fizeram amor por tanto tempo quanto puderam, ali no corredor, e depois foram para o quarto de Ben e dormiram durante horas, como se tivessem drogados. Enquanto estavam pegando no sono,

Gillian poderia jurar que ouviu Ben dizer: *Destino* – como se estivessem predestinados a ficar juntos, desde o início, e cada uma das coisas que algum dia fizeram na vida só tivesse servido para conduzi-los àquele momento. Se pensasse assim, ela poderia pegar no sono sem arrependimento. Poderia colocar a vida inteira nos eixos, mesmo com toda a mágoa e tristeza, e ainda sentir que, no final, tinha conseguido tudo o que sempre quisera. Apesar das torpes disputas e de todas as ações equivocadas, talvez descobrisse que ela é que na verdade vencera.

Quando Gillian acordou já tinha anoitecido e o quarto estava escuro, exceto por algo que parecia uma nuvem branca pairando aos pés da cama. Gillian se perguntou se estaria sonhando, se talvez ela estivesse flutuando acima do seu corpo físico e vendo a si mesma e a cama que compartilhava com Ben Frye. Mas, quando se beliscou, sentiu dor. Ainda era ela, sem dúvida. Passou a mão pelas costas de Ben, apenas para se assegurar de que ele também era real. De fato, ele era real o bastante para surpreendê-la. Seus músculos, sua pele e o calor de seu corpo adormecido fizeram com que o desejasse mais uma vez, e ela se sentiu uma tola, como uma adolescente que não parava para pensar nas consequências.

Gillian se sentou na cama, com o lençol branco enrolado no corpo, e descobriu que a nuvem aos pés da cama nada mais era do que o coelho de estimação de Ben, Buddy, que logo saltou para o colo dela. Apenas algumas semanas antes, Gillian estivera no deserto de Sonoran, com as mãos tampando os ouvidos, enquanto Jimmy e dois amigos atiravam em marmotas. Mataram treze, e Gillian achou que aquilo era de muito mau agouro. Tinha ficado trêmula e pálida, perturbada demais para esconder o que sentia. Felizmente, Jimmy estava com excelente humor, pois abatera mais marmotas do que seus companheiros, alvejando oito, se incluíssem os dois filhotes. Ele se aproximou e passou os braços em volta de Gillian. Quando a olhava assim, ela compreendia por que se sentira tão atraída por ele e por que ainda era assim.

Ele podia fazer com que ela se sentisse a única pessoa no universo. Poderia cair uma bomba, poderia cair um raio, ele simplesmente não desviaria os olhos dela.

– Roedor bom é roedor morto – dissera Jimmy a ela. Ele cheirava a cigarro e calor, e estava tão vivo quanto um ser humano pode estar. – Acredite quando digo. Quando avistar um, atire para matar.

Jimmy teria achado uma grande piada surpreendê-la na cama com um roedor. Gillian empurrou o coelho para o lado, em seguida se levantou e foi até a cozinha, em busca de um copo-d'água. Estava desorientada e confusa. Não sabia o que estava fazendo na casa de Ben, embora ela fosse surpreendentemente confortável, com uma mobília de pinho antiga e bonita e estantes repletas de livros. A maioria dos homens com que Gillian se envolvera evitava a cozinha, alguns pareciam nem se dar conta de que tinham uma cozinha completa em casa, com um fogão e uma pia, mas ali a cozinha era bem utilizada – numa mesa de pinho bem gasta havia pilhas de manuais de ciências e cardápios de restaurantes chineses, e, quando verificou, ela descobriu que havia até comida de verdade na geladeira: lasanha e suflê de brócolis com queijo, uma caixa de leite, frios variados, garrafas de água e maços de cenoura. Pouco antes de serem obrigados a deixar Tucson às pressas, não havia nada em sua geladeira exceto embalagens de seis unidades de Budweiser e Coca Diet. Um pacote de peixe congelado estava enfiado no fundo, perto das bandejas de gelo, mas qualquer coisa deixada no congelador sempre degelava, depois congelava de novo, e era melhor nem pensar em comê-la.

Gillian serviu-se de uma garrafa de água e, quando se virou, viu que o coelho a seguira.

– Vá embora – disse ela, mas ele não foi.

Buddy tinha se afeiçoado a Gillian. Ele rodeou os pés dela, da maneira como os coelhos apaixonados sempre fazem. Não prestou atenção quando ela franziu as sobrancelhas ou abanou as mãos para afastá-lo, como se estivesse enxotando um gato. Ele seguiu atrás dela até a sala de estar. Quando Gillian parou, Buddy se sentou no tapete e ergueu os olhos para ela.

– Pare com isso agora mesmo – disse Gillian, sacudindo o dedo e olhando nos olhos dele.

Mas Buddy permaneceu onde estava. Tinha grandes olhos castanhos, com uma borda cor-de-rosa. Parecia sério e cheio de dignidade, mesmo quando limpava as patas com a língua.

– Você é só um roedor – disse Gillian. – Nada mais do que isso.

Gillian sentia vontade de chorar, e por que não deveria? Nunca conseguiria corresponder à versão que Ben fazia dela, tinha todo um passado secreto e horroroso para esconder. Tinha o hábito de transar com homens dentro do carro, em estacionamentos, só para provar que não dava a mínima; costumava contar suas conquistas e cair na risada. Sentou-se no sofá que Ben encomendara por catálogo quando o sofá velho estava surrado demais. Era realmente um bonito sofá, feito de um tecido canelado cor-de-ameixa. Exatamente o tipo de sofá que Gillian teria visto numa revista e desejado comprar, se tivesse uma casa ou dinheiro ou mesmo um endereço permanente, onde pudesse receber catálogos e revistas pelo correio. Ela não sabia nem mesmo se poderia permanecer num relacionamento normal. E se ela se cansasse de alguém que fosse gentil com ela? E se não conseguisse fazer essa pessoa feliz? E se Jimmy tivesse razão e ela pedisse para que batessem nela – talvez não em voz alta, mas de um jeito indefinível, de que não se dava conta? E se ele tivesse inculcado isso nela de tal modo que ela precisasse disso agora?

O coelho deu um salto para a frente e sentou-se aos pés dela.

– Estou ferrada – disse Gillian.

Ela se enroscou no sofá e chorou, mas nem mesmo isso afugentou o coelho. Buddy tinha passado muito tempo na enfermaria infantil do hospital do Pedágio. Todos os sábados, durante o número de mágica de

Ben, ele era tirado de um chapéu velho, que cheirava a alfafa e suor. Buddy estava acostumado a luzes brilhantes e pessoas gritando, e era sempre bem-comportado. Nunca tinha mordido uma criança, nem mesmo quando era cutucado ou provocado. Nesse momento, ele se ergueu nas pernas traseiras e se equilibrou, exatamente como tinham lhe ensinado.

– Não fiquei aí, tentando me alegrar – disse Gillian, mas assim mesmo ele conseguiu.

Quando Ben saiu do quarto, Gillian estava sentada no chão com Buddy, dando a ele uvas sem sementes.

– Este carinha é esperto – disse Gillian. O lençol que tirara da cama ainda estava enrolado no corpo dela, de um jeito displicente, e seu cabelo se projetava como um halo. Fazia tempo que não se sentia tão leve e tranquila. – Sabia que ele sabe acender o abajur saltando sobre o interruptor? Segurar a garrafa de água entre as patas para beber, sem derramar uma gota? Quem não viu não acreditaria. Só falta me dizer que ele é adestrado para usar uma caixa de areia, como um gato.

– Ele é.

Ben estava de pé junto à janela e, sob a luz tênue, dava a impressão de ter dormido o sono profundo dos anjos. Ninguém adivinharia que entrou em pânico ao acordar e descobrir que Gillian não estava mais na cama. Estaria disposto a correr pela rua, chamar a polícia e solicitar um grupo de busca para encontrá-la. Naquele momento em que saíra da cama, tinha achado que, por algum motivo, havia conseguido perdê-la, como perdera todo o resto em sua vida, mas ali estava ela, enrolada no lençol. Se fosse sincero consigo mesmo, teria de admitir que sentia muito medo que as pessoas desaparecessem da vida dele e esse era o motivo por que tinha se interessado pelos truques de mágica. No espetáculo de Ben Frye, o que sumia sempre reaparecia, fosse um anel, uma moeda de 25 centavos ou o próprio Buddy. Apesar de tudo isso, Ben tinha se apaixonado pela mulher mais imprevisível que já conhecera.

E não podia lutar contra isso, sequer queria tentar. Desejava poder amarrá-la em seu quarto com cordões de seda. Desejava nunca ter que deixá-la ir embora. Agachou-se ao lado de Gillian com a consciência plena de que era ele quem estava amarrado com nós. Queria pedir que se casasse com ele, que nunca o abandonasse. Em vez disso, enfiou a mão embaixo da almofada do sofá e, fazendo um movimento circular com o braço, puxou dali uma cenoura do nada. Pela primeira vez, Buddy ignorou a comida; em vez disso se aproximou um pouco mais de Gillian.

– Vejo que tenho um rival – disse Ben. – Talvez eu seja obrigado a fazer um guisado de coelho.

Gillian pegou o coelho no colo. Durante todo o tempo em que Ben estivera dormindo, ela tinha refletido sobre o seu passado. Agora, chega. Não ia deixar que aquela menininha sentada nos degraus empoeirados, nos fundos da cozinha das tias, a controlasse. Não ia deixar que aquela idiota que a deixara se envolver com Jimmy governasse a sua vida.

– Buddy é provavelmente o coelhinho mais inteligente de todo o país. É tão esperto que provavelmente vai me convidar para jantar aqui, amanhã à noite.

Para Ben, não havia dúvida de que ele tinha um débito de gratidão para com o coelho. Se não fosse Buddy, talvez Gillian tivesse ido embora sem se despedir. Em vez disso, ela ficou, chorou e reconsiderou. E assim, em homenagem a Buddy, na noite seguinte Ben preparou sopa de cenoura, uma salada de folhas de alface e uma tigela de "coelho galês", que Gillian ficou extremamente aliviada ao saber que nada mais era do que queijo derretido servido com torradas. Um prato de salada e uma tigelinha de sopa tinham sido colocados no chão para Buddy. O coelho foi acariciado e recebeu agradecimentos, mas, após o jantar, foi trancado na gaiola, para passar a noite. Eles não o queriam arranhando a porta do quarto, não queriam ser incomodados, nem por Buddy nem por ninguém.

Desde então, eles têm dormido juntos todas as noites. Quase na hora em que Gillian sai do trabalho, Buddy vai para a porta da frente e fica andando de um lado para outro, agitado, até Gillian chegar, cheirando a batatas fritas e sabonete de ervas. Os adolescentes da Barraca do Hambúrguer seguem-na até metade do caminho, a partir do Pedágio, mas se detêm quando ela dobra a rua da casa de Ben. No outono, esses garotos vão se matricular no curso de Biologia de Ben Frye, até os mais preguiçosos e aqueles que sempre foram reprovados em Ciências. Eles imaginam que o sr. Frye sabe alguma coisa e que é melhor que descubram o que é, e bem rápido. Mas esses jovens podem estudar o semestre inteiro e chegar pontualmente a todas as aulas de laboratório, e mesmo assim não descobrirão o que Ben sabe até que estejam perdidamente apaixonados. Quando não se importarem em fazer papel de bobos, quando correr riscos parecer a coisa mais certa a fazer e andar na corda bamba ou mergulhar em cachoeiras derem a impressão de ser brincadeiras de criança quando comparadas a dar um único beijo, então eles vão compreender.

Mas, por ora, esses rapazes não sabem nada a respeito do amor e certamente não conhecem as mulheres. Nunca imaginariam que a razão por que Gillian tem derrubado xícaras de café quente, ao servir os clientes na Barraca do Hambúrguer, é que não consegue parar de pensar nas coisas que Ben faz quando estão na cama. Ela se perde, ao dirigir para casa, sempre que pensa na maneira como ele sussurra no ouvido dela. Está tão excitada e confusa quanto uma adolescente.

Gillian sempre se considerou uma aberração, por isso foi um grande alívio descobrir que Ben não é tão normal quanto pensou a princípio. Ele pode muito bem passar três horas no Owl Café, numa manhã de domingo, pedindo pratos de panquecas e ovos. As garçonetes dali, em sua maioria, já saíram com ele e ficam com um olhar sonhador assim que ele chega para o café da manhã, oferecendo-lhe café de graça e ignorando quem quer que possa estar ao seu lado. Ele dorme até tarde, é incrivelmente rápido devido a toda a sua prática com baralhos e lenços, e consegue pegar um pardal ou chapim em pleno voo, simplesmente estendendo a mão no ar.

As inesperadas facetas da personalidade de Ben realmente surpreenderam Gillian, que nunca teria imaginado que um professor de Biologia da escola secundária fosse tão fanático a respeito de nós e laços, e que desejaria amarrá-la à cama, ou que, depois da sua experiência anterior, ela refletiria, depois concordaria e, por fim, daria consigo mesma implorando por isso. Sempre que Gillian vê uns cordões de sapatos ou um rolo de barbante na loja de ferragens, fica excitada. Tem de correr para a casa de Sally e retirar alguns cubos de gelo do congelador e passá-los pelos braços e no interior das coxas, apenas para arrefecer seu desejo.

Depois que ela achou várias algemas no armário de Ben – que ele muitas vezes utiliza em seu show de mágica –, cubos de gelo deixaram de ser suficientes. Gillian tinha de ir ao quintal, abrir a mangueira e derramar água sobre a cabeça. Seu corpo ardia só de pensar no que Ben poderia fazer com aquelas algemas. Queria ter visto o sorriso dele, quando ele entrou no quarto e descobriu que ela deixara as algemas sobre a cômoda, mas ele pegou a deixa. Naquela noite, ele se assegurou de que a chave estivesse longe o suficiente para que nenhum dos dois pudesse alcançá-la da cama. Amou-a por tanto tempo que ela ficou dolorida e, ainda assim, não teria pensado em pedir que ele parasse.

Ela quer que ele nunca pare, é isso, é o que a está deixando nervosa, uma vez que sempre foi o inverso. Mesmo com Jimmy – era o homem que a queria e era assim que ela gostava que fosse. Quando você quer alguém, essa pessoa tem poder sobre você. Sentindo-se como se sente, Gillian foi até a escola secundária, onde Ben está organizando suas aulas para o outono, a fim de lhe pedir que faça amor com ela. Não pode esperar até que ele volte para casa, não pode esperar até que a noite caia, até que tenham quartos e portas fechadas. Ela passa os braços à volta dele e diz que quer isso imediatamente. Não é como era com Jimmy, ela realmente fala sério. Fala tão sério que não consegue se lembrar de ter dito essas mesmas palavras a outra pessoa. Pelo que se lembra, nunca fez isso.

Todos na administração escolar sabem sobre Ben e Gillian. A notícia se espalhou pelo bairro como fogo na palha. Até o zelador felicitou Ben pela sorte que ele teve. Eles são o casal observado pelos vizinhos e que são tema de conversa na loja de ferragens e no balcão na Bruno's Tavern. Os cachorros os acompanham quando saem para dar um passeio e os gatos são atraídos para o quintal de Ben à meia-noite. Todas as vezes que Gillian se senta numa pedra, no reservatório, com um cronômetro para marcar o tempo de Ben enquanto ele corre, os sapos sobem da lama para entoar sua canção profunda e exangue e, quando Ben termina a corrida, tem de passar sobre uma massa de corpos verde-acinzentados a fim de ajudar Gillian a descer da pedra.

Se saem juntos e Ben acidentalmente encontra um de seus alunos, ele fica sério e começa a falar sobre a prova final do ano anterior, ou sobre o novo equipamento que está montando no laboratório, ou sobre a feira de ciências do condado, em outubro. As garotas que frequentam suas aulas ficam de olhos arregalados e mudas na presença dele; os garotos ficam tão entretidos olhando fixamente para Gillian que não prestam atenção a uma palavra que ele diz. Mas Gillian é toda ouvidos. Ela adora ouvir Ben falar sobre ciência. Quando ele começa a falar sobre células, ela sente um frio na barriga de puro desejo. Se ele menciona o pâncreas ou o fígado, ela faz tudo para manter as mãos longe dele. Ele é tão inteligente, mas isso não é a única coisa que atrai Gillian – ele age como se ela também fosse. Ele acha que ela pode compreender tudo que ele está falando e, como que por milagre, ela compreende. Pela primeira vez, ela entende a diferença entre uma veia e uma artéria. Conhece todos os principais órgãos e o que é mais importante: ela consegue de fato descrever a função de cada um, para não mencionar o lugar em que ficam no corpo humano.

Certo dia, Gillian surpreende a si mesma ao ir até a faculdade local e se matricular em duas turmas que se iniciariam no outono. Ela sequer sabe se estará na cidade em setembro, mas, se por acaso estiver, vai estudar Geografia e Biologia. À noite, quando volta para casa depois de ter visitado Ben, Gillian vai ao quarto de Antonia e pega emprestado seu manual de Biologia I. Lê sobre sangue e ossos. Segue o percurso do aparelho digestivo com a ponta do dedo. Quando chega ao capítulo sobre Genética, fica acordada a noite inteira. É emocionante a ideia de que existe uma progressão e uma sequência de possibilidades quando se trata de quem um ser humano pode ser e será. O retrato de Maria Owens sobre a cama de Kylie parece agora tão claro e evidente quanto uma equação matemática. Há noites em que Gillian dá consigo olhando fixamente para ele e tem a sensação de que está olhando seu reflexo num espelho. *Naturalmente*, ela sempre pensa depois disso, pois matemática mais desejo é igual a quem você é. Pela primeira vez, começou a apreciar seus próprios olhos cinzentos.

Agora, quando vê Kylie, que se parece tanto com ela que desconhecidos apostam que são mãe e filha, Gillian percebe a ligação em seu sangue. O que sente por Kylie é ciência e afeição, em partes iguais. Faria qualquer coisa pela sobrinha. Entraria na frente de um caminhão e abriria mão de vários anos da sua vida para assegurar a felicidade de Kylie. No entanto, Gillian está tão envolvida com Ben Frye que não repara que Kylie mal está falando com ela, apesar de toda essa afeição. Nunca imaginaria que a garota está se sentido usada e posta de lado desde que Ben entrou na história, o que é particularmente doloroso para ela, que ficou do lado da tia e contra a mãe no dia do fiasco que foi seu aniversário. Embora Gillian também tenha ficado ao lada da sobrinha e seja a única pessoa no mundo a tratar Kylie como uma pessoa adulta e não um bebê, Kylie se sente traída.

Secretamente, ela tem feito coisas cruéis, pregado peças de mau gosto, dignas da malevolência de Antonia. Ela encheu de cinzas os sapatos de Gillian, fazendo que os dedos dos pés da tia ficassem sujos e manchados, e ainda acrescentou uma considerável quantidade de cola. Despejou uma lata de atum no ralo da banheira e Gillian acabou tomando banho numa água oleosa, com um cheiro tão forte que quatro gatos de rua pularam dentro do banheiro, pela janela aberta.

– Algo errado? – perguntou Gillian certo dia, ao se virar e ver que Kylie olhava fixamente para ela.

– Errado? – Kylie piscou. Sabia o quanto podia parecer inocente se quisesse. Podia ser uma boa menina, assim como costumava ser. – Por que pergunta?

Nessa mesma noite, Kylie mandou entregar cinco pizzas de anchova na casa de Ben Frye. Estar ressentida era uma sensação péssima. Ela queria estar feliz por Gillian, de fato queria, mas simplesmente parecia não suportar aquela situação até o dia em que viu, por acaso, Gillian e Ben passeando juntos, perto da escola secundária. Kylie estava a caminho da piscina municipal, com uma toalha pendurada no ombro, mas parou onde estava, na calçada diante da casa da sra. Jerouche, embora a sra. Jerouche fosse conhecida por sair com uma mangueira atrás de quem pisasse no seu gramado e tivesse uma cocker spaniel maldosa, uma cadela premiada chamada Mary Ann, que devorava pardais, babava muito e mordia garotinhos nos tornozelos e joelhos.

Um círculo de luz amarelo-clara parecia pairar em torno de Ben e Gillian. A luz irradiava para o alto, em seguida se abria em leque, espalhando-se pela rua e acima dos telhados. O próprio ar tornara-se citrino e, quando Kylie fechou os olhos, teve a impressão de que estava no jardim das tias. Se você se sentasse ali na sombra, no calor de agosto, e esfregasse o tomilho entre os dedos, mesmo em dias chuvosos o ar ficava tão amarelado que você podia jurar que um enxame de abelhas pairava sobre a sua cabeça. Naquele jardim, em dias quentes e tranquilos, era fácil pensar em possibilidades que nunca tinham lhe ocorrido. Era como se a esperança surgisse do nada, pousasse ao seu lado e não fosse mais para lugar nenhum, nunca mais fosse abandoná-la.

Na tarde em que Kylie ficou parada diante da casa da sra. Jerouche, ela não foi a única a perceber algo incomum no ar. Um grupo de meninos que jogava bola na rua parou, atordoado com o cheiro perfumado que vinha do alto dos telhados, e começou a coçar o nariz. O mais novo se virou, correu para casa e pediu à mãe que fizesse bolo de limão com mel. Mulheres saíram na janela, apoiaram os cotovelos no peitoril e respiraram fundo como há anos não faziam. Elas nem acreditavam mais em esperança, mas ali estava a esperança, na copa das árvores e nas chaminés. Quando essas mulheres olharam para a rua e avistaram Gillian e Ben caminhando abraçados, algo dentro delas começou a doer e sentiram a garganta tão seca que só uma boa limonada podia saciar a sua sede e, mesmo depois de um jarro cheio, ainda queriam mais.

Depois disso, era difícil ficar zangada com Gillian, impossível lhe guardar rancor ou mesmo se sentir desprezada por ela. Gillian era tão intensa quando se tratava de Ben Frye que a manteiga na casa de Sally não parava de derreter, como sempre ocorre quando existe amor embaixo de um teto. Até na geladeira os pacotinhos de manteiga derretiam, e qualquer pessoa que quisesse um pouco tinha de derramá-la sobre a torrada ou medi-la com uma colher de sopa.

Nas noites em que Gillian se deita na cama e estuda Biologia, Kylie se estende em sua cama e folheia revistas, embora na realidade esteja observando Gillian. Acha que tem muita sorte de poder aprender sobre o amor com alguém como a tia. Ela tem ouvido as pessoas falarem. Mesmo aquelas que fazem questão de frisar que Gillian não vale nada parecem sentir uma certa inveja. Gillian pode ser garçonete na Barraca do Hambúrguer, pode ter algumas ruguinhas em volta dos olhos e da boca, por causa de todo aquele sol do Arizona, mas é por ela que Ben Frye está apaixonado. É ela que tem aquele sorriso no rosto, noite e dia.

– Adivinhe qual é o maior órgão do corpo humano – pergunta Gillian a Kylie numa noite em que ambas estão na cama, lendo.

– A pele – responde Kylie.

– Sabichona – diz Gillian. – Sabe-tudo.

– Todo mundo está com inveja porque você conquistou o sr. Frye – diz Kylie.

Gillian continua a ler seu livro de Biologia I, mas isso não significa que não esteja prestando atenção. Ela tem a capacidade de falar sobre uma coisa, enquanto se concentra em outra. Aprendeu isso durante o tempo que passou com Jimmy.

– Isso faz com que ele pareça algo que comprei numa loja. Como se ele fosse um *grapefruit* ou algo em liquidação, que consegui pela metade do preço – Gillian franze o nariz. – De todo jeito, não foi uma questão de sorte.

Kylie rola na cama e fica de bruços, para poder examinar o rosto sonhador da tia.

– Então o que foi?

– Destino – Gillian fecha o manual de Biologia. Ela tem o mais lindo sorriso do mundo, Kylie sem dúvida tem de reconhecer isso. – Sina.

Durante toda a noite, Kylie pensa no destino. Pensa no pai, de quem só se lembra por uma única fotografia. Pensa em Gideon Barnes, por quem ela poderia se apaixonar se se permitisse, sabendo que ele também poderia se apaixonar por ela. Mas Kylie não está tão certa de que é isso que quer. Não tem certeza se já está preparada ou se algum dia estará. Ultimamente anda tão sensível e intuitiva que consegue captar os sonhos de Gillian, enquanto ela dorme na cama ao lado;

sonhos tão escandalosos e lascivos que Kylie acorda atiçada, o que a deixa mais constrangida e confusa do que nunca.

Ter 13 anos não é como ela esperava que fosse. É solitário e nem um pouco divertido. Às vezes, ela tem a impressão de que se deparou com todo um mundo secreto que não compreende. Quando se olha no espelho, não consegue decifrar quem ela é. Se algum dia descobrir, saberá se deve tingir o cabelo de louro ou de castanho, mas por enquanto está em cima do muro. Está em cima do muro acerca de tudo. Sente falta de Gideon. Vai até o porão e pega o tabuleiro de xadrez, que sempre faz com que se lembre do amigo, mas não consegue resolver se deve lhe telefonar. Quando encontra por acaso uma das meninas com quem vai à escola e elas a convidam para nadar ou passear na rua comercial, Kylie não sente vontade. Não que não tenha simpatia por elas, simplesmente não quer que percebam quem ela é de verdade, porque ela própria ainda não sabe.

O que ela de fato sabe é que coisas terríveis podem acontecer se não se tomar cuidado. O homem do jardim ensinou isso a ela e essa é uma lição que não esquecerá tão cedo. O sofrimento está em toda parte, embora seja invisível para a maior parte das pessoas. A maioria vai tentar descobrir um meio de não sentir suas aflições – vai tomar uma bebida bem forte ou dar cem voltas completas na piscina ou não comer nada o dia inteiro, exceto uma maçãzinha e algumas folhas de alface –, mas Kylie não é assim. Ela é sensitiva demais e sua capacidade de sentir o sofrimento das outras pessoas está ficando mais forte. Se passa por um bebê num carrinho e ele está chorando a ponto de seu rostinho ficar vermelho-vivo de tanta frustração e descaso, a própria Kylie fica irritada pelo resto do dia. Se um cachorro passa mancando, com um espinho fincado na pata, ou se uma mulher, ao comprar frutas no supermercado, fecha os olhos e se lembra de um rapaz que se afogou quinze anos antes, aquele a quem tanto amava, Kylie começa a ter a impressão de que vai desmaiar.

Sally observa a filha e se preocupa. Sabe o que acontece quando alguém reprime as próprias dores, sabe o que fez consigo mesma, os muros que erigiu em torno de si mesma, a torre que construiu, pedra sobre pedra. Mas são muros de dor e a torre se ergueu às custas de milhares de lágrimas, além de não garantir proteção nenhuma. Basta um sopro e tudo cairá por terra. Quando vê Kylie subir a escada em direção ao seu quarto, Sally percebe outra torre sendo construída; talvez ainda tenha uma pedra apenas, mas é o suficiente para deixá-la gelada de medo. Ela tenta conversar com Kylie, mas, toda vez que se aproxima, a filha foge, batendo a porta atrás de si.

– Será que não posso ter nenhuma privacidade? – é o que Kylie responde a quase todas as perguntas que Sally faz. – Você não pode simplesmente me deixar em paz?

As mães de outras meninas de 13 anos asseguram a Sally que esse comportamento é normal. Linda Bennett, da casa ao lado, acredita que essa rebeldia adolescente é só uma fase, embora a filha, Jessie – que Kylie sempre evitou, dizendo que é uma *nerd* babaca –, recentemente tenha mudado seu nome para Isabella e colocado um *piercing* no umbigo e outro no nariz. Mas Sally não contava passar por isso com Kylie, que sempre foi uma menina franca e afável. Os 13 anos de Antonia não foram um grande choque, uma vez que ela sempre foi egoísta e malcriada. Mesmo Gillian só ficou mais rebelde na escola secundária, quando os rapazes começaram a perceber o quanto ela era bonita, e Sally nunca se permitiu ser mal-humorada e desrespeitosa. Não achava que pudesse se dar ao luxo de retrucar. Até onde sabia, a adoção não fora estabelecida por lei. As tias não eram obrigadas a criá-la. Tinham todo direito de expulsá-la e ela não estava disposta a lhes dar motivo. Aos 13 anos, Sally preparava o jantar, lavava as roupas e ia para a cama cedo. Nunca pensou se tinha direito ou não à privacidade, à felicidade ou a qualquer outra coisa. Nunca nem ousou pensar nisso.

Agora, com Kylie, Sally se segura para não falar nada, mas não é fácil. Mantém a boca fechada e guarda para si mesma as suas opiniões e os bons conselhos. Retrai-se quando Kylie bate portas e chora ao ver o sofrimento da filha. Às vezes, ela encosta o ouvido do lado de fora do quarto da filha, embora saiba que Kylie já não confia tanto em Gillian. Mas, agora, até isso já seria um alívio para Sally; mas Kylie se afastou de todos. O máximo que ela pode fazer é observar, enquanto o isolamento de Kylie se torna um círculo vicioso: quanto mais solitária ela está, mais se afasta, até que os seres humanos pareçam uma raça alienígena, cujos hábitos e linguagem nem de longe ela compreende. Isso Sally conhece melhor do que muitas pessoas. Principalmente tarde da noite, quando Gillian está na casa de Ben Frye e as mariposas batem de leve contra as telas das janelas e ela se sente tão distante da noite de verão que essas telas poderiam muito bem ser feitas de pedra.

Parece que Kylie passará todo o verão sozinha em seu quarto, cumprindo pena como se estivesse na prisão. Julho está acabando, assim com as temperaturas acima dos 30 graus. O calor faz com que pontos brancos surjam atrás das pálpebras dela sempre que pisca. Os pontos depois se tornam nuvens, e as nuvens sobem a grande altura e a única maneira de se livrar delas é fazendo alguma coisa. De repente, ela chega a essa constatação. Se não fizer alguma coisa, pode ficar empacada ali. Outras meninas vão progredir, seguir em frente, terão um namorado e cometerão erros, e ela será exatamente a mesma, paralisada ali. Se não agir depressa, todas vão superá-la e ela ainda será uma criança, com medo de deixar o quarto, com medo de crescer.

No final da semana, quando o calor e a umidade impedem que se fechem portas ou janelas, Kylie decide fazer um bolo. É uma pequena concessão, um minúsculo passo de volta ao mundo. Kylie sai para comprar os ingredientes e, quando volta para casa, está fazendo quase 40 graus à sombra, mas isso não a detém. Está decidida a colocar seu projeto em ação, quase como se acreditasse que será salva por esse único bolo. Liga o forno em temperatura alta e arregaça as mangas, mas é só quando a massa está pronta e a assadeira untada que percebe que está prestes a assar o bolo preferido de Gideon.

Durante toda a tarde, o bolo fica sobre a bancada da cozinha, coberto de glacê e intacto, sobre uma travessa azul. Quando a noite cai, Kylie ainda não sabe o que fazer. Gillian está na casa de Ben, mas ninguém atende ao telefone, quando Kylie liga para perguntar à tia se ela acha que é tolice ir à casa de Gideon. Mas, afinal, por que ela quer ir? Fazer o que lá? Ele que foi grosseiro. Não devia ser ele a tomar a iniciativa? Ele é que deveria ter levado para ela um maldito bolo, aliás – um bolo inglês com raspas de chocolate e glacê, se isso é o melhor que ele pode fazer.

Kylie vai se sentar junto à janela do seu quarto em busca de ar fresco e, em vez disso, descobre um sapo no peitoril. Uma macieira cresce bem ao lado da janela, um espécime infeliz que raramente floresce. O sapo deve ter subido pelo tronco e em seguida pulado de um galho até a janela. É maior do que a maioria dos sapos que se encontram perto do riacho e é surpreendentemente calmo. Não parece amedrontado, nem mesmo quando Kylie o pega na mão. O sapo lembra aqueles que ela e Antonia encontravam, todo verão, no jardim das tias. Eles adoravam repolho e folhas de alface, e saltavam atrás das meninas, implorando por petiscos. Às vezes Antonia e Kylie saíam correndo, só para ver a rapidez com que os sapos conseguiam correr. Elas disparavam até desabar na terra ou entre os canteiros de favas, às gargalhadas, mas, não importava o quanto tivessem corrido, quando se viravam, os sapos estavam logo atrás, com aqueles olhos arregalados, sem piscar.

Kylie deixa o sapo na sua cama, em seguida vai em busca de algumas folhas de alface. Sente-se culpada e tola por ter dado ouvidos a Antonia, todas aquelas vezes em que obrigaram os sapos a correr atrás delas. Já não é tão boba, tem mais juízo e muito mais compaixão. Todo mundo saiu e a casa está mais silenciosa do que de costume. Sally está numa reunião convocada por Ed Borelli, para planejar a abertura da escola em setembro, realidade que ninguém do quadro de funcionários se interessa em reconhecer como inevitável. Antonia está no trabalho, vigiando o relógio e esperando que Scott Morrison apareça. Na cozinha, tudo está tão quieto que a água que pinga da torneira ecoa pela casa. O orgulho é uma coisa engraçada. Pode fazer com que aquilo que não tem valor nenhum pareça um tesouro. Assim que voce abre mão dele, o orgulho se reduz e fica do tamanho de uma mosca, mas uma mosca que não tem cabeça, nem cauda nem asas para se erguer do chão.

Parada ali na cozinha, Kylie mal consegue se lembrar de algo que, apenas algumas horas antes, tinha uma grande importância. Tudo o que sabe é que, se esperar mais, o bolo vai começar a ressecar ou será atacado por formigas ou alguém chegará e cortará um pedaço. Ela decide, então, ir à casa de Gideon, antes que possa mudar de ideia.

Não encontra alface na geladeira, então pega a primeira coisa comestível interessante que avista – metade de um Snickers que Gillian deixou sobre a bancada para derreter. Kylie está prestes a correr de volta escada acima, mas, quando se vira, constata que o sapo a seguiu.

Faminto demais para esperar, imagina ela.

Ela pega o sapo na mão e quebra uma minúscula lasca do chocolate em barra. Mas então acontece uma coisa muito estranha: quando vai dar de comer ao sapo, ele abre a boca e cospe um anel.

– Puxa – Kylie ri. – Obrigada.

Quando segura o anel na mão, ela descobre que ele é frio e pesado. O sapo devia tê-lo encontrado no meio da lama. A terra úmida secou sobre a parte da frente do anel e é impossível para Kylie perceber do que se trata de fato o presente. Se ela se detivesse para examiná-lo, se o expusesse à luz e desse uma boa olhada, veria que a prata tem um estranho matiz púrpura. Há gotas de sangue sob a camada de sujeira. Se não estivesse com tanta pressa de chegar à casa de Gideon, se compreendesse o que era o objeto que segurava, teria levado o anel até o quintal e o enterrado sob os lilases, onde era o seu lugar. Em vez disso, Kylie simplesmente o joga no pequeno pires de louça em que a mãe mantém um patético cacto. Ela pega o bolo e segura a porta aberta com o quadril e, logo que se vê do lado de fora, inclina-se para colocar o sapo na grama.

– Pronto – diz ela, mas o sapo ainda está ali, imóvel no gramado, quando Kylie dobra a esquina do quarteirão.

Gideon mora do outro lado do Pedágio, numa região com pretensão de ser mais elegante do que de fato é. As casas nesse bairro têm deques de madeira, acabamento esmerado e portas duplas envidraçadas que conduzem a jardins bem cuidados. Em geral, Kylie leva doze minutos para ir da sua casa até lá, mas isso se estiver correndo e não carregando um grande bolo de chocolate. Nessa noite, ela não quer deixar o bolo cair, por isso seu passo é lento, quando passa pelo posto de gasolina e pelo centro comercial, onde há um supermercado, um restaurante chinês e uma loja de artigos gourmet, lado a lado, assim como a sorveteria onde Antonia trabalha. Depois disso, ela tem uma alternativa: pode passar em frente ao Bruno's, o bar no final do centro comercial que tem um letreiro em neon cor-de-rosa e um aspecto desagradável, ou pode atravessar o Pedágio e tomar um atalho que passa por um terreno baldio, onde todos dizem que construirão em breve um clube de esportes completo, com piscina olímpica e tudo.

Como há dois sujeitos saindo do Bruno's, conversando em voz alta demais, Kylie opta pela trilha no meio do mato. Pode cortar caminho e sair a dois quarteirões de distância da casa de Gideon. O mato é tão alto e arranha tanto que Kylie gostaria de estar usando jeans em vez de shorts. Entretanto, é uma noite bonita e o cheiro fétido das poças de água suja na extremidade oposta do terreno, onde durante todo o verão os mosquitos estiveram se reproduzindo, é substituído pelo odor do glacê de chocolate do bolo que Kylie está prestes a entregar. Kylie está se perguntando se será tarde demais para ficar um pouco na casa do amigo e jogar uma partida de um contra um – Gideon tem um aro de basquetebol oficial instalado na entrada para carros, presente do pai, logo após se divorciar da mãe –, quando repara que o ar à sua volta está ficando sombrio e gelado. Há algo meio sinistro naquele terreno. Algo está muito errado. Kylie começa a andar mais depressa e é então que acontece. Ela ouve gritarem para que ela espere.

Quando olha por cima do ombro, ela entende bem quem são eles e o que querem. Os dois homens do bar atravessaram o Pedágio e a estão seguindo. São fortes, suas sombras têm um tom carmesim e eles a chamam de "Belezinha". Estão dizendo:

– Ei, você não fala inglês? Espere! Espere aí!

Kylie já pode sentir o coração batendo na boca, mesmo antes de começar a correr. Sabe que tipo de homem eles são; são iguais aquele de que elas tiveram de se livrar lá no jardim. Eles ficam furiosos assim como o outro também fica, sem nenhuma razão que não seja a dor que sentem, bem no íntimo, mas de que nem se dão mais conta, e por isso querem ferir as pessoas. E querem fazer isso nesse exato instante. Kylie espreme o bolo contra o peito. O mato está cheio de espinhos e arranha as pernas dela. Quando começa a correr, os homens soltam uma espécie de grito de guerra, como se ela só tivesse deixado a perseguição mais divertida. Se estiverem muito bêbados, ela pensa, não vão se dar ao trabalho de correr atrás dela, mas pelo visto não beberam tanto assim. Kylie derruba o bolo e ele se despedaça no chão, onde será alimento para ratos e formigas. Ela, porém, ainda pode sentir o cheiro do glacê; suas mãos estão meladas. Nunca mais vai conseguir comer chocolate novamente. O aroma vai fazer seu coração disparar. O gosto vai revirar seu estômago.

Eles a estão perseguindo, obrigando-a a correr em direção à parte mais escura do terreno, onde estão as poças de água suja, onde ninguém do Pedágio pode vê-la. Um dos homens é gordo e está ficando para trás. Está soltando palavrões, mas por que ela deveria prestar atenção? Suas pernas compridas agora estão adiantando para alguma coisa. Com o canto do olho, ela avista as luzes do centro comercial e sabe que, se continuar seguindo naquela direção, o homem que ainda está atrás dela vai alcançá-la. É isso que ele está dizendo, que, quando pegá-la, vai foder com ela até esfolar. Vai garantir que ela nunca mais fuja de ninguém. Vai cuidar daquela sua xoxotinha de um jeito que ela nunca mais vai esquecer.

Ele fica gritando coisas horríveis o tempo todo, mas subitamente para de falar, fica totalmente quieto e Kylie sabe por quê. Ele está correndo mais depressa, ela pode sentir; vai pegá-la agora ou nunca. A respiração de Kylie está entrecortada, ela está em pânico, mas respira fundo uma única vez e em seguida se vira. Vira-se rápido, quase correndo na direção dele, e ele estende os braços para agarrá-la, mas ela consegue se desviar dele e corre para o Pedágio. Suas pernas são tão compridas que ela poderia saltar lagos inteiros. Com um pulo, poderia chegar bem alto, até onde estão as estrelas, onde tudo é frio, limpo e constante, e coisas assim nunca acontecem.

Quando ele já está perto o suficiente para estender a mão e agarrar a camiseta dela, Kylie chega ao Pedágio. Há um homem passeando com seu golden retriever um pouco adiante, na rua. Na esquina, um grupo de adolescentes está voltando para casa, depois de sair da piscina municipal, após o treino de natação em equipe. Eles com certeza ouviriam Kylie se ela gritasse, mas ela não precisa fazer isso. O homem que a persegue permanece onde está, depois retrocede e volta para o terreno baldio. Ele nunca a pegará agora, porque Kylie ainda está correndo. Ela corre em meio ao tráfego e ao longo do lado oposto da rua, passa correndo pelo bar e pelo supermercado. Não acha que vai conseguir parar ou diminuir a velocidade enquanto não estiver dentro da sorveteria e a campainha acima da porta não tilintar, para indicar que a porta se abriu e está agora firmemente fechada atrás dela.

As pernas de Kylie estão cobertas de lama e sua respiração está tão entrecortada que, cada vez que inspira, ela resfolega, como coelhos quando farejam um coiote ou um cachorro. Um casal idoso que divide um sundae ergue os olhos e pestaneja ao vê-la. As quatro mulheres divorciadas, na mesa junto à janela, avaliam a roupa imunda de Kylie, depois pensam nas dificuldades que vêm tendo com os próprios filhos e resolvem, no mesmo instante, que é melhor voltarem para casa.

Antonia não anda prestando muita atenção aos clientes ultimamente. Está sorrindo, com os cotovelos apoiados no balcão, para ver melhor os olhos de Scott Morrison, enquanto ele explica a diferença entre niilismo e pessimismo. Ele fica ali todas as noites, tomando sorvete e se apaixonando cada vez mais. Eles têm passado horas se amassando nos bancos dianteiro e traseiro do carro da mãe de Scott, beijando-se até seus lábios ficarem febris e machucados, enfiando as mãos sob as roupas um do outro, desejando-se tanto que não estão pensando em mais nada. Na semana anterior, tanto Scott quanto Antonia quase se acidentaram ao atravessar a rua sem olhar para os lados e tiveram de saltar de volta para a calçada, ao som de uma buzina estridente. Estão em seu mundo particular, um lugar tão completo e cheio de sonhos que eles não prestam atenção ao trânsito, nem sequer ao fato de que existem outros seres humanos.

Nessa noite, leva um tempo até Antonia compreender que é a irmã dela parada ali, com a roupa suja de lama e mato, emporcalhando o piso de linóleo cuja limpeza é responsabilidade dela.

– Kylie? – diz, só para se certificar.

Scott se vira para olhar e então compreende que o ruído esquisito que estava ouvindo atrás de si, e que pensou ser o ar-condicionado barulhento, é a respiração irregular de uma pessoa. Os arranhões nas pernas de Kylie começaram a sangrar. Sua camiseta e suas mãos estão lambuzadas de glacê de chocolate.

– Santo Deus – diz Scott.

Às vezes ele pensa na possibilidade de cursar a faculdade de medicina, mas, pensando bem, não gosta das surpresas que os seres humanos fazem às vezes. A ciência pura é mais do seu feitio. É bem mais segura e mais exata.

Antonia sai de trás do balcão. Kylie apenas olha nos olhos dela e, nesse instante, Antonia sabe exatamente o que aconteceu.

– Vamos lá atrás.

Ela pega a mão de Kylie e a puxa para o depósito nos fundos, onde guardam as latas de calda, os esfregões e as vassouras. Scott acompanha as duas.

– Talvez seja melhor levá-la a um pronto-socorro – diz ele.

– Por que você não fica no balcão? – sugere Antonia. – Só para o caso de chegar algum cliente.

Quando Scott hesita, Antonia não tem dúvida de que ele está apaixonado por ela. Outro rapaz daria meia volta e fugiria, agradecido por ser liberado de uma cena como aquela.

– Tem certeza? – pergunta Scott.

– Tenho, sim – Antonia balança a cabeça. – Absoluta – ela puxa Kylie para dentro do depósito. – Quem foi? – pergunta ela. – Ele machucou você? – Kylie podia sentir o cheiro do chocolate e isso a está deixando tão nauseada que ela mal consegue ficar de pé.

– Eu corri – explica ela. Sua voz está estranha. Soa como se ela tivesse cerca de 8 anos de idade.

– Ele a tocou? – a voz de Antonia também soa estranha.

Antonia não acendeu a luz do depósito. O luar infiltra-se pela janela aberta em ondas, deixando as duas garotas prateadas como peixes.

Kylie olha para a irmã e faz que não com a cabeça. Antonia pensa nas incontáveis coisas horríveis que tem dito e feito, por motivos que ela própria não compreende, e sua garganta e seu rosto ficam vermelhos de vergonha. Ela nunca pensou em ser boa e generosa. Gostaria de consolar a irmã e lhe dar um abraço, mas não faz isso. Está pensando: *Sinto muito*, mas não consegue dizer as palavras em voz alta. Elas estão coladas na garganta, porque devia tê-las dito anos atrás.

Ainda assim, Kylie compreende o que a irmã quer dizer e essa é a razão por que finalmente consegue chorar, que é o que desejava fazer desde que começara a correr pelo mato. Quando ela para de chorar, Antonia fecha a sorveteria e Scott dá uma carona para as duas até em casa, em meio à noite escura e úmida. Os sapos saíram do riacho e Scott tem de desviar o carro para não os atropelar, mas mesmo assim não consegue evitar alguns. Ele sabe que algo importante aconteceu, embora não esteja certo do que seja. Repara que Antonia tem uma faixa de sardas sobre o nariz e as bochechas. Se a visse todos os dias pelo resto da vida, ainda ficaria surpreso e emocionado toda vez que a olhasse. Quando chegam à casa delas, Scott tem o ímpeto de ficar de joelhos e pedir que Antonia se case com ele, embora ela ainda tenha mais um ano de escola secundária pela frente. Antonia não é quem ele pensava que era, uma garota mimada e mal-educada. É, isto sim, alguém que consegue acelerar seu coração simplesmente apoiando a mão em sua perna.

– Apague os faróis – diz Antonia a Scott, quando ele estaciona na entrada de carros.

Ela e Kylie trocam um olhar. A mãe já chegou em casa e deixou a luz da varanda acesa para elas, que não têm como saber se Sally já está na cama, exausta. Por tudo que sabem, talvez esteja esperando as filhas e elas não querem enfrentar alguém cuja preocupação pode exceder seu próprio medo. Não querem ter que explicar nada.

– Não queremos ter que lidar com a nossa mãe – diz Antonia a Scott.

Ela o beija rapidamente, em seguida abre com cuidado a porta do carro, para que não ranja como sempre. Há um sapo preso debaixo de um dos pneus de Scott e o ar parece úmido e verde, enquanto as irmãs correm pelo gramado e entram sorrateiramente na casa. Sobem até o andar de cima no escuro, em seguida se trancam no banheiro, onde Kylie pode lavar a lama e o chocolate dos braços e do rosto, e o sangue das pernas. Sua camiseta está rasgada e Antonia a esconde na cesta de lixo, debaixo do papel higiênico e de um frasco vazio de xampu. A respiração de Kylie ainda está irregular. Há uma agitação de pânico quando ela inspira.

– Você está bem? – sussurra Antonia.

– Não – sussurra Kylie em resposta, e isso faz com que ambas caiam na risada. As garotas colocam a mão sobre a boca para ter certeza de que suas vozes não vão chegar ao quarto da mãe. Elas acabam sem fôlego, com lágrimas nos olhos de tanto rir.

Talvez nunca mais conversem sobre essa noite, no entanto, ainda assim, tudo mudará entre elas. Muitos anos depois, pensarão uma na outra nas noites escuras, telefonarão uma para a outra sem nenhuma razão especial e não vão querer desligar, mesmo quando não tiverem mais nada a dizer. Não são as mesmas pessoas que eram uma hora antes, e nunca mais serão. Elas se conhecem bem demais para voltar atrás agora. Na manhã seguinte, aquela pontinha de ciúme que Antonia tem arrastado consigo por toda parte terá desaparecido, deixando somente o mais leve contorno verde sobre seu travesseiro, no local em que ela repousa a cabeça.

Nos dias que se seguem, Kylie e Antonia riem quando se cruzam no corredor ou na cozinha. Nenhuma das duas monopoliza o banheiro ou xinga a outra. Todas as noites, depois do jantar, as irmãs tiram a mesa e lavam os pratos juntas, lado a lado, sem precisar que ninguém lhes peça. Nas noites em que as duas estão em casa, Sally pode ouvi-las conversando. Sempre que acham que alguém pode estar ouvindo, elas param imediatamente de falar, no entanto ainda parece que estão se comunicando. Tarde da noite, Sally pode jurar que elas transmitem segredos por código Morse, dando batidinhas na parede do quarto.

– O que acha que está acontecendo? – pergunta Sally a Gillian.

– Alguma coisa esquisita – diz Gillian.

Exatamente nessa manhã, Gillian reparou que Kylie estava vestindo uma das camisetas pretas de Antonia.

– Se sua irmã pegar você usando isso, vai fazer você tirar – avisa Gillian a Kylie.

– Acho que não – Kylie deu de ombros. – Ela tem muitas camisetas pretas. E, seja como for, ela me deu essa.

– O que você quer dizer com "esquisita"? – pergunta Sally a Gillian.

Ela ficou acordada metade da noite, fazendo listas das coisas que poderiam estar afetando as meninas. Seitas, sexo, atividade criminosa, medo de gravidez – ela examinou todas as possibilidades nas últimas horas.

– Talvez não seja nada – diz Gillian, não querendo que Sally se preocupe. – Talvez estejam apenas crescendo.

– O quê? – diz Sally.

Só a sugestão faz com que ela se sinta inquieta e aborrecida, de um jeito que gravidez e seitas simplesmente não conseguem. Essa é a possibilidade sobre a qual tem evitado pensar. Ela está pasma com o talento de Gillian para sempre dizer exatamente o que não deveria.

– Que diabo espera que isso signifique? Elas são crianças.

– Elas têm de crescer um dia – diz Gillian, aturdindo-a ainda mais. – Quando você menos esperar, já estarão bem longe daqui.

– Ora, obrigada por seu conselho maternal especializado.

Gillian não capta o sarcasmo. Agora que começou, ela tem outra recomendação para a irmã.

– Você precisa parar de colocar todo seu foco em ser apenas mãe. Faça isso antes que se acabe, vire pó e a gente tenha que a varrer com uma vassoura. Devia começar a sair, marcar encontros. O que a impede? Suas filhas estão saindo, por que você não?

– Mais alguma pérola de sabedoria? – Sally é puro gelo, a tal ponto de nem mesmo Gillian pode deixar de notar a frieza da irmã.

– Não, mais nenhuma – Gillian recua. – Nem uma perolazinha sequer.

Gillian sente uma vontade incontrolável de fumar um cigarro, então se dá conta de que praticamente não fumou nenhum nas últimas duas semanas. O engraçado é que ela tinha desistido de tentar parar. Deve ser de tanto que olha todas aquelas ilustrações do corpo humano. Aqueles desenhos dos pulmões.

– Minhas filhas são crianças – diz Sally. – Para sua informação.

Seu tom de voz é um pouco histérico. Nos últimos dezesseis anos – com exceção daquele em que Michael morreu e ela se interiorizou a tal ponto que não conseguia mais achar uma saída – só tem pensado nas filhas. Ocasionalmente pensa em nevascas, no preço da conta de gás e de luz e no fato de ter urticária sempre que setembro se aproxima e ela sabe que tem de voltar ao trabalho. Mas, na maior parte do tempo, ela se preocupa com Antonia e Kylie, febres e cólicas, comprar sapatos novos a cada seis meses e certificar-se de que as duas tenham refeições bem balanceadas e pelo menos oito horas de sono, todas as noites. Sem esses pensamentos, não está bem certa se continuará a existir. Sem eles, o que vai lhe restar?

Nessa noite, Sally vai para a cama e dorme como uma pedra e, pela manhã, não se levanta.

– Gripe – imagina Gillian.

Debaixo da colcha, Sally pode ouvir Gillian fazendo café. Pode ouvir Antonia falando ao telefone com Scott e Kylie tomando uma ducha. Durante todo o dia, Sally permanece onde está. Esperando que alguém precise dela, esperando um acidente ou uma emergência, mas isso nunca acontece. À noite, ela se levanta para usar o banheiro e lavar o rosto com água fria e, na manhã seguinte, continua dormindo; e ainda está dormindo ao meio-dia, quando Kylie lhe leva o almoço numa bandeja de madeira.

– Virose – sugere Gillian, quando chega do trabalho e é informada de que Sally não tocou na canja nem no chá e pediu que fechassem as cortinas do quarto.

Sally ainda pode ouvir as filhas, pode ouvi-las nesse mesmo instante. Ouve as duas sussurrando e preparando o jantar, rindo e picando cenouras e aipo com facas afiadas. Lavando toda a roupa e pendurando os lençóis no varal do quintal. Penteando o cabelo e escovando os dentes e vivendo suas vidas.

Em seu terceiro dia na cama, Sally para de abrir os olhos. Não dá nenhuma atenção à torrada com geleia de uva, nem ao Tylenol e ao copo-d'água, nem aos travesseiros extras. Seu cabelo preto está emaranhado, sua pele, pálida como papel. Antonia e Kylie estão assustadas. Ficam paradas no vão da porta e observam a mãe dormir. Têm medo de que qualquer conversa a incomode, por isso a casa fica cada vez mais silenciosa. As meninas se culpam, por não serem tão bem-comportadas quanto deveriam, por todos os anos que brigaram e agiram como duas garotas mimadas e egoístas. Antonia liga para o médico, mas ele não atende em domicílio e Sally se recusa a se vestir e ir até o consultório.

São quase duas da manhã quando Gillian chega da casa de Ben. Essa é a última noite do mês e a lua está pálida e prateada. O ar está se transformando em névoa. Gillian sempre volta para a casa de Sally, é como uma rede de segurança. Mas, nessa noite, Ben disse que estava cansado de vê-la indo embora toda noite, logo depois que terminam na cama. Queria que ela fosse morar com ele.

Gillian achou que ele estava brincando, realmente achou. Ela riu e disse:

– Aposto que diz isso a todas as garotas, depois que transou com elas umas vinte ou trinta vezes.

– Não – disse Ben. Ele não estava sorrindo. – Eu nunca disse isso antes.

Durante todo o dia, Ben tivera a sensação de que estava prestes a perder ou ganhar e não conseguia saber qual das opções seria. Naquela manhã, ele fez um número de mágica no hospital e uma das crianças, um menino de 8 anos, chorou quando Ben fez Buddy desaparecer dentro de uma grande caixa de madeira.

– Ele vai voltar – assegurou Ben a esse membro extremamente agitado da plateia.

O menino, no entanto, estava convencido de que o ressurgimento de Buddy era impossível. Depois que alguém desaparecia, disse ele a Ben, não voltava nunca mais. E, no caso desse menino, a teoria era irrefutável. Ele tinha passado metade da vida no hospital e, dessa vez, não iria para casa. Já estava abandonando o seu corpo, Ben podia ver só de olhá-lo. Estava definhando pouco a pouco.

E, assim, Ben fez o que um mágico quase nunca faz: chamou o menino de lado e mostrou que Buddy estava tranquilo e confortável dentro de um fundo falso da caixa. Mas o menino se recusou a ser consolado. Talvez esse não fosse o mesmo coelho, não havia nenhuma prova, afinal. Um coelho branco era uma coisa bem comum, podia-se comprar uma dúzia numa loja de animais. E, assim, o menino continuou a chorar e Ben talvez tivesse chorado junto com a criança se não tivesse a sorte de dominar os truques do seu ofício. Rapidamente, estendeu a mão e tirou uma moeda prateada de trás da orelha do menino.

– Veja – disse Ben com um sorriso largo. – Voilá! – proclamou ele.

O menino parou de chorar no mesmo instante, arrancado subitamente das lágrimas. Quando Ben disse que ele podia ficar com a moeda prateada, o menino, por um breve instante, pareceu a criança que poderia ter sido um dia se coisas tão horríves não tivessem lhe ocorrido. Ao meio-dia, Ben deixou o hospital e foi até o Owl Café, onde tomou três xícaras de café preto. Ele não almoçou, não pediu o prato de batatas com ovos de que gostava ou o toucinho defumado, alface e tomate no pão integral. As garçonetes o vigiavam atentamente, supondo que logo estaria armando um de seus velhos truques, colocando os saleiros em pé, iniciando pequenos incêndios nos cinzeiros com um estalar de dedos, arrancando toalhas de mesa por baixo dos pratos e talheres, mas Ben continuou só tomando café. Depois de pagar e deixar uma generosa gorjeta, ele dirigiu seu carro pelas proximidades durante horas. Continuava a pensar em quanto a vida era efêmera e em todo o tempo que desperdiçara, e francamente não estava mais disposto a desperdiçá-la.

Ben tinha passado a vida toda com medo de que o amor da sua vida desaparecesse e ele não conseguisse mais encontrá-lo: nem atrás dos véus, nem no fundo falso da caixa de madeira maior, a de laca vermelha que guardava no porão e não conseguia se convencer a usá-la, embora tenham lhe assegurado de que ele podia cravar espadas na madeira sem causar um único ferimento. Ora, isso tinha mudado. Ele queria uma resposta, nesse mesmo instante, antes de Gillian se vestir e correr de volta para a segurança da casa da irmã.

– É muito simples – disse ele. – Sim ou não?

– Isso não é uma coisa do tipo sim ou não – rebateu Gillian.

– Ah, é sim – disse Ben, com absoluta certeza.

– Não é – insistiu Gillian. Olhando seu rosto sério, ela desejou que o tivesse conhecido desde sempre. Desejou que tivesse sido o primeiro a beijá-la e o primeiro a ter feito amor com ela. Desejou poder dizer sim. – É mais uma coisa do tipo que exige reflexão.

Gillian sabia a que essa discussão conduziria. Você começa a viver com alguém e, antes que perceba, está casado, e essa era uma condição humana que Gillian não pensava em repetir. Nesse campo, ela era azarada demais. Logo que dizia "aceito", sempre se dava conta de que não aceitava coisa nenhuma e que nunca tinha aceitado nada, e que era melhor que fosse embora bem depressa.

– Não compreende? – disse Gillian a Ben. – Se não amasse você, eu me mudaria hoje. Não pensaria duas vezes.

Na verdade, ela tem pensado nisso desde que o deixou e continuará pensando, quer queira quer não. Ben não sabe como o amor pode ser perigoso, mas Gillian com certeza sabe. Já perdeu coisas demais nisso para poder se recostar e relaxar. Tem de ficar de olho e tem de permanecer solteira. O que realmente precisa é de um banho quente e um pouco de paz e sossego mas, quando entra sorrateiramente pela porta dos fundos, encontra Antonia e Kylie esperando por ela. Estão frenéticas e prontas a chamar uma ambulância. Estão fora de si de tanta preocupação. Algo aconteceu à mãe delas e as irmãs não sabem o quê.

O quarto está tão escuro que Gillian leva um tempo para perceber que o volume sob as cobertas é, na verdade, uma forma de vida humana. Se existe algo que Gillian conhece é autopiedade e desespero. Pode fazer esse diagnóstico em exatamente dois segundos, uma vez que ela própria já passou por isso cerca de mil vezes, e conhece o remédio. Ignora os protestos das meninas e manda-as para a cama, em seguida vai à cozinha e prepara uma jarra de margarita. Leva a jarra para o quintal, com dois copos com a borda mergulhada em sal grosso, e deixa tudo ao lado das duas cadeiras de jardim colocadas perto do pequeno pomar, onde os pepineiros estão fazendo o possível para crescer.

Dessa vez, quando vai se postar no vão da porta de Sally, o volume sob as cobertas não a engana. Há uma pessoa se escondendo ali.

– Saia da cama – diz Gillian.

Sally continua com os olhos fechados. Está flutuando num lugar branco e tranquilo. Gostaria de poder também fechar os ouvidos, porque pode ouvir Gillian se aproximando. Gillian levanta as cobertas e pega Sally pelo braço.

– Levante-se – diz ela.

Sally se desprende da cama. Abre os olhos e pisca.

– Vá embora – diz ela à irmã. – Não me aborreça.

Gillian ajuda Sally a ficar de pé e a conduz para fora do quarto e pela escada abaixo. Levar Sally é como arrastar um feixe de gravetos. Ela não resiste, mas é um peso morto. Gillian abre a porta dos fundos e, assim que elas estão do lado de fora, Sally sente a lufada de ar fresco e úmido como um tapa no rosto.

– Oh – exclama ela.

Ela realmente se sente fraca e fica aliviada ao afundar numa cadeira de jardim. Inclina a cabeça para trás e está prestes a fechar os olhos, mas ao mesmo tempo repara em quantas estrelas estão visíveis naquela noite. Muito tempo atrás, elas costumavam subir no telhado das tias nas noites de verão. Ali a pessoa podia sair pela janela do sótão, se não tivesse medo de altura nem se assustasse facilmente com os pequenos morcegos, que apareciam para se banquetear com as nuvens de mosquitos pairando no ar. As duas sempre faziam questão de formular um desejo à primeira estrela, sempre o mesmo desejo, que naturalmente nunca podiam revelar.

– Não se preocupe – diz Gillian. – Elas ainda vão precisar de você depois de adultas.

– Ah, certo.

– Eu ainda preciso de você.

Sally olha para a irmã, que está servindo margarita para as duas.

– Para quê?

– Se você não tivesse me ajudado quando tudo aquilo aconteceu com Jimmy, eu nessa hora estaria na cadeia. Só queria que soubesse que eu não teria conseguido sem você.

– É porque ele era pesado – diz Sally. – Se você tivesse um carrinho de mão, não teria precisado de mim.

– Falo sério – insiste Gillian. – Vou ser eternamente grata – Gillian ergue o copo na direção da cova de Jimmy. – *Adios, baby* – diz Gillian. Ela estremece e toma um gole da bebida.

– Adeus, e bons ventos o levem – diz Sally ao ar úmido e enevoado. Depois de ficar confinada por tanto tempo, é bom estar ao ar livre. É bom estarem ali juntas, no gramado àquela hora, quando os grilos começam seu lento chamado de final do verão.

Gillian tem sal nos dedos, por causa da margarita. Tem no rosto aquele belo sorriso e, nessa noite, parece mais jovem. Talvez a umidade de Nova York faça bem à sua pele ou talvez seja o luar, mas algo nela parece novo e fresco.

– Nunca antes acreditei na felicidade. Nem pensei que existisse. Agora, olhe para mim. Estou pronta para acreditar em praticamente qualquer coisa.

Sally queria poder estender a mão, tocar a lua e verificar se ela é tão fria quanto parece. Ultimamente, vive se perguntando se, quando as pessoas morrem, deixam um espaço vazio, um buraco que ninguém mais pode preencher. Ela tinha tido sorte um dia, durante um tempo muito curto. Talvez devesse apenas ser grata por isso.

– Ben me pediu para ir morar com ele – diz Gillian. – Eu meio que recusei.

– Vá – diz Sally.

– Simples assim? – fala Gillian.

Sally balança a cabeça, com certeza absoluta.

– Posso pensar nessa possibilidade – admite Gillian. – Por um tempo. Contanto que ele não pense em compromisso.

– Você vai morar com ele – assegura Sally.

– Provavelmente só está dizendo isso porque quer se livrar de mim.

– Eu não me livro de você se for morar com ele. Você vai estar a três quarteirões de distância. Se quisesse me livrar de você, diria para voltar ao Arizona.

Um círculo de mariposas brancas circunda a lâmpada da varanda. As asas dos insetos estão tão pesadas e úmidas que eles parecem estar voando em câmara lenta. As mariposas são tão brancas quanto a lua e, quando voam para fora, deixam um rastro branco e pulverulento no ar.

– Leste do Mississippi – Gillian passa a mão nos cabelos. – Cruzes.

Sally estira-se na cadeira e olha para o céu.

– Na verdade – diz ela –, estou contente por você estar aqui.

Quando estavam sentadas no telhado da casa das tias, naquelas noites quentes e solitárias, ambas sempre ansiaram pela mesma coisa. Em algum momento do futuro, quando ambas fossem adultas, queriam erguer os olhos para as estrelas e não ter medo. Essa é a noite pela qual tinham ansiado. Esse é aquele futuro, bem nesse instante. E elas podem ficar do lado de fora o tempo que quiserem, podem continuar no gramado até que todas as estrelas tenham desaparecido e ainda continuarem ali para observar o céu azul perfeito do meio-dia.

Levitação

m agosto, sempre tenha um *vaso de hortelã no peitoril da janela*, para garantir que as moscas fiquem do lado de fora, onde é o lugar delas. Não pense que o verão terminou, mesmo que as rosas murchem e as estrelas, no céu, mudem de posição. Nunca presuma que agosto é uma época do ano segura, em que você possa confiar. Esse é o período das inversões, quando os pássaros não cantam mais pela manhã e as noites têm partes iguais de luz dourada e nuvens negras. O que é sólido e o que é maleável podem facilmente trocar de lugar, até que tudo que você saiba possa ser posto em dúvida e questionado.

Principalmente nos dias mais quentes, quando tiver vontade de matar quem quer que cruze o seu caminho ou pelo menos lhe dar uma boa bofetada, tome em vez disso uma limonada. Saia e compre um excelente ventilador de teto. Certifique-se de nunca pisar num dos grilos que tenham se refugiado num canto escuro da sua sala, se não quiser que a sua sorte mude para pior. Evite homens que a chamam de "benzinho" e mulheres que não têm amigas, e cachorros que coçam a barriga e se recusam a se deitar aos seus pés. Use óculos escuros, banhe-se com óleo de alfazema e água fresca. Busque abrigo do sol ao meio-dia.

A intenção de Gideon Barnes é ignorar agosto e dormir durante quatro semanas, recusando-se a acordar até setembro, quando a vida já estará mais nos eixos e a escola já terá começado. Entretanto, menos de uma semana depois de começar esse mês difícil, a mãe dele o informa de que vai se casar com um sujeito que Gideon conhece vagamente.

Eles vão se mudar para vários quilômetros depois do Pedágio, o que significa que Gideon terá de ir para uma nova escola, com os três novos irmãos que ele conhecerá num jantar que a mãe vai oferecer no fim de semana seguinte. Com receio da reação do filho, Jeannie Barnes protelou por certo tempo esse anúncio mas, agora que ela contou, Gideon apenas concorda com a cabeça. Ele reflete a respeito enquanto a mãe aguarda nervosa uma resposta e, por fim, diz:

– Ótimo, mãe. Fico feliz por você.

Jeannie Barnes não consegue acreditar no que ouviu, mas não tem tempo de pedir a Gideon para repetir o que disse, porque ele se enfurna no quarto e, trinta segundos depois, já não está mais em casa. Está fora dali, preparado, assim como estará dali a cinco anos, só que daquela vez será de verdade. Então estará em Berkeley ou UCLA, não disparando para o Pedágio, desesperado para ficar o mais longe possível. E impelido pelos instintos. Não há necessidade de pensar, porque no íntimo ele sabe onde quer estar. Menos de cinco minutos depois, chega à casa de Kylie, encharcado de suor, e a encontra sentada numa velha colcha indiana, sob a macieira, tomando um copo de chá gelado. Eles não se vêem desde o aniversário de Kylie, no entanto quando Gideon olha para ela, Kylie parece inacreditavelmente familiar. A curva do pescoço, os ombros, os lábios, a forma das mãos, Gideon vê tudo isso e sua garganta fica seca. Ele deve ser um idiota para se sentir assim, mas não há nada que possa fazer. Nem sabe se conseguirá falar.

Está tão quente que os pássaros não estão voando, tão úmido que nem uma única abelha consegue se elevar no ar. Kylie fica sobressaltada ao ver Gideon. A pedra de gelo que ela está mastigando cai da sua boca e desliza pelo seu joelho. Ela não presta atenção nisso. Não nota o avião voando acima, nem a lagarta deslizando pela colcha, nem o fato de sua pele parecer ainda mais quente do que um minuto antes.

– Vamos ver quanto tempo levo para te dar um xeque-mate – diz Gideon. Ele trouxe o tabuleiro de xadrez, o velho tabuleiro de madeira que o pai deu a ele no seu aniversário de 8 anos.

Kylie morde o lábio, pensando.

– Dez mangos para o vencedor – diz ela.

– Claro – Gideon abre um sorriso. Ele raspou de novo a cabeça e seu couro cabeludo está liso como uma pedra. – Estou precisando de uma grana.

Gideon se deixa cair na grama ao lado de Kylie, mas não consegue olhar para ela. Ela talvez pense que isso seja apenas uma partida que estão prestes a jogar, mas é muito mais do que isso. Se Kylie não partir para um ataque agressivo, se não mostrar suas melhores jogadas, ele saberá que não são mais amigos. Ele não quer que seja assim, mas, se não puderem ser verdadeiros um com o outro, será melhor que se afastem agora.

Esse tipo de teste pode deixar uma pessoa nervosa e só quando Kylie está ponderando sobre sua terceira jogada é que Gideon tem coragem de olhar para ela. O cabelo não está tão louro quanto estava. Talvez ela o tenha tingido ou talvez a tinta loura tenha desbotado ao lavar. Está agora com uma cor bonita, como mel.

– Olhando alguma coisa? – diz Kylie, quando surpreende o olhar fixo do garoto.

– Morra – diz Gideon, movendo seu bispo.

Ele pega o copo de chá gelado da mão dela e toma um gole, como costumava fazer quando eram amigos.

– Digo o mesmo – responde Kylie, no mesmo instante.

Ela tem no rosto um grande sorriso e seu dente lascado aparece. Sabe o que ele está pensando, mas afinal quem não saberia? Ele é quase tão transparente quanto um caco de vidro. Quer que tudo seja a mesma coisa e que tudo tenha mudado. Bem, quem não quer? A diferença entre ele e Kylie é que ela já sabe que não podem ter as duas coisas, ao passo que Gideon não faz ideia alguma.

– Senti a sua falta – a voz de Kylie é espontânea.

– É, tá certo.

Quando Gideon ergue os olhos, vê que ela olha fixamente para ele. Ele desvia rápido o olhar para onde os lilases cresciam. Ali há somente alguns ramos de casca escura. Em cada ramo há uma fileira de espinhos tão pontudos que nem as formigas ousariam chegar perto.

– Que diabo aconteceu com o seu quintal? – pergunta Gideon.

Kylie examina os galhos. Eles estão crescendo tao depressa que, dentro em breve, vão estar da altura de uma macieira de bom tamanho. Mas, por enquanto, parecem inofensivos, apenas pequenos brotos de amoreira-preta. É tão fácil ignorar o que cresce no jardim de casa... Olhe em outra direção por tempo demais e qualquer coisa pode surgir – uma videira, uma erva daninha, uma sebe cheia de espinhos.

– Minha mãe cortou os lilases. Sombra demais – Kylie morde com mais força o lábio. – Xeque.

Ela pega Gideon desprevenido, movendo um peão a que ele não prestara muita atenção. Ela o cercou, só lhe permitindo um último movimento por generosidade, antes de avançar para o golpe final.

– Você vai ganhar – diz Gideon.

– Isso mesmo – concorda Kylie. A expressão no rosto dele a deixa com vontade de chorar, mas ela não vai perder de propósito. Simplesmente não pode fazer isso.

Gideon faz o único movimento que pode, sacrificando a sua rainha, mas isso não é suficiente para salvá-lo e, quando Kylie dá xeque-mate, ele a cumprimenta. É o que ele queria, mas está confuso mesmo assim.

– Tem os dez mangos aí com você? – pergunta Kylie, embora pouco se importe.

– Só lá em casa – diz Gideon.

– Não queremos ir lá.

Quanto a isso, ambos concordam. A mãe de Gideon nunca os deixa sozinhos, está a toda hora perguntando se querem algo para comer ou beber. Talvez imagine que, se deixá-los sozinhos por um segundo, eles vão se meter em encrenca.

– Pode ficar devendo até amanhã – diz Kylie. – Aí você traz pra mim.

– Vamos dar uma volta – sugere Gideon. Ele olha para ela, por fim. – Vamos sair um pouco daqui.

Kylie derrama o resto do chá gelado na grama e deixa a velha colcha onde está. Não se importa que Gideon não seja como todos os demais. Há tanta energia e tantas ideias tomando forma dentro da cabeça do amigo que ela vê uma faixa de luz alaranjada irradiando dele. Não há por que ter medo de ver as pessoas como elas realmente são, porque de vez em quando você encontra alguém como Gideon. Mentira e desonestidade não têm nada a ver com ele. Mais cedo ou mais tarde, ele vai ter que fazer um curso intensivo de malandragem, para não ser devorado vivo no mundo em que está tão ansioso para entrar.

– Minha mãe vai se casar com um sujeito aí e vamos nos mudar para o outro lado do Pedágio – Gideon tosse uma vez, como se tivesse algo preso na garganta. – Vou ter que estudar numa sala cheia de babacas imbecis.

– A escola não importa.

Kylie se assusta quando tem tanta certeza das coisas. Bem nesse instante, por exemplo, está absolutamente convencida de que Gideon não encontrará um amigo melhor do que ela. Apostaria nisso todas as suas economias e ainda estaria disposta a apostar seu radiorrelógio e a pulseira que Gillian lhe deu de aniversário.

Eles começaram a descer a rua, em direção ao campo da ACM.

– Não importa aonde vou estudar? – Gideon está satisfeito e não sabe bem por quê. Talvez seja apenas porque Kylie não parece achar que eles se verão menos; isso é o que espera que ela pense. – Tem certeza disso?

– Absoluta – diz Kylie. – Cem por cento.

Quando chegarem ao campo, vão encontrar uma sombra e um gramado verde e terão tempo para refletir. Por um instante, quando dobram a esquina, Kylie tem a impressão de que deviam ter ficado em seu quintal. Olha para trás, na direção da sua casa. Pela manhã, elas já terão partido rumo à casa das tias. Tentaram convencer Gillian a ir junto, mas ela simplesmente se recusou.

– Nem que me pagassem! – foi o que ela disse. – Bem, eu concordaria se me pagassem um milhão, mas nada menos do que isso. E, mesmo assim, teriam de quebrar as minhas pernas para eu não saltar do carro e fugir. Teriam de me anestesiar, talvez fazer uma lobotomia e, ainda assim, eu reconheceria a rua e pularia pela janela, antes que vocês estacionassem em frente à casa.

Embora as tias não façam ideia de que Gillian está a leste das Montanhas Rochosas, tanto Kylie quanto Antonia insistiram em dizer que elas ficariam desoladas se descobrissem que Gillian está tão perto e mesmo assim se recusou a fazer uma visita.

– Podem acreditar – diz Gillian às meninas –, as tias não vão se importar se eu estiver lá ou não. Não se importavam naquela época e sem dúvida não vão se importar agora. Se vocês mencionarem o meu nome, elas vão dizer "Que Gillian?". Aposto que não se lembram nem como eu sou. Provavelmente poderíamos nos cruzar na rua e não seríamos nada além de estranhas. Não se preocupem com as tias. Nosso relacionamento é exatamente o que queremos que seja: um zero absoluto, e gostamos que seja desse jeito.

E, portanto, no dia seguinte, elas vão partir para as férias sem Gillian. Vão preparar um almoço para a viagem, com sanduíches de requeijão e azeitona, pão sírio recheado com salada, garrafas térmicas com limonada e chá gelado. Vão encher o carro como fazem todo agosto e pegar a estrada antes das sete da manhã, para evitar o trânsito. Só que esse ano Antonia prometeu solenemente que vai chorar o caminho todo até Massachusetts. Ela já confidenciou a Kylie que não sabe o que vai fazer quando Scott voltar para Harvard. Provavelmente passará a maior parte do tempo estudando, uma vez que precisa entrar para uma escola em algum lugar na região de Boston, a Faculdade de Boston talvez, ou, se conseguir melhorar as suas notas, na Universidade Brandeis. Na viagem até a casa das tias, ela vai insistir para que parem em algumas áreas de descanso para comprar cartões-postais e, depois que estiverem instaladas na casa das tias, planeja passar todas as manhãs deitada sobre um cobertor de lã piniquento, estendido no jardim. Vai passar protetor solar nos ombros e nas pernas, depois vai começar sua tarefa e, quando Kylie der uma olhada na mensagem que a irmã está escrevendo para Scott, verá "Eu te amo" rabiscado dezenas de vezes.

Esse ano, Gillian se despedirá delas com um aceno, da varanda da frente, se a essa altura já não tiver ido morar na casa de Ben Frye. Ela está fazendo a mudança aos poucos, receosa de que Ben entre em choque ao descobrir quantos maus hábitos ela tem. Não demorará muito para que ele perceba que ela nunca lava as tigelas de flocos de cereais nem se dá ao trabalho de fazer a cama. Mais cedo ou mais tarde, ele vai descobrir que o sorvete está sempre desaparecendo do congelador, porque Gillian o dá a Buddy, como um petisco especial. Vai ver que os suéteres de Gillian ficam enrolados como bolas de lã e chenille, no fundo do armário ou debaixo da cama. E, se Ben começar a ficar enojado e decidir expulsá-la, dizer adeus, repensar suas escolhas, bem, que ele faça isso então. Não haverá nenhuma certidão de casamento ou promessa de compromisso para impedi-lo, e Gillian prefere que seja assim. Opções, isso é o que ela sempre quis. Uma saída.

– Quero que entenda uma coisa – disse ela a Kylie. – Você ainda é a minha garota favorita. Na verdade, se eu tivesse uma filha, queria que ela fosse você.

Kylie ficou tão impressionada com o amor e a admiração da tia que quase se sentiu culpada a ponto de admitir que ela é quem mandara entregar todas aquelas pizzas de anchovas na casa de Ben, quando estava se sentindo abandonada. Ela é quem tinha colocado cinzas nos sapatos de Gillian. Mas achou melhor guardar todos aqueles segredos, principalmente porque eram fruto de uma atitude boba de pirraça infantil. Assim, Kylie não disse nada, nem mesmo a respeito do quanto sentiria falta de Gillian. Abraçou com força a tia e ajudou-a a encher outra caixa de roupas que seria transportada para a casa de Ben.

– Mais roupas!

Ben levou uma das mãos à testa, como se as portas dos seus armários já não fossem mais se fechar, mas Kylie podia perceber o quanto ele estava se deliciando com a mudança. Ele enfiou a mão na caixa e puxou uma meia-calça de renda preta e, com três rápidos nós, transformou-a num bassê. Kylie ficou tão surpresa que aplaudiu.

Gillian tinha chegado com outra caixa – repleta de sapatos –, que equilibrou no quadril para poder aplaudir também.

– Está vendo por que me apaixonei? – sussurrou ela para Kylie. – Quantos homens sabem fazer isso?

Quando partirem pela manhã, Gillian acenará para elas até que dobrem a esquina e, em seguida, Kylie tem certeza, ela irá para a casa de Ben. A essa altura, elas já estarão na estrada para Massachusetts. Vão começar a cantar junto com a música do rádio, como sempre fazem. Elas nunca têm nenhuma dúvida sobre como passarão as férias de verão, então por que Kylie, de repente, tem o pressentimento de que talvez não cheguem nem mesmo a tirar as malas do carro?

Ao caminhar para o campo com Gideon, nesse dia claro e quente, Kylie tenta imaginar a partida para a casa das tias e não consegue. Em geral, consegue visualizar cada parte das férias, desde quando começam a arrumar as malas até o momento em que observam as tempestades na segurança da varanda das tias, mas nesse dia, quando tenta imaginar a semana em Massachusetts, não consegue ver nenhuma imagem. E, agora, quando Kylie se vira para olhar a sua casa, tem a mais estranha sensação. A casa parece perdida para ela, de algum modo, como se ela estivesse olhando para uma lembrança, um local em que morava e nunca esquecerá, mas a que não pode retornar nunca mais.

Kylie tropeça numa rachadura na calçada e Gideon instintivamente estende a mão, impedindo que ela caia.

– Tudo bem? – pergunta ele.

Kylie pensa na mãe, ocupada na cozinha, o cabelo preto preso de um jeito que ninguém jamais adivinharia o quanto ele é volumoso e bonito. Pensa nas noites em que teve febre e a mãe ficou sentada ao seu lado no escuro, com mãos frescas e copos-d'água. Pensa naquelas vezes em que se trancou no banheiro, porque era alta demais e a mãe calmamente falou com ela do outro lado da porta, sem nunca chamá-la de tola ou boba ou fútil. Lembra-se principalmente do dia em que derrubaram Antonia no parque e os cisnes brancos, assustados com a confusão, abriram as asas e voaram bem na direção de Kylie. Ela pode se lembrar da expressão no rosto da mãe, enquanto corria pela grama, agitando os braços e gritando tanto que os cisnes não ousaram chegar mais perto. Em vez disso, eles se elevaram no ar, voando tão baixo para o lago que suas asas fizeram um rastro na água, provocando ondulações, e eles nunca mais retornaram, nem um dia, nem uma vez.

Se Kylie continuar a caminhar por essa rua cheia de folhas, as coisas nunca mais serão as mesmas. Ela sente isso tão profundamente quanto jamais sentiu qualquer outra coisa. Pisa numa rachadura no concreto e mergulha no seu próprio futuro, de onde não haverá retorno. O céu está limpo e branco com o calor. A maioria das pessoas está dentro de casa, com ventiladores ou aparelhos de ar-condicionado ligados no máximo. Kylie sabe que está quente na cozinha, onde a mãe está preparando um jantar especial para aquela noite. Lasanha vegetariana e salada de vagem com amêndoas, e *cheesecake* com cerejas para a sobremesa, tudo feito por ela. Antonia convidou o amor da sua vida, Scott, para uma refeição de despedida, uma vez que ficará fora a semana inteira, e Ben Frye estará presente também. Kylie poderia convidar Gideon. Esses pensamentos fazem com que Kylie se sinta triste – não com o jantar, mas com a imagem da mãe no fogão. A mãe sempre franze os lábios quando está lendo uma receita, que lê duas vezes em voz alta para garantir que não cometerá nenhum erro. Quanto mais triste Kylie se sente, mais convencida fica de que não deve voltar atrás. Durante todo o verão tem esperado se sentir assim, esperado encontrar seu futuro, e não vai esperar nem mais um segundo, não importa quem ela tenha que deixar para trás.

– Corra – diz Kylie, saindo em disparada.

Quando Gideon cai em si e corre atrás dela, Kylie já cruzou o quarteirão. Ela é incrivelmente rápida, sempre foi, mas nesse momento parece nem tocar o chão enquanto corre. Seguindo-a, Gideon se pergunta se conseguirá alcançá-la, mas é claro que sim, ao menos porque Kylie se jogará na grama quando chegar na extremidade oposta do campo, onde os bordos altos e frondosos lançam sombras profundas no chão.

Para Kylie, essas árvores são reconfortantes e familiares, mas, para uma pessoa acostumada ao deserto, um homem habituado a ver quilômetros até o horizonte, sem contar os cactos gigantes e o entardecer lilás, esses bordos podem parecer uma miragem, elevando-se acima do campo verde, emergidos das ondas de calor e do solo fértil e escuro. Os moradores da cidade dizem que em nenhum lugar do mundo caem mais raios do que em Tucson, no Arizona. Uma pessoa que cresceu perto do deserto pode facilmente prever quanto tempo falta para uma tempestade chegar na cidade só observando onde os raios estão caindo. Ela sabe de quanto tempo dispõe antes que precise chamar seu cachorro para dentro, colocar seu cavalo no estábulo e buscar abrigo sob um teto seguro.

Os raios, assim como o amor, nunca são regidos pela lógica. Acidentes acontecem e sempre vão acontecer. Gary Hallet conhece pessoalmente dois homens que foram atingidos por raios e viveram para contar a história, e é neles que está pensando enquanto percorre a Via Expressa de Long Island, na hora de maior movimento, e depois tenta encontrar o caminho em meio a um labirinto de ruas do subúrbio, passando pelo campo da ACM, quando faz uma curva errada diante do Pedágio. Gary frequentou a escola com um desses sobreviventes ao raio, que tinha apenas 17 anos quando foi atingido e viu sua vida virar do avesso. Ele saiu de casa e, segundos depois, estava estatelado na entrada da garagem, com os olhos fixos no céu azul-violeta. A bola de fogo atravessara seu corpo e suas mãos estavam chamuscadas como um bife grelhado. Ele ouviu um retinido, como chaves sacolejando ou alguém rufando um tambor, e levou um tempo para se dar conta de que estava tremendo tanto que o barulho que ouvia era produzido pelos seus ossos batendo no asfalto.

Esse rapaz se formou na escola secundária no mesmo ano que Gary, mas só porque os professores, por compaixão, o aprovaram em suas matérias. Ele costumava ser um ótimo jogador de beisebol e contava com uma carreira na liga secundária, mas agora vivia nervoso demais para isso. Não jogaria mais beisebol no campo. Era um espaço muito aberto. Havia chance demais de que ele fosse a coisa mais alta nas imediações, se um raio decidisse cair duas vezes no mesmo lugar. Esse seria seu fim. Ele acabou indo trabalhar num cinema, vendendo ingressos, varrendo pipocas do chão e recusando-se a devolver o dinheiro dos frequentadores que não tinham gostado do filme que pagaram para ver.

O outro sujeito atingido foi ainda mais afetado. O raio mudou a vida dele e tudo que se relacionava a ela. Ele o suspendeu do chão, desequilibrando-o e fazendo com que seu corpo girasse; quando o colocou de volta no chão, ele estava preparado para praticamente qualquer coisa. Esse homem era o avô de Gary, Sonny, que tinha o hábito de contar todo santo dia, até o dia da sua morte, dois anos antes, aos 93 anos, que fora atingido pelo que ele chamava de "cobra branca". Muito antes de Gary ir morar com ele, Sonny estava no quintal onde os choupos cresciam, bêbado demais para reparar na tempestade que se aproximava. Naquela época, a embriaguês era o seu estado normal. Não conseguia se recordar de como era estar sóbrio e isso já era razão suficiente para avaliar se não seria melhor continuar bêbado, pelo menos até que o colocassem em sua sepultura. Daí em diante talvez ele pensasse na possibilidade de parar de beber, mas só depois que lançassem sobre ele uns bons palmos de terra, para mantê-lo ali na cova, bem longe da loja de bebidas, em Speedway.

– Lá estava eu, cuidando da minha vida – contava ele a Gary –, quando o céu se abriu e desabou sobre mim.

Desabou sobre ele e o jogou nas nuvens e, por um segundo, ele achou que talvez nunca mais voltasse a pisar no chão. Foi atingido por uma voltagem tão alta que as roupas que usava se reduziram a cinzas e, se não fosse a presença de espírito de saltar dentro do lago verde e espumoso onde criava dois patos de estimação, teria sido queimado vivo. Suas sobrancelhas não nasceram de novo e ele nunca mais precisou se barbear, mas depois daquele dia não soube mais o que era colocar um gole de álcool na boca. Nem uma única dose de uísque. Nem uma cervejinha gelada. Sonny Hallet ficou viciado em café, nunca menos de dois bules do espesso líquido preto por dia, e por causa disso estava pronto, disposto e apto a receber Gary quando seus pais já não podiam mais cuidar dele.

Os pais de Gary eram jovens bem-intencionados, mas viciados em álcool e em arranjar problemas. Ambos terminaram mortos muito antes do que se esperava. A mãe de Gary tinha falecido havia um ano, quando chegou a notícia do falecimento do pai. Naquele mesmo dia, Sonny entrou no tribunal, no centro da cidade, e informou ao oficial de justiça que seu filho e sua nora haviam se matado – o que era mais ou menos a verdade, caso se considere suicídio uma morte causada pela bebida – e ele queria se tornar o tutor legal de Gary.

Enquanto Gary dirige por esse bairro suburbano, está pensando que o avô não teria apreciado muito essa região de Nova York. Os raios ali podiam surgir de repente e surpreender uma pessoa. Há prédios demais, eles parecem não ter fim, e obstruem o que precisa ser visto, que, na opinião de Sonny e igualmente de Gary, devia ser sempre o céu.

Gary está trabalhando num inquérito preliminar, iniciado pelo gabinete do procurador-geral, onde há sete anos é investigador. Antes disso, teve um passado crivado de escolhas erradas. Era alto e magricela, e poderia ter considerado o basquete uma possibilidade, mas, embora fosse bastante obstinado, não tinha a agressividade natural necessária para ter sucesso nos esportes profissionais. No final, voltou à faculdade, pensou na possibilidade de fazer Direito, depois decidiu não passar todos aqueles anos estudando em salas fechadas. O resultado é que está fazendo aquilo em que se sai melhor, que é encontrar soluções. O que o distingue da maioria dos colegas é o seu gosto por assassinatos. Gosta de tal modo que os amigos zombam dele e o chamam de Urubu, um animal carniceiro que caça farejando carne pobre. Gary não se incomoda com a brincadeira, nem com o fato de a maioria das pessoas ter uma resposta fácil para isso e achar que sabe a razão por que ele se interessa tanto por homicídios. Elas supõem que esse pendor tenha a ver com a história familiar de Gary – a mãe dele morreu de insuficiência hepática e com o pai provavelmente teria acontecido o mesmo se antes ele não tivesse sido assassinado, no Novo México. O sujeito que fez isso nunca foi encontrado e, francamente, ninguém pareceu procurá-lo com muito empenho. Mas, não importa o que pensem os amigos, não são as circunstâncias do passado de Gary que o motivam. É, isto sim, decifrar o porquê das coisas. O principal fator que faz uma pessoa agir pode ser extremamente enganador, mas é sempre possível encontrar alguma motivação quando se dá atenção aos detalhes. A palavra errada dita no momento errado, a arma na mão errada, a mulher errada que beija alguém num momento muito oportuno. Dinheiro, amor ou fúria – essas são as causas da maior parte dos crimes. Em geral, você pode desvendar a verdade, ou pelo menos uma versão dela, se fizer perguntas suficientes. Se ficar de olhos fechados e imaginar como poderia ter sido, como você mesmo teria reagido se estivesse farto de uma situação, se simplesmente descobrisse que não há mais razão para se importar mais.

O motivo, no caso em que ele está trabalhando, é obviamente dinheiro. Três universitários estão mortos porque alguém queria tanto ganhar uma grana que lhes vendeu sementes de *pilosella venosa* e estramônio, sem dar a mínima para as consequências. Garotos compram qualquer porcaria, sobretudo garotos da Costa Leste, que não foram alertados, a vida toda, sobre o que cresce no deserto. *Uma* semente de *pilosella venosa* deixa a pessoa eufórica, é como LSD crescendo no mato. O problema é que *duas* sementes dessa planta podem causar a morte. A menos, é claro, que a primeira já tenha feito o serviço com perfeição, o que foi o caso de um dos garotos, um estudante de História natural da Filadélfia, que acabara de completar 19 anos. Gary foi chamado nas primeiras horas do dia pelo seu amigo Jack Carillo, do Departamento de Homicídios, e viu o estudante de História no assoalho do dormitório. Antes de morrer, o rapaz tivera convulsões horríveis. Todo o lado esquerdo do seu rosto estava cheio de hematomas e Gary sugeriu que ninguém consideraria adulteração de provas se colocassem um pouco de maquiagem no garoto antes de os pais chegarem.

Gary leu a ficha de James Hawkins, que há vinte anos vendia drogas em Tucson. Gary tem 32 anos e se lembra vagamente de Hawkins, um garoto mais velho que causava alvoroço entre as meninas. Depois de largar a escola secundária, Hawkins se meteu em confusão em diversos estados. Oklahoma durante certo tempo, depois Tennessee, antes de regressar à sua cidade natal e ser mandado para a prisão sob acusação de agressão, que, com as drogas, parecia ser o seu ponto forte. Quando não conseguia se safar de uma situação desfavorável, Hawkins investia contra os olhos do adversário, utilizando o pesado anel de prata que usava para ferir. Agia como se ninguém pudesse detê-lo, mas esse é justamente o fim da carreira do sr. Hawkins no mundo do crime. O colega de quarto do estudante de História o identificou – por causa das botas de pele de cobra e do anel de prata decorado com um cacto, uma cascavel e o caubói que ele talvez imaginasse ser –, e ele não foi o único que reconheceu sua foto. Sete outros estudantes, que tiveram a sorte de não tomar as drogas adulteradas que compraram dele, também identificaram esse degenerado – e esse caso teria acabado aí se não fosse o fato de que ninguém consegue encontrar Hawkins. Também não conseguem encontrar a namorada dele, segundo dizem uma mulher bonita que parece ter sido garçonete em todos os restaurantes mais ou menos decentes da cidade. Verificaram os bares que Hawkins frequentava e interrogaram todos os três supostos amigos dele, e ninguém o viu desde o mês de junho, quando a universidade fechou.

Gary passou a analisar a vida de Hawkins, tentando imaginar como ele era. Começou a frequentar o Pink Pony, que era o local preferido de Hawkins quando queria se embriagar, e a se sentar na varanda da última casa que Hawkins alugara, motivo pelo qual Gary por acaso estava lá quando a carta chegou. Ele estava sentado numa cadeira de metal, com as longas pernas estendidas para poder apoiar os pés sobre a grade de metal branco da varanda, quando o carteiro se aproximou e deixou a carta cair em seu colo; depois cobrou a taxa de postagem, pois o selo descolara em algum ponto do caminho.

A carta estava amassada e rasgada num canto e, se a aba já não tivesse sido aberta, Gary a teria simplesmente levado para o escritório. Mas é difícil resistir a uma carta aberta, mesmo quando se trata de alguém como Gary, que já resistiu a muita coisa na vida. Seus amigos o conhecem o suficiente para não lhe oferecer uma cerveja, tampouco para lhe perguntar a respeito da garota com quem foi casado, por um breve período, logo depois da escola secundária. Estão dispostos a fazer isso porque a amizade dele vale a pena. Sabem que Gary não vai enganá-los nem decepcioná-los – é assim que ele é, é assim que o avô o criou. Mas aquela carta era outra coisa. Ela o deixou tentado e ele cedeu à tentação; e, para ser sincero, ele diria que ainda não está arrependido.

Em Tucson, o verão é quente de verdade e fazia mais de 40 graus quando Gary se sentou na varanda da casa alugada de Hawkins e leu a carta endereçada a Gillian Owens. O arbusto de creosoto que crescia junto à varanda por pouco não estalava com o calor, mas Gary simplesmente se sentou ali e leu a carta que Sally escrevera à irmã e, quando terminou, leu-a outra vez. Quando o calor da tarde enfim começou a dimunuir, Gary livrou-se do chapéu e tirou as botas da grade de metal. Ele é um homem disposto a correr riscos, mas tem coragem suficiente para se afastar quando a chance de algo acontecer é quase zero. Sabe quando recuar e quando continuar tentando, mas nunca tinha se sentido assim antes. Sentado naquela varanda, num fim de uma tarde lilás, ele passou um bom tempo considerando as probabilidades.

Até Sonny morrer, Gary sempre morou com o avô, exceto durante seu breve casamento e os primeiros oito anos com os pais, de que não se lembra por pura força de vontade. Mas se lembra de tudo a respeito do avô. Sabe a que hora Sonny se levantava da cama pela manhã e quando ia dormir, e o que comia no café da manhã, que era invariavelmente biscoitos nos dias da semana e panquecas com melado e geleia aos domingos. Gary vive próximo das pessoas e tem uma cidade repleta de amigos, mas nem uma vez achou que conhecesse alguém como achava que conhecia a mulher que escrevera aquela carta. Era como se alguém tivesse aberto a cabeça dele e fisgado um pedaço da sua alma com um gancho. Estava tão envolvido com as palavras escritas naquela carta que qualquer pessoa que passasse por ali poderia tê-lo empurrado da cadeira com um dedo. Um abutre poderia ter pousado no espaldar da cadeira em que estava sentado, ter soltado um grito estridente bem no seu ouvido e Gary não teria ouvido nada.

Ele foi então para casa e arrumou a mala. Telefonou para informar o seu companheiro Arno, no gabinete do procurador-geral, que ele tinha encontrado uma ótima pista e estava indo no encalço da namorada de Hawkins, mas é claro que essa não era toda a verdade. Não era na namorada de Hawkins que ele estava pensando quando pediu ao filho de 12 anos do seu vizinho mais próximo que passasse em sua casa, todas as manhãs, e colocasse um pouco de comida e água para os cachorros, depois levasse os cavalos para a fazenda de Mitchells, onde ficariam na companhia de um punhado de cavalos árabes, muito mais bonitos do que eles, e talvez aprendessem uma ou duas lições.

Naquela noite, Gary estava no aeroporto. Pegou o avião das 19h17 para Chicago e passou a noite com as suas longas pernas espremidas embaixo de um banco no aeroporto de O'Hare, onde teve de fazer baldeação. Durante o voo, leu mais duas vezes a carta de Sally e novamente enquanto almoçava ovos e salsichas num restaurante *fast food* em Elmhurst, no Queens. Mesmo quando está dobrada dentro do envelope e enfiada no bolso do seu paletó, a carta continua lhe voltando à mente. Frases inteiras que Sally escreveu se formam dentro da sua cabeça e, por alguma razão, ele está repleto do mais estranho sentimento de aceitação, não por algo que ele tenha feito, mas pelo que talvez esteja prestes a fazer.

Num posto de gasolina no Pedágio, Gary pede informações e uma lata de Coca-Cola gelada. Apesar de virar na esquina errada, perto do campo da ACM, conseguiu encontrar o endereço certo. Quando estaciona o carro alugado, Sally Owens está na cozinha. Ela está mexendo uma panela com molho de tomates, no fogão, quando Gary circunda o Honda na entrada de carros, dá uma boa olhada no Oldsmobile estacionado na frente e compara o número da placa do Arizona com o que consta nas suas fichas. Ela está despejando água fervente e macarrão numa peneira quando ele bate à porta.

– Só um instante! – grita Sally do seu jeito prático, sem frescura, e o som da voz dela lhe causa um sobressalto. Ele pode se meter em encrenca ali, tem certeza disso. Pode se envolver em algo que não pode controlar.

Quando Sally abre a porta, Gary a olha no fundo dos olhos e vê seu mundo virar de cabeça para baixo. Ele se vê mergulhando em duas poças de luz cinzenta, afogando-se, afundando pela terceira vez, e não há nada que possa fazer a respeito. Certa vez, o avô disse a ele que as bruxas agarram os homens porque sabem o quanto a maioria deles ama a si mesmo e se deixa atrair por um simples vislumbre da própria imagem. Se algum dia você se vir diante de uma mulher assim, avisou-lhe o avô, dê meia-volta e corra, e não se julgue um covarde por isso. Se ela for atrás de você, se tiver uma arma ou gritar o seu nome como uma demente, agarre-a depressa pelo pescoço e sacuda-a. Mas é claro que Gary não tem a menor intenção de fazer nada disso. Pretende continuar se afogando pelo tempo que for.

O cabelo de Sally escapou do elástico. Ela está usando um short de Kylie e uma camiseta preta sem mangas de Antonia, e cheira a molho de tomates e cebolas. Está mal-humorada e sem paciência, como fica todo verão, quando tem de fazer as malas para a viagem até a casa das tias. É linda, sem dúvida, pelo menos na opinião de Gary Hallet, e exatamente como se mostra em sua carta, só que um pouco melhor e bem ali na sua frente. Só de olhá-la, Gary fica com um nó na garganta. Já está pensando nas coisas que poderiam fazer juntos, se os dois estivessem a sós num quarto. Se não tomar cuidado, ele pode esquecer a razão por que está ali, para começar. Pode cometer um erro muito idiota.

– Posso ajudá-lo?

O homem que chegou à sua porta, usando botas de caubói cobertas de poeira, é magro e alto como um espantalho que adquiriu vida. Ela tem que olhar para cima se quiser ver o rosto dele. Assim que percebe como ele a está olhando, ela dá dois passos para trás.

– O que deseja? – pergunta Sally.

– Sou do gabinete do procurador-geral. No Arizona. Acabei de vir do aeroporto. Tive de fazer baldeação em Chicago – Gary sabe que tudo isso deve parecer uma completa idiotice, mas a maioria das coisas que ele poderia dizer nesse momento provavelmente pareceriam assim.

A vida de Gary não foi fácil e isso é visível no rosto dele. Ele tem rugas profundas, embora seja jovem demais para tê-las, e há uma boa dose de solidão, bem ali à mostra, para qualquer um que queira ver. Ele não é o tipo de homem que esconde as coisas e não está escondendo agora o interesse que está sentindo por Sally. Na realidade, Sally mal consegue acreditar na maneira como ele está olhando para ela. Alguém teria mesmo a petulância de ficar parado no vão da sua porta e encará-la daquele jeito?

– Acho que você deve estar no endereço errado – diz ela.

Está parecendo agitada e confusa, até para si mesma. É a profundidade dos olhos escuros dele, esse é o problema. É o jeito como ele consegue fazer uma pessoa sentir que está sendo vista de dentro para fora.

– Sua carta chegou ontem – explica Gary, como se fosse ele o destinatário da carta, não a irmã dela, que, pelo que Gary pode imaginar pelo conselho que Sally lhe deu, não tem muita coisa na cabeça ou, se tem, não é alguém que preste muita atenção a isso.

– Não sei do que está falando – diz Sally. – Nunca escrevi para o senhor. Sequer sei quem é.

– Gary Hallet – apresenta-se ele.

Ele mexe no bolso, à procura da carta, embora deteste ter de entregá-la. Se examinassem aquela carta na perícia, encontrariam suas impressões digitais em cada centímetro dela. Ele a dobrou e desdobrou mais vezes do que pode contar.

– Enviei essa carta para a minha irmã há séculos – Sally olha para a carta, em seguida para ele. Tem a sensação esquisita de que talvez esteja sob a ameaça de algo muito maior do que ela pode lidar. – Você a abriu.

– Já estava aberta. Deve ter ficado perdida no correio.

Enquanto Sally está decidindo se considera o sujeito um mentiroso ou não, Gary pode sentir o coração aos saltos como um peixe preso dentro do peito. Já viu isso acontecendo a outros homens. Num minuto estão cuidando da própria vida e, de repente, não há mais esperança para eles. Apaixonam-se tão intensamente que passam o resto da vida de joelhos, sem conseguir se levantar.

Gary sacode a cabeça, mas isso não aclara as suas ideias. Só faz com que ele veja tudo dobrado. Momentaneamente, há duas Sallys diante dele e cada uma delas faz com que deseje não estar ali em caráter oficial. Ele se obriga a pensar no garoto da universidade. Pensa nas manchas roxas por todo o rosto do garoto e na possibilidade de ele ter batido a cabeça na armação de metal da cama e no assoalho de madeira, enquanto se debatia em convulsões. Se há uma coisa neste mundo que Gary sabe muito bem é que tipos como Jimmy Hawkins nunca jogam limpo.

– Sabe onde posso encontrar a sua irmã?

– Minha irmã? – Sally estreita os olhos. Talvez esse homem seja apenas mais um coração que Gillian partiu, aparecendo para implorar misericórdia. Mas esse sujeito ela certamente não teria tomado por um tolo qualquer. Não teria imaginado que ele fizesse o tipo da irmã. – Está procurando Gillian?

– Como eu disse, estou fazendo um trabalho para o gabinete do procurador-geral. É uma investigação sobre um amigo da sua irmã.

Sally sente algo errado nos dedos das mãos e dos pés, algo bem parecido com um ataque de pânico.

– De onde você disse que é?

– Bem, sou de Bisbee – diz Gary –, mas há quase 25 anos moro em Tucson.

É pânico que Sally está sentindo, com certeza, e a sensação está se insinuando pela sua coluna vertebral, se espalhando pelas suas veias e se movendo em direção aos seus órgãos vitais.

– Eu praticamente cresci em Tucson – Gary está dizendo. – Você pode até achar exagero, mas estou convencido de que aquele é o melhor lugar da terra.

– Sobre o que é a sua investigação? – interrompe Sally, antes que Gary possa continuar falando sobre o seu amado Arizona.

– Bem, há um suspeito que estamos procurando – Gary detesta fazer isso. Dessa vez não está sentindo a mesma satisfação que costuma ter com uma investigação de homicídio. – E, lamento informar, mas o carro dele está estacionado aqui fora, na entrada da garagem.

De repente todo o sangue escoa da cabeça de Sally, causando uma vertigem. Ela se encosta no vão da porta e tenta respirar. Está vendo pontinhos diante dos olhos e cada um deles é vermelho e incandescente como um carvão em brasa. Por que aquele maldito Jimmy simplesmente não some da vida delas? Ele não para de voltar, de novo e de novo, tentando arruinar a vida das pessoas.

Gary Hallet curva-se em direção a Sally.

– Você está bem? – pergunta ele, apesar de saber, pela carta, que Sally é o tipo de mulher que não diria, logo de cara, se algo estivesse errado. Afinal de contas, ela levou quase dezoito anos para dizer à irmã o que pensava dela.

– Vou me sentar – diz Sally, com naturalidade, como se não estivesse prestes a desfalecer.

Gary a acompanha até a cozinha e observa enquanto ela toma um copo de água da torneira. Ele é tão alto que tem de se curvar para passar pelo vão da porta da cozinha e, quando se senta, tem de esticar bem as pernas para que os joelhos caibam embaixo da mesa. O avô sempre dizia que ele tinha tendência a se preocupar demais e essa afirmação acabou se provando verdadeira.

– Eu não tinha intenção de perturbá-la – diz ele a Sally.

– Você não me perturbou.

Sally se abana com a mão e, ainda assim, se sente acalorada. Graças a Deus as meninas não estão em casa, pelo menos por isso ela tem de agradecer. Se elas forem envolvidas naquela confusão, nunca perdoará Gillian e nunca perdoará a si mesma. Como algum dia pensaram que poderiam escapar impunes? Como foram idiotas, retardadas, cretinas autodestrutivas!

– Não me perturbou nem um pouco.

Ela precisa reunir todas as suas forças para manter o sangue frio e olhar para Gary. Ele retribui o olhar, obrigando-a a baixar rapidamente os olhos para o chão. É preciso ser muito cautelosa quando se fita olhos como os dele. Sally toma mais um gole de água e continua a se abanar. Numa situação difícil como aquela, é melhor parecer normal. Sally sabe disso desde a infância. Não deixe transparecer nenhuma emoção. Não permita que saibam como se sente no íntimo.

– Café? – oferece Sally. – Ainda tenho um pouco na garrafa térmica.

– Claro – diz Gary. – Seria ótimo.

Ele precisa falar com a irmã dela e sabe disso, mas não tem por que ter pressa. Talvez a irmã apenas tenha fugido com o carro, embora seja bem provável que ela saiba onde Hawkins está, mas Gary pode cuidar disso depois.

– Você está procurando um amigo de Gillian? – pergunta Sally.

– Foi isso que disse?

Ela tem uma voz tão doce. É o sotaque da Nova Inglaterra que nunca perdeu totalmente, a maneira como franze os lábios depois de cada palavra, como se sentisse na boca o gosto da última sílaba.

– James Hawkins – Gary balança a cabeça, confirmando.

– Ah... – diz Sally, cautelosa, porque, se disser mais alguma coisa, vai começar a gritar, amaldiçoar Jimmy e a irmã e todos que algum dia habitaram ou visitaram o estado do Arizona.

Ela serve o café, depois se senta e começa a pensar em como, pelo amor de Deus, vai livrá-las daquilo. Já lavou a roupa para a viagem a Massachusetts. Abasteceu o carro e mandou verificar o óleo. Tem que tirar as meninas dali, tem de inventar uma história realmente boa. Algo como elas terem comprado o Oldsmobile num leilão ou o encontrado no acostamento da estrada, abandonado, ou talvez o carro tenha simplesmente sido deixado na entrada da garagem, no meio da noite.

Sally ergue os olhos, disposta a começar a mentir, e então vê que o homem sentado ali está chorando. Gary é alto demais para não parecer desajeitado na maioria das situações, mas chora de um jeito encantador. Simplesmente deixa as lágrimas rolarem.

– O que aconteceu? – pergunta Sally. – Algum problema?

Gary balança a cabeça. Sempre demora um pouco para conseguir falar. O avô costumava dizer que, se você segura as lágrimas, elas vão se acumulando, até que um dia sua cabeça simplesmente explode, fazendo com que reste apenas um coto de pescoço e nada mais. Gary já chorou mais do que a maioria dos homens vai chorar a vida inteira. Tem feito isso em rodeios e em tribunais de justiça. Uma vez parou à beira da estrada e chorou ao ver um gavião ser alvejado em pleno voo, antes de ir buscar uma pá na caçamba da picape, para poder enterrar a carcaça. Chorar na cozinha de uma mulher não o deixa constrangido. Ele via que os olhos do avô se enchiam de lágrimas toda vez que fitava um belo cavalo ou uma mulher de cabelos negros.

Gary enxuga os olhos com uma das suas grandes mãos.

– É o café – explica ele.

– Está tão ruim assim? – Sally toma um gole. É o mesmo café de sempre, que ainda não matou ninguém.

– Oh, não – diz Gary. – O café está ótimo – os olhos dele são tão escuros quanto as penas de um corvo. Ele tem a capacidade de cativar uma pessoa pela maneira como olha para ela e faz com que ela queira que ele nunca pare de olhar. – É que o café em geral faz isso comigo. Faz eu me lembrar do meu avô, que morreu há dois anos. Ele era viciado em café. Tomava três xícaras antes de abrir os olhos pela manhã.

Há algo muito errado com Sally. Ela pode sentir um aperto na garganta, na barriga e no peito. Isso bem que pode ser um ataque cardíaco. Até onde sabe, pode acabar inconsciente no chão dali alguns segundos, o sangue fervendo, os miolos fritos.

– Você pode me dar licença um minuto? – diz Sally. – Volto já.

Ela corre escada acima até o quarto de Kylie e acende a luz. Estava quase amanhecendo quando Gillian chegou da casa de Ben, onde metade dos seus pertences estão agora, ocupando a maior parte do espaço nos armários. Como nesse dia está de folga, ela planeja dormir o máximo possível, depois ir comprar sapatos, passar na biblioteca e encontrar um livro sobre estrutura celular. Em vez disso, as persianas estão sendo escancaradas e o sol está invadindo o quarto, em grossas faixas amarelas. Gillian se encolhe sob a colcha. Se ficar bem quieta, talvez tudo volte a ficar como antes.

– Acorde! – Sally diz a Gillian com uma boa sacudida. – Há uma pessoa aqui procurando por Jimmy.

Gillian se senta tão depressa que bate a cabeça na coluna da cama.

– Ele tem várias tatuagens? – pergunta ela, pensando na última pessoa de quem Jimmy emprestou muito dinheiro, um sujeito chamado Alex Devine, que diziam ser uma forma excepcional de vida humana, capaz de viver sem coração.

– Quem dera – diz Sally.

As irmãs olharam uma para outra.

– Ah, Deus – Gillian está agora sussurrando. – É a polícia, não é? Ah, meu Deus – ela estende a mão e tateia o assoalho, para pegar a pilha de roupas mais próxima.

– É um investigador do gabinete do procurador-geral. Ele encontrou a última carta que enviei a você e seguiu seu rasto até aqui.

– É isso que acontece quando se escreve cartas – Gillian está fora da cama, vestindo jeans e uma blusa leve de lã. – Quer se comunicar? Use o maldito telefone!

– Ofereci café – diz Sally. – Ele está na cozinha.

– Não me importa em que cômodo ele está – Gillian olha para a irmã. Às vezes Sally realmente não entende. Ela sem dúvida não parece compreender o que significa enterrar um corpo no quintal. – O que vamos dizer a ele?

Sally aperta o peito e empalidece.

– Talvez eu esteja sofrendo um ataque cardíaco – anuncia ela.

– Ah, que maravilha! É tudo de que precisamos.

Gillian enfia um par de chinelos de dedo e então se detém para examinar a irmã. Sally pode ter uma febre de 40 graus antes que pense em se queixar. Pode passar a noite toda no banheiro, vomitando no vaso por causa de uma virose, e parecer muito alegre logo de manhãzinha, enquanto prepara salada de frutas ou waffles com geleia de framboesa na cozinha, lá embaixo.

– Você está tendo um ataque de pânico – conclui Gillian. – Acabe logo com isso. Temos de ir lá convencer esse maldito investigador de que não sabemos de nada.

Gillian passa um pente no cabelo, em seguida se encaminha para a porta. Ela se vira ao perceber que Sally não está seguindo atrás dela.

– E então? – indaga Gillian.

– Aí é que está – retruca Sally. – Acho que não vou conseguir mentir – Gillian vai até a irmã.

– Consegue, sim.

– Não sei. Talvez eu não seja capaz de me sentar lá e simplesmente mentir. Acho que é a maneira como ele olha...

– Ouça aqui – a voz de Gillian está fina e aguda. – A não ser que você minta, nós vamos acabar na cadeia, portanto eu acho que você vai conseguir. Quando falar com você, não olhe para ele – ela toma as mãos de Sally nas suas. – Ele vai fazer algumas perguntas, depois vai voltar para o Arizona e tudo ficará bem.

– Certo – diz Sally.

– Lembre-se. Não olhe para ele.

– Está bem – Sally balança a cabeça, concordando. Ela acha que pode fazer isso ou pelo menos tentar.

– Apenas faça o que eu fizer – diz Gillian.

As irmãs fazem o sinal da cruz, em seguida juram que estão naquilo juntas, para sempre, até o fim. Vão apresentar a Gary Hallet os fatos, pura e simplesmente, e não vão falar nem demais nem de menos. Quando descem ao andar de baixo, depois de forjar a história toda, Gary já terminou sua terceira xícara de café e memorizou cada objeto sobre as prateleiras da cozinha. Ao ouvir as mulheres na escada, ele enxuga os olhos com as costas da mão e afasta a xícara de café.

– Olá! – diz Gillian.

Ela é muito boa nisso, não há dúvida. Quando Gary se levanta para cumprimentá-la, ela estende a mão para apertar a dele como se esse fosse um encontro social como outro qualquer. Mas, quando ela olha de fato para ele, quando sente seu aperto de mão, Gillian fica nervosa. Não será fácil enganar aquele homem. Ele já viu uma porção de coisas e ouviu uma porção de histórias, e é bem esperto. Ela sabe disso só de olhar para ele. Talvez seja esperto demais.

– Fiquei sabendo que quer falar comigo sobre Jimmy – diz Gillian. Ela tem impressão que seu coração vai sair pela boca.

– Receio que sim – Gary analisa Gillian rapidamente: a tatuagem no pulso, a maneira como dá um passo para trás quando ele se dirige a ela, como se esperasse ser agredida. – Você o viu recentemente?

– Eu fugi em junho. Peguei o carro dele, botei o pé na estrada e, desde então, não tive mais notícias dele.

Gary balança a cabeça e faz algumas anotações, mas são só rabiscos, palavras sem sentido. *Neve Ebúrnea*, escreveu ele no alto da página. *Carcaju. Torta de maçã. Dois mais dois igual a quatro. Querida.* Está rabiscando qualquer coisa para parecer concentrado no assunto oficial. Desse modo, Sally e a irmã não vão poder olhar nos olhos dele e perceber que ele não acredita em Gillian. Ela não teria coragem de ir embora com o carro do namorado e Hawkins não abriria mão dele com tanta facilidade. De modo algum. Ele a teria alcançado antes que ela chegasse à fronteira do Arizona.

– Provavelmente foi uma jogada esperta – diz Gary.

Ele já fez isso antes, atenuar a dúvida para não a deixar transparecer na voz. Ele enfia a mão no bolso do paletó, tira a ficha policial de Hawkins e a estende sobre a mesa, para que Gillian veja.

Gillian se senta para olhar melhor.

– Uau! – diz ela.

A primeira prisão de Jimmy por porte de drogas tinha sido há tantos anos que ele não poderia ter mais de 15 anos de idade. Gillian acompanha com o dedo uma lista de delitos que parece nunca ter fim; contravenções mais violentas a cada ano, até se tornarem crimes. Parece que eles já estavam vivendo juntos quando ele foi pego pela última vez, por agressão com agravante, embora nunca tenha se dado ao trabalho de mencionar. A menos que Gillian esteja equivocada, no dia em que teve que comparecer ao tribunal, Jimmy tinha dito que estava em Phoenix, ajudando um primo a mudar alguns móveis de lugar.

Ela não consegue acreditar na idiota que foi durante todos aqueles anos. Descobriu mais a respeito de Ben Frye em duas horas do que sabia a respeito de Jimmy depois de quatro anos. Jimmy parecia misterioso na época, com grandes segredos que tinha de guardar. Agora os fatos estavam ali, diante dos olhos dela. Ele era um ladrão mentiroso e ela cometeu a tolice de aceitar aquilo por mais tempo do que parecia humanamente possível.

– Eu não fazia ideia – diz Gillian. – Juro. Durante todo esse tempo, nunca perguntei aonde ele ia e o que fazia – os olhos dela parecem arder e, quando ela pisca, o ardor não diminui. – Não que isso justique.

– Você não tem que justificar quem você ama – diz Gary. – Não se desculpe por ele.

Gillian terá de prestar ainda mais atenção a esse investigador. Ele tem um jeito próprio de observar as coisas que a pega desprevenida. Ora, antes de ele apresentar a ideia de que o amor não tinha culpa de nada, Gillian nem uma vez tinha parado para pensar que talvez não fosse responsável por tudo o que dera errado. Ela dá uma olhada em Sally para avaliar a reação da irmã, mas ela está com os olhos colados em Gary e tem uma expressão estranha no rosto. É uma expressão que preocupa Gillian, porque não tem nada a ver com Sally. Parada ali, encostada na geladeira, a irmã parece vulnerável demais. Onde está sua couraça, onde está sua postura defensiva, onde está a lógica que pode pôr tudo nos eixos novamente?

– O motivo por que estou procurando o sr. Hawkins – explica Gary a Gillian – é que ele parece ter vendido uma droga feita de plantas venenosas a vários universitários e que já causou três mortes. Ele ofereceu LSD a eles e depois apareceu com sementes de algumas ervas altamente alucinógenas e extremamente tóxicas.

– Três mortes – Gillian balança a cabeça, sem querer acreditar. Jimmy disse a ela que tinham sido duas. Disse que não tinha sido culpa dele. Que os garotos tinham sido gananciosos e burros e tentado enganá-lo e roubar o dinheiro que era dele por direito. "Aqueles maldidos pirralhos mimados", ele os havia chamado. "Estudantes filhinhos de papai."

Jimmy podia mentir a respeito de qualquer coisa, como se aquilo fosse um mero passatempo. Gillian sente enjoo só de pensar em como ela acreditara em Jimmy sem nunca questionar, sempre ficando do lado dele. *Aqueles garotos deviam estar procurando encrenca*, ela se lembra de ter pensado na época.

– Isso é horrível – diz ela a Gary Hallet, sobre as mortes na universidade. – É pavoroso.

– O seu amigo foi identificado por várias testemunhas, mas está desaparecido.

Gillian está prestando atenção ao que Gary diz, mas também está pensando em como as coisas costumavam ser. O mês de agosto em Tucson pode fazer o solo do deserto chegar a mais de 50 graus. Numa semana escaldante, pouco depois de se conhecerem, ela e Jimmy nem saíam de casa – simplesmente ligavam o ar-condicionado, tomavam cerveja gelada e transavam toda vez que Jimmy pensava em sexo, o que geralmente significava que ele queria satisfação imediata.

– Não vamos chamá-lo de meu amigo – pede Gillian.

– Tudo bem – concorda Gary. – Mas gostaríamos de colocar as mãos nele antes que venda mais desse lixo. Não queremos que aconteça novamente.

Gary fita Gillian com seus olhos escuros, o que a impede de desviar o olhar ou arranjar uma história que pareça pelo menos um pouco aceitável. Talvez aquela garota soubesse da morte dos universitários ou talvez não, mas sem dúvida sabia de alguma coisa. Gary vê isso dentro dela – pode afirmar pelo modo como ela olha agora fixamente para o chão. Ela tem uma expressão de culpa, mas isso pode ser apenas porque foi para ela que James Hawkins voltou na noite em que o estudante de História começou a ter convulsões. Talvez seja porque ela tinha acabado de descobrir com quem se deitara durante todo aquele tempo e a quem chamava de querido.

Gary está esperando que Gillian se manifeste de algum modo, mas é Sally que não consegue manter a boca fechada. Ela vem tentando, vem dizendo a si mesma que não deve dar um pio, que precisa continuar agindo como Gillian, mas não consegue ficar quieta. Será que se sente compelida a falar por querer a atenção de Gary Hallet? Será que quer se sentir exatamente como se sente quando ele volta a atenção para ela?

– Não acontecerá novamente – diz Sally.

Gary encontra o olhar de Sally.

– Você parece ter bastante certeza disso.

Mas claro que ele sabe, pela carta, como ela pode parecer autoconfiante. *Alguma coisa não está certa* aí, escreveu ela a Gillian. *Largue esse sujeito. Arranje um lugar para você, uma casa que seja só sua. Ou simplesmente venha para a minha casa. Venha para a minha casa agora mesmo.*

– Ela quer dizer que Jimmy nunca voltará para Tucson – Gillian apressa-se em dizer. – Pode acreditar, se você está à procura dele, ele está sabendo. É um cretino, mas não é burro. Não vai continuar a vender drogas na mesma cidade em que seus clientes estão morrendo.

Gary tira do bolso um cartão e o entrega a Gillian.

– Não quero assustá-la, mas estamos lidando com uma pessoa perigosa. Agradeço muito se me telefonar, caso ele tente entrar em contato com você.

– Ele não vai entrar em contato com ela – afirma Sally.

Ela não consegue manter a boca fechada. É absolutamente impossível. O que há com ela? É o que o olhar feroz de Gillian está perguntando e é o que Sally está perguntando a si mesma. É que esse investigador tem um olhar tão preocupado quando está concentrado em algo... Ele é um homem de palavra, ela percebe isso. É o tipo de homem que ninguém quer perder depois que finalmente encontra.

– Jimmy sabe que não temos mais nada – declara Gillian. Ela vai se servir de uma xícara de café e, enquanto está ocupada com isso, dá uma cotovelada discreta nas costelas de Sally. – O que há com você? – sussurra. – Pode apenas ficar calada? – ela se vira de novo para Gary. – Deixei absolutamente claro para Jimmy que nosso relacionamento acabou. É por isso que ele não vai entrar em contato comigo. Nosso relacionamento é coisa do passado.

– Vou ter de mandar apreender o carro – diz Gary.

– Claro – diz Gillian, sem se opor. Se elas tiverem sorte, em dois minutos esse sujeito já terá ido embora. – Pode mandar.

Gary se levanta e passa as mãos pelo cabelo castanho. Ele supostamente vai embora agora. Sabe disso. Mas está relutante. Quer continuar fitando os olhos de Sally e afogando-se neles mil vezes por dia. Em vez disso, leva a sua xícara de café até a pia.

– Não precisa se incomodar – diz Gillian com simpatia, desesperada para se livrar dele.

Sally sorri ao vê-lo pousar a xícara e a colher na pia com cuidado.

– Se por acaso acontecer alguma coisa, estou na cidade até amanhã de manhã.

– Não acontecerá nada – garante Gillian. – Pode confiar.

Gary pega o bloco de notas que leva com ele para se lembrar de pormenores e o abre com um movimento do polegar.

– Vou estar no Hide-A-Way – ele ergue a cabeça e vê apenas os olhos cinzentos de Sally. – Me recomendaram esse hotel na recepção da locadora de carros.

Sally conhece o local, uma espelunca no lado oposto do Pedágio, perto de um hortifrúti e um *fast food* de frango frito, conhecido pelos excelentes anéis de cebola fritos. Pouco lhe importa se está hospedado num hotel nojento como aquele. Não liga a mínima que ele esteja partindo no dia seguinte. Aliás, ela também está de viagem marcada. Ela e as filhas vão estar longe dali muito em breve. Se acordarem cedo e não pararem para tomar café, podem chegar a Massachusetts por volta do meio-dia. Logo depois do almoço, já podem estar abrindo as cortinas dos cômodos escuros das tias, para deixar um pouco de sol entrar.

– Obrigado pelo café – diz Gary. Ele avista o cacto moribundo no parapeito da janela. – Esse decididamente não é um bom representante da espécie. Está definhando, com certeza.

No inverno anterior, Ed Borelli dera um cacto a cada uma das secretárias da escola secundária, de presente de Natal. "Podem colocar o vasinho no peitoril da janela e esquecer", aconselhou Sally, quando ouviu as reclamações sobre quem, na face da terra, iria querer uma coisa daquelas, e era exatamente aquilo que ela tinha feito, além de pôr um pouquinho de água no pires de vez em quando. Mas Gary está agora concentrando toda a sua atenção no cacto. Está com uma expressão preocupada, remexendo em algo enfiado entre o pires e o vaso onde está o cacto. Quando se volta para encarar Sally e Gillian, tem uma expressão tão dolorosa no rosto que o primeiro pensamento de Sally é que ele espetou o dedo.

– Droga – sussurra Gillian.

É o anel de prata de Jimmy que Gary tem na mão e é isso que está lhe causando tanta dor. Elas vão mentir e ele sabe disso. Elas vão dizer que nunca viram o anel ou que o compraram num antiquário ou que ele deve ter caído do céu.

– Bonito anel – diz Gary. – Bem diferente.

Nem Sally nem Gillian conseguem imaginar como aquilo pode ser possível. Sabem com toda a certeza que aquele anel estava no dedo de Jimmy, que agora está enterrado no quintal e, no entanto, a joia está agora na mão do investigador. E ele está olhando agora para Sally, à espera de uma explicação. Por que não deveria estar? Gary leu uma descrição daquele anel em três depoimentos: uma cascavel num dos lados, ele se lembra disso. Uma cobra enrodilhada, que é exatamente o que ele está vendo agora.

Sally sente novamente aquela sensação de que vai ter um ataque cardíaco. Sente algo estranho no meio do peito, como um atiçador de brasas, como um caco de vidro, e não há nada que possa fazer a respeito. Não poderia mentir a esse homem nem se a sua vida dependesse disso – e ela depende –, e essa é a razão por que não diz uma só palavra.

– Ora, vejam só! – Gillian é toda espanto e doçura. É tão fácil para ela fazer isso, não precisa nem pensar duas vezes. – Essa velharia provavelmente está aí há um milhão de anos.

Sally ainda não está falando, mas apoiou todo o seu peso contra a geladeira, como se precisasse de ajuda para ficar de pé.

– É mesmo? – diz Gary, ainda se afogando em mágoa.

– Deixe eu dar uma olhada – Gillian vai direto até ele, tira-lhe o anel das mãos e examina o objeto como se nunca o tivesse visto antes. – Que demais – diz ela, devolvendo-o. – Você devia ficar com ele – a encenação é tão boa que ela está realmente orgulhosa de si mesma. – É grande demais para qualquer uma de nós.

– Ora, mas que ótimo! – a cabeça de Gary está latejando. Droga! Mas que inferno! – Obrigado.

Enquanto ele enfia o anel no bolso, está pensando que a irmã de Sally é com certeza muito boa em mentir. Provavelmente sabe muito bem onde está James Hawkins, nesse exato segundo. Sally, entretanto, é outra história. Talvez não saiba de nada, talvez nunca tenha visto aquele anel antes. A irmã pode tê-la enganado o tempo todo e pode estar mandando dinheiro, comida, bens de família a Hawkins, enquanto ele assiste à TV em algum porão do Brooklin, esperando a poeira baixar.

Mas Sally não está olhando para ele, o problema é esse. Seu rosto bonito está voltado em outra direção, porque ela sabe de algo. Gary já viu isso antes, incontáveis vezes.

Pessoas que são culpadas de alguma coisa pensam que podem esconder isso evitando fitá-lo nos olhos. Presumem que ele possa captar a vergonha que sentem, enxergar através dos seus olhos até sua própria alma e, de certo modo, elas têm razão.

– Creio que terminamos – diz Gary. – A menos que haja algo que de repente achem que eu deva saber.

Nada. Gillian abre um sorriso e encolhe os ombros. Sally engole em seco, com força. Gary pode quase sentir o quanto a garganta dela está seca, a base do seu pescoço latejando. Ele não sabe muito bem até onde iria para encobrir alguém. Nunca esteve naquela situação antes e não gosta da sensação; no entanto ali está ele, parado na cozinha de uma desconhecida, em Nova York, num dia úmido de verão, se perguntando se poderia se fazer de cego. Em seguida, pensa no avô indo até o tribunal para pedir a guarda do neto, num dia que fazia quase 45 graus à sombra. O ar começava a crepitar, os arbustos do deserto irrompiam em chamas, mas Sonny Hallet se lembrara de levar consigo uma garrafa com água gelada e não estava sequer cansado ao entrar no tribunal. Se vai contra aquilo em que acredita, você se torna um sujeito imprestável, portanto, depois disso não tem por que abrir mão do que quer. Gary vai voar para casa no dia seguinte e passará o caso para um colega. Não pode nem fazer de conta que tudo vai terminar bem: que Hawkins se entregará e ficará provado que Sally e a irmã são inocentes e não ajudaram um suspeito de homicídio, e o próprio Gary começará a escrever para Sally. Se fizesse isso, talvez ela não conseguisse jogar fora as cartas dele. Teria de ler cada uma delas várias vezes, exatamente como ele fez quando a carta dela foi entregue, e, antes que se desse conta, estaria perdida, assim como ele parece estar nesse exato momento.

Uma vez que nada disso vai acontecer, Gary se despede com um aceno de cabeça e se dirige para a porta. Ele sempre sabe quando se retirar e quando ficar à beira da estrada e simplesmente esperar pelo que vai acontecer em seguida. Certa tarde, viu um puma porque resolveu se sentar no para-choque da sua picape e beber um pouco de água, antes de trocar o pneu. O puma veio caminhando devagar e em completo silêncio na direção da pista, como se fosse o dono da estrada e de todo o resto, e olhou nos olhos de Gary, que nunca antes sentiu tamanha gratidão por um pneu furado.

– Mando pegar o Oldsmobile até sexta-feira – diz Gary, mas só olha para trás quando já está na varanda.

Ele não sabe que Sally o teria seguido se a irmã não lhe desse um beliscão e lhe sussurrasse para permanecer onde estava. Ele não sabe o quanto aquela coisa dentro do peito de Sally está doendo, mas é o que acontece quando se mente, sobretudo quando se está dizendo a pior das mentiras para si mesma.

– Muitíssimo obrigada – diz Gillian em voz alta e, no momento em que Gary olha para trás, não há mais nada para ver a não ser uma porta fechada.

No que diz respeito a Gillian, a história acaba aí.

– Ora, aleluia! – diz ela, quando volta à cozinha. – A gente se livrou dele.

Sally já está cuidando da massa da lasanha, que se solidificou dentro da peneira. Tenta removê-la com uma colher de pau, mas é tarde demais; está grudada. Ela despeja tudo no lixo e, em seguida, começa a chorar.

– Qual o problema? – pergunta Gillian.

São ocasiões como aquela que induzem pessoas absolutamente racionais a mandar tudo às favas e a acender um cigarro. Gillian revista a gaveta de tranqueiras, esperando achar um maço de cigarros velho, mas o melhor que consegue é uma caixa de fósforos.

– Estamos livres dele, não estamos? Mostramos que somos totalmente inocentes. Apesar daquele maldito anel. Tenho que admitir, aquela coisa me deixou apavorada. Foi como encarar o diabo nos olhos. Mas, querida, seja como for, enganamos aquele investigador e fizemos um bom trabalho.

– Ah, Deus! – exclama Sally, completamente desolada. – Ah, Deus! – grita ela.

– Mas nós conseguimos! Nos saímos muito bem e devíamos estar orgulhosas de nós mesmas.

– Por mentir? – Sally limpa os olhos e o nariz gotejantes. Seu rosto está vermelho, ela está fungando como uma louca e não consegue se livrar daquela horrível sensação bem no meio do peito. – É disso que você acha que temos de nos orgulhar?

– Ei – Gillian dá de ombros. – A gente fez o que tinha de fazer – ela espia a massa de lasanha no lixo. – Agora o que vamos fazer para o jantar?

É então que Sally joga a peneira do outro lado da cozinha.

– Você não está bem – diz Gillian. – É melhor ligar para o seu clínico ou para o seu ginecologista ou para alguém, e conseguir um tranquilizante.

– Não vou fazer isso.

Sally pega a panela com molho de tomate, aquele em que tinha acrescentado cebolas, cogumelos e pimentão-vermelho, e despeja-a na pia.

– Ótimo – Gillian está disposta a concordar com qualquer plano razoável. – Você não precisa cozinhar. Vamos pedir comida pronta.

– Não me refiro ao jantar – Sally pega as chaves do carro e a carteira. – Estou falando sobre dizer a verdade.

– Perdeu o juízo? – Gillian vai atrás de Sally e, quando a irmã continua a avançar em direção à porta, ela tenta segurá-la pelo braço.

– Não ouse me beliscar – avisa Sally.

Sally sai para a varanda, mas Gillian sai logo atrás. Ela segue Sally ao longo da entrada de carros.

– Você não vai procurar aquele investigador. Não pode falar com ele.

– Ele sabe de qualquer jeito – diz Sally. – Será que não percebeu? Não viu o jeito como ele olhava para nós?

Quando pensa no rosto desolado de Gary e em toda a preocupação que transparecia em seu rosto, a sensação no peito parece ficar ainda pior. Ela vai acabar sofrendo um ataque cardíaco, ou uma angina, ou algo parecido antes que o dia termine.

– Você não pode ir atrás daquele cara – diz Gillian a Sally. Não há nem um traço de condescendência em seu tom de voz. – Nós duas vamos parar na prisão se você fizer isso. Não sei o que se passa na sua cabeça para cogitar uma coisa dessas.

– Já decidi – diz Sally.

– Fazer o quê? Vai ao hotel onde ele está? Ajoelhar e pedir misericórdia?

– Se eu tiver de fazer isso, sim.

– Você não vai, não – sentencia Gillian.

Sally olha para a irmã, pensativa. Em seguida, abre a porta do carro.

– De jeito nenhum – afirma Gillian. – Você não vai atrás dele.

– Está me ameaçando?

– Talvez esteja – ela não vai deixar a irmã acabar com o próprio futuro só porque se sente culpada por algo que nem fez.

– Ah, é mesmo? – diz Sally. – Como exatamente planeja me atingir? Acha que conseguiria mesmo arruinar a minha vida ainda mais do que já arruinou?

Magoada, Gillian dá um passo atrás.

– Tente entender – diz Sally. – Tenho de consertar isso. Não posso viver assim.

Há um alerta de tempestade e o vento está começando a soprar. Fios do cabelo negro de Sally açoitam seu rosto. Os olhos dela estão luminosos e muito mais escuros do que de costume; a boca está vermelha como uma rosa. Gillian nunca viu a irmã tão transtornada, tão diferente do jeito como costuma ser. Nesse momento, ela parece alguém que mergulharia de cabeça num rio, mesmo sem saber nadar. Saltaria dos galhos da árvore mais alta, convencida de que, para um pouso seguro, bastariam seus braços estendidos e uma echarpe de seda, para se enfunar e reter o ar enquanto ela cai.

– Talvez seja melhor esperar – Gillian está usando a sua voz mais doce, a que a livrou de multas por excesso de velocidade e casos ruins. – Podemos conversar primeiro. Decidir juntas.

Mas Sally já tomou sua decisão. Ela se recusa a ouvir. Entra no carro e Gillian, a não ser que salte atrás do Honda para bloquear a passagem, não pode fazer nada a não ser ficar parada ali, assistindo, enquanto o carro se afasta. Ela observa por um longo tempo, por tempo demais, porque, no final, tudo o que Gillian observa é a rua vazia, e não é a primeira vez que isso acontece. Acontece com frequência demais.

Há muito a perder quando se tem algo, quando se é tolo o bastante para se preocupar com alguém. Ora, Gillian fez isso ao se apaixonar por Ben Frye e, agora, seu destino não está nas suas mãos. Está sendo levado para longe, de carona naquele Honda com Sally ao volante, e tudo o que Gillian pode fazer é fingir que não há nada errado. Quando as meninas chegam em casa, ela diz que Sally saiu para fazer algumas compras e encomendar pratos num restaurante chinês do Pedágio, em seguida telefona para Ben e lhe pede para passar no restaurante e pegar o jantar quando estiver a caminho.

– Pensei que íamos comer lasanha – diz Kylie, enquanto ela e Gideon põem a mesa.

– Bem, não vamos – informa Gillian. – E você pode colocar pratos e copos descartáveis na mesa para não termos louça para lavar?

Quando Ben chega com o jantar, Kylie e Antonia sugerem que esperem pela mãe, mas Gillian não lhes dá ouvidos. Começa a servir o camarão com castanha-de-caju e o arroz com carne de porco, o tipo de alimentação carnívora que Sally nunca permitiria à mesa. A comida é boa, mas mesmo assim o jantar é horrível. Todos estão de mau humor. Antonia e Kylie estão preocupadas, porque a mãe nunca se atrasa, sobretudo numa noite em que precisam fazer as malas, e ambas se sentem culpadas por comer camarão e carne de porco à sua mesa. Gideon não está facilitando as coisas. Está praticando o seu arroto, o que incomoda a todos, exceto Kylie. Scott Morrison é o pior de todos, deprimidíssimo diante da perspectiva de ficar uma semana sem Antonia. "Tanto faz" é a sua resposta a praticamente tudo aquela noite, inclusive "Gostaria de um rolinho primavera?" e "Quer Fanta Laranja ou Pepsi?". Por fim, Antonia desata a chorar e corre da sala, quando Scott responde com o mesmo velho "Tanto faz" quando ela pergunta se quer que ela lhe escreva quando estiver fora. Kylie e Gideon têm de interceder por Scott através da porta fechada do quarto de Antonia e, exatamente quando Scott e Antonia estão fazendo as pazes e se beijando no corredor, Gillian decide se dar por vencida.

A essa altura, Sally provavelmente já deu com a língua nos dentes para aquele investigador. Na imaginação de Gillian, Gary Hallet está indo até a loja de conveniência do Pedágio, que fica aberta até bem tarde, para comprar um minigravador e poder registrar a confissão dela. Sentindo-se num beco sem saída, Gillian sente a cabeça explodir numa enxaqueca de que um Tylenol nunca daria conta. As vozes soam como unhas arranhando uma lousa e ela está sem um pingo de paciência até com o menor fragmento de alegria ou felicidade. Não consegue suportar ver Antonia e Scott se beijando ou ouvir Gideon e Kylie implicando um com o outro. Durante toda a noite ela tem evitado Ben, porque, para ela, a resposta de Scott Morrison a tudo é de fato verdadeira: tanto faz. Tudo está prestes a acabar e ela não pode fazer nada para impedir. Poderia desistir e dar tudo por encerrado. Poderia telefonar pedindo um táxi e sair pela janela, com seus pertences mais importantes dentro de uma fronha. Sabe que Kylie tem um bom dinheiro em seu cofrinho de unicórnio e, se Gillian pegasse um pouco emprestado, poderia comprar uma passagem de ônibus até o centro do país. O único problema é que não pode mais fazer isso. Tem agora outras questões a levar em conta. Tem, para o bem ou para o mal, Ben Frye.

– É hora de todo mundo ir para casa – anuncia Gillian.

Scott e Gideon são despachados com promessas de telefonemas e cartões-postais (para Scott) e balas de caramelo (para Gideon). Antonia chora um pouco, enquanto observa Scott entrar no carro da mãe. Kylie mostra a língua para Gideon, quando ele faz uma continência, e ri, quando ele começa a correr pela noite úmida, golpeando o chão com suas botas do exército e acordando os esquilos em seus ninhos nas árvores. Uma vez livre dos garotos, Gillian se vira para Ben.

– O mesmo vale para você – diz ela.

Ela está jogando pratos descartáveis no lixo a uma velocidade vertiginosa. Já colocou os talheres e copos sujos de molho em água e sabão, o que é tão contrário ao seu jeito desleixado de sempre que Ben está começando a ficar desconfiado.

– Adeuzinho – diz ela a Ben. Detesta quando ele a olha daquela maneira, como se a conhecesse melhor do que ela mesma. – Essas meninas têm de terminar de fazer as malas e pegar a estrada às sete da manhã.

– Tem alguma coisa errada – diz Ben.

– Engano seu – o pulso de Gillian deve estar na casa dos duzentos batimentos por minuto. – Não há nada errado.

Gillian se vira para a pia e dedica toda sua atenção aos talheres de molho, mas Ben coloca as mãos na cintura dela e se enclina em sua direção. Ele não se deixa convencer facilmente e Deus sabe como é teimoso quando quer alguma coisa.

– Hora de ir! – diz Gillian, mas suas mãos estão ensaboadas e ela tem dificuldade para empurrá-lo. Quando Ben a beija, ela permite. Enquanto a está beijando, ele não pode fazer perguntas. Não que adiantasse tentar explicar como é a vida dela. Ele não compreenderia e essa talvez seja a razão por que está apaixonada por ele. Ben não conseguiria nem imaginar algumas das coisas que ela tem feito. E, quando está com ele, ela também não consegue.

Lá fora, no quintal, o crepúsculo está lançando sombras púrpuras na paisagem. Com o cair da noite, o céu ficou ainda mais encoberto e os pássaros pararam de cantar. Gillian devia estar prestando mais atenção aos beijos de Ben, uma vez que podem ser os últimos, mas em vez disso ela está olhando pela janela da cozinha. Está imaginando se Sally está contando ao investigador o que enterrou em seu jardim, lá no fundo, onde ninguém vai mais, e é isso que ela está olhando enquanto Ben a beija. É por isso que ela finalmente vê a sebe de espinhos. Enquanto ninguém estava observando, a sebe cresceu. Desde aquela manhã, cresceu mais de meio metro e, nutrida pelo ódio, ainda está crescendo, espiralando na direção do céu noturno.

Gillian se afasta abruptamente de Ben.

– Você precisa ir – diz ela. – Agora.

Ela lhe dá um beijo profundo e faz todo tipo de promessa, juras de amor de que nem se lembrará até a próxima vez em que estiverem na cama e ele a fizer se lembrar. Ela se empenha ao máximo e, por fim, consegue o que quer.

– Tem certeza? – diz Ben, confuso pela maneira como ela oscila entre a paixão e a frieza total, mas mesmo assim querendo mais dela. – Você podia passar a noite na minha casa.

– Amanhã – promete Gillian. – E depois de amanhã e depois de depois de amanhã.

Quando, enfim, Ben vai embora, ela o acompanha pela janela da frente para se certificar de que ele realmente se foi e depois vai ao quintal e fica parada imóvel sob o céu sombrio. É a hora em que os grilos começam a entoar um aviso, uma melodia mais acelerada, anunciando que uma tempestade se aproxima. No fundo do quintal, a sebe de espinhos é densa e emaranhada. Gillian chega mais perto e vê que dois vespeiros pendem dos galhos. Um constante zumbido ressoa no ar, como um sinal de advertência ou uma ameaça. Como aqueles arbustos podem ter crescido tanto sem que ninguém percebesse? Como elas puderam deixar aquilo acontecer? Acreditaram que ele tinha morrido, desejaram que aquilo tivesse acontecido, mas alguns erros sempre voltam, para perseguir a pessoa a vida toda, não importa o quanto ela acredite que eles não voltarão mais para assombrá-la.

Enquanto ela está ali, começa uma garoa fina e é isso que faz Kylie vir atrás dela, o fato de a tia estar parada lá fora sozinha, se molhando sem parecer se dar conta.

– Ah, não! – exclama Kylie, ao ver a altura a que a sebe de espinhos chegou desde que ela e Gideon jogaram xadrez no gramado.

– Simplesmente vamos cortar tudo de novo – diz Gillian. – É o que faremos.

Mas Kylie balança a cabeça. Nenhuma tesoura poderia atravessar aqueles espinhos, nem mesmo um machado.

– Eu queria que a mamãe viesse para casa – diz Kylie.

A roupa ainda está no varal e, se continuar na garoa, ficará encharcada, mas esse não é o único problema. A sebe de espinhos está desprendendo algo nauseante, uma névoa que mal se pode ver, e a bainha de todas as saias e blusas estão manchadas e descoloridas. Kylie talvez seja a única que consegue enxergar isso, mas as nódoas na roupa limpa são profundas e escuras. Ela então compreende que é por isso que ela não tem conseguido visualizar as férias, por que só vê uma tela em branco dentro da cabeça.

– Não iremos para a casa das tias – diz ela.

Os galhos da sebe são negros, mas qualquer pessoa que olhar atentamente verá que os espinhos são vermelhos como sangue.

Quando Antonia abre a porta dos fundos, poças de água já estão se formando na grama.

– Vocês aí, estão malucas? – grita ela.

Quando Gillian e Kylie não respondem, ela pega um guarda-chuva preto no cabideiro e corre para fora, a fim de se juntar a elas.

Havia, para o dia seguinte, uma previsão de tempestade e ventos fortes, com uma intensidade próxima à de um furacão. Outras pessoas da vizinhança tinham ouvido a notícia e saíram para comprar rolos de fita adesiva. Quando o vento começasse a sacudir as janelas, as vidraças estariam protegidas com os pedaços de fita adesiva em forma de x. É a casa das Owens que corre o perigo de ser arrancada dos alicerces.

– Excelente maneira de começar as férias – diz Antonia.

– Nós não iremos – avisa Kylie.

– Claro que iremos – insiste Antonia. – Já fiz a mala.

Na opinião dela, a noite está realmente arrepiante. Não faz sentido ficar parada ali no escuro. Antonia sente um calafrio e examina o céu nublado, mas desvia o olhar a tempo de ver a tia segurando o braço de Kylie. Gillian está agarrada a Kylie. Se ousar soltar, talvez não consiga ficar de pé sozinha. Antonia olha para os fundos do quintal e, então, compreende. Há alguma coisa sob aqueles horríveis arbustos espinhentos.

– O que é? – pergunta Antonia.

Kylie e Gillian estão respirando um pouco rápido demais. O medo irradia delas em ondas. É possível sentir o cheiro do medo; é um pouco como fumaça e cinzas, como carne chamuscada.

– O quê? – pergunta Antonia.

Assim que ela dá um passo em direção aos arbustos, Kylie a puxa para trás. Antonia aperta os olhos para enxergar em meio às sombras. Em seguida, solta uma risada.

– É só uma bota. Só isso.

É de pele de cobra, um pé de um par que custou quase trezentos dólares. Jimmy jamais iria a lojas populares ou qualquer lugar assim. Ele gostava de lojas caras, sempre preferia artigos exclusivos.

– Não vá até lá! – avisa Gillian, quando Antonia faz menção de ir buscar a bota.

A chuva agora está mais forte. É uma cortina cinzenta como um cobertor de lágrimas. No local onde elas o enterraram, a terra está porosa. Se enfiassem a mão, talvez conseguissem tirar dali um osso. A própria pessoa talvez fosse puxada para baixo, se não tomasse cuidado, para o fundo daquele lamaçal, e teria que lutar para respirar, mas isso de nada adiantaria.

— Alguma de vocês encontrou um anel aqui atrás? — pergunta Gillian.

As duas sobrinhas estão tremendo agora e o céu está negro. Poderia se pensar que já era meia-noite. Que era impossível que um dia o céu tivesse sido azul, como tinta de caneta ou ovos de tordo; como as fitas com que as meninas prendem o cabelo para dar sorte.

— Um sapo levou um anel para dentro de casa — diz Kylie. — Esqueci completamente disso.

— Era dele — a voz de Gillian nem mesmo parece a dela. Essa voz é muito abafada e triste, e distante demais. — De Jimmy.

— Quem é Jimmy? — pergunta Antonia. Quando ninguém responde, ela olha para a sebe de espinhos e, então, entende. — Ele está lá nos fundos — Antonia se apoia na irmã.

E se a tempestade for tão forte quanto os meteorologistas previram e o gramado inundar, o que farão? Gillian, Kylie e Antonia estão encharcadas. O guarda-chuva que Antonia segura no alto não pode protegê-las. O cabelo das três está colado na cabeça, as roupas terão que ser torcidas no chuveiro.

O chão próximo à sebe de espinhos está irregular, como se já estivesse afundando ou, pior, escorrendo do corpo de Jimmy. Se ele aparecer na superfície, como o seu anel de prata, como um peixe horrendo e repulsivo, aquilo será demais para elas.

— Eu quero a minha mãe — diz Antonia, baixinho.

Quando elas finalmente se viram e correm para a casa, seus pés chapinham na grama encharcada. Elas correm ainda mais depressa, correm como se seus pesadelos a perseguissem pelo gramado. Assim que estão do lado de dentro, Gillian tranca a porta, em seguida arrasta uma cadeira e escora-a sob a maçaneta.

Aquela noite escura de junho, em que Gillian estacionou o carro na entrada sob o círculo de luz de um poste de rua, bem poderia ter sido um século atrás. Ela não é mais a mesma pessoa. Aquela mulher que caminhou na ponta dos pés até a porta da frente, com aquele tipo de urgência que só o desespero pode causar, já teria enfiado as malas no carro e dado no pé. Ela nunca teria ficado ali, esperando para saber o que aquele investigador de Tucson faria depois de tudo o que Sally lhe contou. Não teria permanecido na cidade nem teria deixado um bilhete para Ben Frye, mesmo se importando com ele como se importa hoje. A essa altura, estaria a meio caminho da Pensilvânia, com o tanque cheio e o rádio ligado no volume máximo. Não se preocuparia em olhar pelo espelho retrovisor, nem por um segundo, nem uma única vez. E essa é a diferença, simples e óbvia: a pessoa que está agora ali não vai a lugar nenhum, exceto à cozinha, onde vai preparar um chá de camomila para as sobrinhas, para acalmar os nervos.

– Estamos perfeitamente bem – diz ela às meninas.

O cabelo dela está um desastre e a respiração está entrecortada; o rímel escorreu pela pele pálida em linhas irregulares. Ainda assim, é ela quem está ali, não Sally, e cabe a ela mandar as meninas para a cama e deixá-las seguras de que pode cuidar de tudo. Não há por que se preocupar, é o que diz a elas. Estão sãs e salvas esta noite. Enquanto a chuva cai torrencialmente, enquanto o vento começa a soprar no leste, Gillian pensará num plano, terá que pensar em um, porque Sally seria tão capaz de ajudá-la a descobrir o que fazer quanto seria de pular de uma árvore e voar.

Sem o contrapeso da lógica, nessa noite Sally está mais leve. Ela, que sempre valorizou o sensato e o útil acima de tudo, perdeu-se assim que atravessou o Pedágio. Não conseguiu encontrar o Hide-A-Way, apesar de já ter passado mil vezes por ele. Teve de parar num posto de gasolina e pedir informações e depois sentiu a sensação de ataque cardíaco, o que a obrigou a procurar o banheiro imundo do posto, onde lavou o rosto com água fria. Olhou sua imagem refletida no espelho manchado acima da pia e respirou fundo durante vários minutos, até se sentir firme outra vez.

Mas ela logo descobriu que não estava tão firme quanto pensara. Não viu as luzes de freio do carro à sua frente, após ter feito o retorno para o Pedágio, e causou um pequeno acidente, que foi culpa dela apenas. O farol dianteiro esquerdo do Honda está agora desencaixado e correndo o risco de se desprender do capô, cada vez que ela pisa no freio.

Quando ela enfim estaciona no Hide-A-Way, sua família está em casa jantando e o estacionamento do *fast food* de frango frito, do outro lado do Pedágio, está lotado. Mas comida é a última coisa em que Sally quer pensar. Seu estômago está contraído e ela está nervosa, insanamente nervosa, o que provavelmente é o motivo que a leva a escovar o cabelo duas vezes antes de sair do carro e se dirigir à recepção do hotel. Poças de óleo deixam o asfalto escorregadio. Uma macieira solitária, plantada na única faixa de terra e cercada por gerânios vermelhos, treme quando o tráfego do Pedágio passa zunindo. Somente quatro carros estão parados no estacionamento e três estão caindo aos pedaços. Se ela estivesse procurando o carro de Gary, o mais afastado da recepção seria a sua escolha mais provável – é um Ford de um modelo qualquer e parece um carro de aluguel. Mas, mais do que isso, foi estacionado com extremo cuidado e precisão, exatamente como Sally imagina que Gary estacionaria o seu carro.

Pensar nele, em seu ar preocupado e naquelas rugas em seu rosto, deixa Sally ainda mais nervosa. Assim que entra na recepção do hotel, ela arruma a alça da bolsa no ombro e passa a língua pelos lábios. Sente-se como alguém que se distanciou da própria vida e se embrenhou numa mata fechada, que sequer sabia que existia e sem conhecer seus caminhos e trilhas.

A mulher atrás do balcão está ao telefone e parece no meio de uma conversa que pode durar horas.

– Bem, se você não contou, como ele poderia saber? – ela está dizendo com um tom de voz enfastiado. Estende a mão para pegar um cigarro e avista Sally.

– Estou procurando Gary Hallet.

Assim que fala isso, Sally conclui que deve estar realmente louca. Por que estaria procurando alguém cuja presença é sinônimo de calamidade? Por que dirigiria até ali numa noite em que se sente tão confusa? Não consegue se concentrar em nada, isso é óbvio. Não consegue nem se lembrar qual é a capital do estado de Nova York. Não saberia dizer o que é mais calórico, se manteiga ou margarina, ou se as borboletas hibernam ou não no inverno.

– Ele saiu – a mulher no balcão responde a Sally. – Quem é uma megera nunca vai deixar de ser – diz ela ao telefone. – Claro que você sabe. Eu sei que você sabe. A verdadeira questão é: por que não faz alguma coisa a respeito? – ela se levanta, puxando o telefone atrás de si, em seguida tira uma chave de um quadro de madeira na parede e a estende. – Quarto dezesseis – diz ela a Sally.

Sally recua, como se sofresse uma queimadura.

– Vou esperar aqui.

Ela se senta no sofá de couro sintético azul e estende a mão para pegar uma revista, mas é a *Times* e a reportagem de capa é "Crimes Passionais", o que é mais do que Sally pode suportar no momento. Ela joga a revista de volta na mesinha de centro. Queria ter se lembrado de trocar de roupa e não estar vestindo a mesma camiseta velha e o short de Kylie. Não que isso tenha importância. Não que alguém se incomode com a aparência dela. Ela tira a escova da bolsa e penteia o cabelo uma última vez. Vai simplesmente contar tudo a ele e pronto. Sua irmã é uma idiota – isso é um crime federal? O caráter dela foi deformado por circunstâncias da infância, depois ela saiu de casa já adulta e estragou a própria vida, só para garantir que não sairia do padrão. Sally está pensando em como será explicar aquilo a Gary Hallet, enquanto ele olha fixamente para ela, quando se dá conta de que está respirando tão depressa que a mulher no balcão a vigia disfarçadamente, para o caso de Sally desmaiar e ela ter de chamar o resgate.

– Só deixe eu perguntar uma coisa – a mulher no balcão está dizendo ao telefone. – Por que pede o meu conselho se não vai seguir? Por que simplesmente não segue em frente, faz o que quer e me deixa fora disso? – ela lança um olhar para Sally. Essa é uma conversa particular, embora metade dela esteja ocorrendo num local público. – Tem certeza de que não quer esperar no quarto dele?

– Acho que vou esperar no carro – responde Sally.

– Ótimo – diz a mulher, suspendendo a conversa telefônica até que tenha sua privacidade de volta.

– Deixe eu adivinhar – Sally indica com a cabeça o telefone. – Sua irmã?

Uma irmã caçula em Port Jefferson, que tem precisado de conselhos constantes nos últimos 42 anos. Se não fossem esses conselhos, deveria uma fortuna para o cartão de crédito e ainda estaria casada com o primeiro marido, que era um milhão de vezes pior do que o que ela arranjou agora.

– Ela só pensa nela mesma e isso me tira do sério. É isso o que acontece quando se é a caçula e todo mundo só paparica – declara a mulher no balcão. Ela cobre o bocal do telefone com a mão. – Querem que você cuide deles, resolva todos os seus problemas e nunca nem agradecem.

– Tem razão – concorda Sally. – Ser a caçula dá nisso. Parece que nunca crescem.

– Então eu não sei? – diz a recepcionista.

E quando você é a irmã mais velha?, pergunta-se Sally enquanto sai do hotel, parando na máquina automática ao lado da recepção para comprar uma Coca Diet. No caminho de volta até o carro, ela pisa nas poças de óleo com bordas multicoloridas. E quando você tem que passar a vida inteira dizendo à pessoa o que fazer, pedindo que seja responsável e repetindo "Eu avisei" dezenas de vezes por dia? Quer ela queira admitir ou não, é isso que Sally vem fazendo há muito tempo, há tanto tempo que nem consegue se lembrar de quando começou.

Antes de Gillian cortar o cabelo e fazer com que todas as garotas da cidade entrassem nos salões de beleza, pedindo exatamente o mesmo corte, o cabelo dela era tão comprido quanto o de Sally, talvez até um pouco mais. Era da cor do trigo, com um brilho ofuscante sob a luz do sol e fino como seda, pelo menos nas raras ocasiões em que Gillian resolvia escová-lo. Sally agora se pergunta se ela tinha inveja e por isso caçoava da aparência desleixada da irmã, do cabelo sempre emaranhado e cheio de nós.

E, no entanto, no dia em que Gillian chegou em casa com o cabelo bem curto, Sally ficou chocada. Ela nem tinha consultado Sally antes de cortá-lo.

– Como pôde fazer isso com seu cabelo? – perguntou Sally.

– Tenho os meus motivos – disse Gillian. Ela estava sentada diante do espelho, passando blush nas bochechas. – E todos eles têm a ver com D-I-N-H-E-I-R-O.

Gillian contou que fazia dias que uma mulher a seguia na rua e, naquela tarde, finalmente a abordara. Ela oferecera a Gillian dois mil dólares, ali, na hora, se Gillian a acompanhasse a um salão de beleza e cortasse o cabelo rente à nuca, para que essa mulher de cabelo curto e acinzentado pudesse ter uma trança postiça para usar nas festas.

– Ah, claro – respondeu Sally. – Como alguém em seu juízo perfeito jamais faria...

– É mesmo? – retrucou Gillian. – Acha que ninguém faria?

Ela enfiou a mão no bolso da frente do jeans e puxou um maço de dinheiro. Dois mil dólares, em notas de cem. Gillian tinha no rosto um enorme sorriso e Sally talvez simplesmente quisesse fazê-lo desaparecer.

– Bem, você está horrível – disse ela. – Parece um menino.

Ela falou isso mesmo vendo que Gillian tinha um pescoço muito bonito, tão esbelto e delicado que a mera visão faria homens adultos chorarem de emoção.

– Ah, quem liga? – disse Gillian. – Vai crescer de novo.

Mas o cabelo dela nunca mais cresceu – nunca mais passou dos ombros. Gillian o lavava com alecrim, pétalas de rosas e violetas e até chá de ginseng – nada disso adiantava.

– É isso o que você ganha – declarou Sally. – É onde a ganância vai levá-la.

Mas ser uma boa menina, sempre tão puritana, levou Sally a quê? Conduziu-a àquele estacionamento, numa noite úmida e aterradora. Colocou-a no lugar dela, de uma vez por todas. Quem é ela para ser tão virtuosa e convicta de que o seu jeito de ser é o melhor? Se houvesse simplesmente chamado a polícia quando Gillian chegou, se não houvesse tomado conta da situação e resolvido as coisas do seu jeito, se não tivesse achado que tudo – tanto a causa quanto o efeito – era responsabilidade dela, Gillian e ela talvez não estivessem no aperto em que estão agora. É a fumaça se desprendendo das paredes do bangalô dos pais. São os cisnes no parque. É o sinal vermelho que ninguém nota até ser tarde demais.

Sally passou a vida toda sendo vigilante e isso exige lógica e um bom senso considerável. Se os pais a tivessem levado com eles no dia do incêndio, ela teria sentido o cheiro acre do fogo; sabe que teria. Teria visto a faísca azul que caiu no tapete, a primeira de muitas, onde reluziu como uma estrela, em seguida como um rio de estrelas, brilhantes e azuis sobre o tapete felpudo, um pouco antes de tudo arder em chamas. No dia em que os adolescentes beberam demais, antes de entrar no carro de um deles, ela teria puxado Michael de volta para a calçada. Não salvou sua caçula dos cisnes quando eles tentaram atacá-la? Não tem cuidado de tudo desde então – das filhas e da casa, do gramado e da conta de luz, da roupa que, quando está pendurada no varal, é mais branca do que a neve?

Desde o início, Sally tem mentido para si mesma, dizendo que pode enfrentar qualquer coisa, mas ela não quer mais mentir. Uma mentira a mais e ela estará perdida para sempre. Bastará uma para nunca mais encontrar o caminho de volta, em meio à mata.

Ela toma um grande gole de Coca Diet; está morrendo de sede. Sua garganta está realmente doendo por causa daquelas mentiras que disse a Gary Hallet. Ela quer falar com franqueza, quer contar tudo, quer alguém que preste atenção ao que tem a dizer e realmente a ouça, como ninguém jamais ouviu. Quando vê Gary atravessar a rodovia, carregando uma embalagem de frango frito, sabe que pode dar partida no carro e fugir, antes que ele a reconheça. Mas permanece onde está. Enquanto observa Gary caminhar em sua direção, uma linha de calor ziguezagueia sob sua pele. É invisível, mas está ali. É assim o desejo, ele entricheira a pessoa num estacionamento e vence todas as vezes. Quanto mais Gary se aproxima, pior fica, até que Sally tem de deslizar uma das mãos sob a camiseta e pressionar o peito, só para garantir que seu coração não sairá pela boca.

O mundo parece cinzento e as ruas estão escorregadias, mas Gary não se importa com a noite sombria e encoberta de nuvens. Há meses que não vê outra coisa a não ser um céu azul em Tucson e Gary não se incomoda com um pouco de chuva. Talvez a chuva cure o que ele sente por dentro e elimine suas preocupações. Talvez ele possa pegar o avião no dia seguinte, às 9h25, sorrir para a aeromoça, depois dormir algumas horas, antes de ter de fazer seu relatório no escritório.

Por causa da sua profissão, Gary é treinado para reparar nas coisas, mas ele não consegue acreditar totalmente no que está vendo naquele instante. A razão disso é, em parte, o fato de que vem imaginando Sally em todo lugar, aonde quer que vá. Pensou tê-la visto cruzando uma faixa de pedestres no Pedágio, enquanto ele estava seguindo de carro para lá, e novamente na loja de frango frito, e agora ali está ela no estacionamento. É provavelmente outra ilusão, algo que ele queira ver, no lugar do que está bem à sua frente. Gary chega mais perto do Honda e aperta os olhos. É o carro de Sally, não há dúvida, e é ela atrás do volante, buzinando para ele.

Gary abre a porta do carro dela, senta-se no banco do passageiro e bate a porta com força. O cabelo e as roupas dele estão molhados e a embalagem de frango que carrega está quente e cheira a fritura.

– Achei que era você – diz ele.

Ele precisa encolher as pernas para caber no carro; equilibra o frango no colo.

– O anel era de Jimmy – diz Sally.

Ela não planejava dar essa informação logo de cara, mas talvez seja bom. Está encarando Gary, à espera da reação dele, mas ele simplesmente retribui seu olhar. Deus, ela queria ter fumado ou bebido ou algo assim. A tensão é tão forte que dá a impressão de que a temperatura passa dos 50 graus dentro do carro. Sally está surpresa por não irromper em chamas.

– O que me diz? – diz Sally por fim. – Estávamos mentindo para você. Aquele anel na minha cozinha pertencia a James Hawkins.

– Eu sei.

Gary parece agora ainda mais preocupado do que antes. Ela é especial e ele sabe disso. Em outras circunstâncias, estaria disposto a desistir de tudo por Sally Owens. Poderia estar disposto a mergulhar de cabeça nesse precipício que sente cada vez mais perto, sem pensar na velocidade da queda, no impacto brutal quando chegar ao chão. Gary alisa para trás o cabelo molhado e, por um instante, todo o carro fica cheirando a chuva.

– Já jantou? – ele ergue o frango. Comprou também onion rings e batatas fritas.

– Eu não conseguiria comer – diz Sally.

Gary abre a porta e coloca a embalagem do lado de fora, na chuva. Ele decididamente perdeu o apetite por frango.

– Eu posso desmaiar – adverte Sally. – Tenho a impressão de que vou sofrer um derrame.

– Isso é porque você sabe que tenho de perguntar se você ou sua irmã sabem onde Hawkins está?

Não é essa a razão. Sally sente calor até na ponta dos dedos. Ela tira as mãos do volante, para que não saia vapor de debaixo de suas unhas, e põe as mãos no colo.

– Vou contar onde ele está – Gary Hallet está olhando para ela como se o Hide-A-Way e todo o resto do Pedágio não existissem. – Morto – continua Sally.

Gary reflete sobre isso, enquanto a chuva tamborila contra o teto do carro. Eles não conseguem enxergar além do para-brisa e as janelas estão embaçadas.

– Foi um acidente – acrescenta Sally. – Não que ele não merecesse. Não que não tivesse sido um grande cafajeste quando vivo.

– Estudamos juntos na escola secundária – Gary fala lentamente, com mágoa na voz. – Sempre significou encrenca. Dizem que matou doze pôneis numa fazenda que recusou a contratá-lo para um trabalho de verão. Atirou na cabeça deles, um a um.

– Aí está – diz Sally. – Por isso já dá para ver.

– Quer que eu me esqueça dele? É isso que está pedindo que eu faça?

– Ele não vai prejudicar mais ninguém – explica Sally. – Isso é o que importa.

A recepcionista do hotel correu para fora, vestindo uma capa preta impermeável e segurando uma vassoura, que usará para tentar desentupir as calhas, antes da tempestade prevista para o dia seguinte. A própria Sally não está pensando nas calhas da casa dela. Não está se perguntando se as filhas vão se lembrar de fechar as janelas e, nesse momento, não quer saber se o seu telhado resistirá ao vendaval.

– Ele só vai prejudicar alguém se você continuar a procurá-lo – acrescenta Sally. – Nesse caso a minha irmã será prejudicada e eu também, e tudo terá sido em vão.

Sally tem o tipo de lógica contra a qual Gary acha difícil argumentar. O céu está escurecendo ainda mais e, quando Gary fita Sally, ele vê somente os olhos dela. A linha entre o que é certo e o que é errado fica, de algum modo, indistinta.

– Não sei o que fazer – admite ele. – No meio de tudo isso, parece que eu tenho um problema. Não sou imparcial. Posso fingir que sou, mas não sou.

Ele está olhando para ela assim como olhou quando ela atendeu à porta. Sally pode sentir, ao mesmo tempo, as intenções e o tumulto dentro dele. Está bem consciente do que ele quer.

Sentado no Honda, Gary Hallet está ficando com câimbra nas pernas, mas ainda não pensa em sair dali. O avô costumava dizer que a maioria das pessoas estava completamente equivocada: a verdade é que você podia levar um cavalo para beber água e, se a água estivesse fresca, limpa e deliciosa, não seria preciso obrigá-lo a beber. Nessa noite, Gary sente-se mais como o cavalo do que como o cavaleiro. Tropeçou no amor e agora está ali, atolado. Está até acostumado a não conseguir o que quer e tem lidado bem com isso, mas não pode deixar de se perguntar se isso é só porque ele nunca quis tanto alguma coisa. Pois bem, agora quer. Ele olha para o estacionamento, pela janela do carro. No dia seguinte, já estará de volta ao lugar a que pertence. Seus cachorros vão enlouquecer quando o virem, a correspondência estará na porta da frente, o leite na geladeira ainda vai estar fresco o suficiente para ele pôr no café. O maior obstáculo é que ele não quer ir. Prefere ficar ali, encolhido dentro daquele Honda minúsculo, o estômago resmungando de fome, o desejo tão forte que ele não sabe se conseguiria ficar de pé direito. Os olhos estão ardendo e ele sabe que nunca consegue se conter quando tem vontade de chorar. É melhor nem tentar.

– Ah, não... – diz Sally. Ela se aproxima um pouco mais dele, atraída pela gravidade, atraída por forças que de modo algum conseguiria controlar.

– Sou assim mesmo – diz Gary, com aquela voz triste e profunda. Ele balança a cabeça, aborrecido consigo próprio. Dessa vez, a última coisa que ele quer é chorar. – Não dê atenção.

Mas ela dá. Não pode evitar. Faz um gesto na direção dele, querendo enxugar as lágrimas, mas em vez disso passa os braços pelo pescoço dele e, assim que faz isso, ele a abraça e a atrai mais para perto.

– Sally – diz ele.

A voz dele é como música, o nome dela é um som absurdamente belo nos lábios dele, mas ela não vai prestar atenção ao que ele vai dizer. Ela sabe, pelo tempo que passou na escada dos fundos da casa das tias, que a maioria das coisas que os homens dizem é mentira. Não ouça, diz para si mesma. Nada disso é verdade e nada disso importa, porque ele está sussurrando no ouvido dela agora que ela é a mulher que ele sempre procurou. Ela está quase no colo dele, encarando-o, e quando ele a toca as mãos são tão quentes sobre sua pele que ela mal pode acreditar. Ela não consegue ouvir nada do que ele diz e certamente não consegue pensar também, porque se pensasse talvez concluísse que seria melhor pararem por ali.

Deve ser assim que a pessoa se sente quando está embriagada, Sally se vê pensando, enquanto Gary a pressiona de encontro a ele. As mãos dele estão sobre sua pele e ela não o detém. Estão sob a camiseta dela, estão dentro do short e, ainda assim, ela não o detém. Quer o calor que ele a faz sentir. Ela, que não consegue agir sem antes parar para pedir informações ou consultar um mapa, nesse momento tudo o que quer é se perder. Pode sentir que está cedendo cada vez mais aos beijos dele, está disposta a fazer simplesmente qualquer coisa. Ser louca deve ser assim, imagina ela. Tudo o que está fazendo é tão contrário ao seu modo de ser que, quando Sally vê sua imagem no espelho retrovisor embaçado, fica atordoada. Ali está uma mulher que poderia se apaixonar se assim permitisse, uma mulher que não detém Gary quando ele levanta seus cabelos negros, depois comprime a boca na curva do seu pescoço.

Que bem lhe faria se envolver com alguém como ele? Teria de se curvar aos sentimentos e ela não é esse tipo de mulher. Não conseguia tolerar aquelas pobres e incoerentes mulheres que chegavam à porta dos fundos das tias e não pode suportar ser uma delas agora, louca de aflição, subjugada por aquilo que algumas pessoas chamam de amor.

Ela se afasta de Gary, sem fôlego, os lábios quentes, o corpo todo em brasas. Conseguiu viver todo esse tempo sem ninguém e pode continuar vivendo. Pode se obrigar a ser fria novamente, de dentro para fora. A chuva agora não passa de uma garoa, mas o céu ficou escuro como um pote de tinta. A leste, os trovões ressoam, enquanto a tempestade avança, vinda do mar.

– Talvez eu esteja deixando que me beije só para não levar adiante a investigação – diz Sally. – Já pensou nisso? Talvez eu esteja tão desesperada que me entregaria a qualquer um, inclusive a você.

As palavras em sua boca têm um gosto amargo e cruel, mas ela não se importa. Quer ver aquela expressão de mágoa no rosto dele. Quer interromper aquilo antes que não tenha mais essa opção. Antes que o sentimento que cresce dentro dela assuma o controle e a faça prisioneira, como aquelas mulheres na porta dos fundos das tias.

– Sally – diz Gary. – Você não é assim.

– Ah, não? – ironiza Sally. – Você não me conhece. Apenas pensa que conhece.

– Está certo. Penso que conheço – diz ele, e esse é o único argumento que Sally ouvirá.

– Saia – pede ela a Gary. – Saia do carro.

Nesse momento, Gary queria poder agarrá-la e forçá-la, pelo menos até que cedesse. Gostaria de fazer amor com ela bem ali, gostaria de amá-la a noite inteira e não ligar para mais nada, nem prestar atenção se ela dissesse não. Mas ele não é esse tipo de homem e nunca será. Já viu muitas vidas irem à ruína quando um homem se deixa conduzir pelo seu pênis. É como ceder às drogas, ou ao álcool, ou ao dinheiro fácil que acabou de receber, sem fazer perguntas. Gary sempre entendeu por que as pessoas cedem às tentações e fazem o que querem sem pensar em mais ninguém. A mente delas se fecha, e ele não vai fazer isso, ainda que signifique que não vai conseguir o que realmente quer.

– Sally – diz Gary, e a voz dele lhe causa mais angústia do que ela jamais pensou ser possível. É a bondade que a desarma, é a compaixão, apesar de tudo o que aconteceu e ainda está acontecendo.

– Quero que saia – diz Sally. – Isso é um erro. É um grande equívoco.

– Não é.

Mas Gary abre a porta e sai. Ele se volta para ela e Sally se obriga a olhar para a frente, através do para-brisa. Ela não ousa olhar para ele.

– Feche a porta – diz Sally. Sua voz parece frágil, fragmentada e insegura. – Estou falando sério.

Ele fecha a porta do carro, mas fica ali parado, observando. Mesmo que não olhe, Sally sabe que ele não se afastou. É assim que tem de ser. Ela será para sempre distante, inalcançável como as estrelas, incólume e intocada, pelo resto da vida. Sally pisa no acelerador, sabendo que, se olhasse pelo retrovisor, descobriria que ele ainda estava parado no estacionamento. Mas ela não olha para trás, porque, se fizer isso, também vai perceber o quanto o quer, e isso não fará nenhum bem a ela.

Gary de fato a observa se distanciar e ainda está observando quando o primeiro raio ilumina o céu. Está ali quando a macieira, do lado oposto do estacionamento, fica branca com a descarga do raio que a atinge. Ele está próximo o suficiente para sentir a descarga elétrica e a sentirá, durante todo o caminho até sua cidade, enquanto estiver no avião, bem acima dos raios, no céu, avançando para o oeste. Depois de escapar por um triz, faz sentido que ele esteja tremendo ao girar a chave da porta de casa. Na visão de Gary, a maior dor é aquela que você causa a si mesmo, e ele e Sally causaram muita dor a si mesmos aquela noite, com a única diferença de que ele sabe o que está perdendo e ela não tem ideia do que a faz chorar enquanto dirige pela rodovia.

Quando Sally chega em casa, o cabelo preto solto, a boca inchada de tantos beijos, Gillian está à espera dela. Ela está sentada na cozinha, tomando chá e ouvindo os trovões.

– Transou com ele? – pergunta Gillian.

Como é Gillian quem está perguntando, a pergunta é, ao mesmo tempo, surpreendente e banal. Sally chega a rir.

– Não.

– Que pena – diz Gillian. – Pensei que fariam isso. Achei que estivesse fisgada. Você tinha aquele olhar.

– Você estava enganada.

– Ele ao menos fez um acordo com você? Disse que não somos suspeitas? Vai deixar passar?

– Ele tem que pensar sobre isso – Sally se senta à mesa. É como se tivesse levado uma surra. O peso de nunca mais ver Gary cai como um manto de cinzas sobre ela. Pensa nos beijos e em como ele a tocou e tudo vira de ponta-cabeça outra vez. – Ele tem consciência.

– Que azar o nosso... E a coisa está ficando cada vez pior.

Nessa noite o vento continuará a soprar, até que não haja uma única lata de lixo em pé na rua. As nuvens estarão tão altas quanto montanhas negras. No quintal, sob a sebe de espinhos, a terra se transformará em lama e depois em água, uma poça de engano e arrependimento.

– Jimmy não vai continuar embaixo da terra. Primeiro o anel, depois uma bota. Tenho medo até de imaginar o que vai aparecer agora. Começo a pensar nisso e simplesmente apago. Ouvi o noticiário e a tempestade que se aproxima vai ser violenta.

Sally aproxima sua cadeira da de Gillian. Os joelhos das duas se tocam. O coração das irmãs está acelerado e ambos batem no mesmo compasso, como sempre ficam durante as tempestades com raios e trovões.

– O que vamos fazer? – sussurra Sally.

É a primeira vez que ela pede a opinião ou o conselho de Gillian, e Gillian segue o exemplo da irmã. É verdade o que se diz a respeito de pedir ajuda. Respire fundo e dói bem menos admitir em voz alta.

– Chame as tias – diz Gillian a Sally. – Faça isso já.

No oitavo dia do oitavo mês, as tias chegam num ônibus interestadual. No minuto em que o motorista desce, faz questão de retirar primeiro as malas pretas das tias do compartimento de carga, embora a maior delas seja tão pesada que ele tem de empregar toda a sua força e quase rompe um ligamento ao suspendê-la.

– Tenham calma – aconselha ele aos outros passageiros, todos se queixando de que eles é que têm de receber as malas primeiro, porque precisam pegar uma baldeação ou se apressar para encontrar o marido ou um amigo. O motorista simplesmente os ignora e segue em frente.

– Eu não gostaria que as senhoras tivessem que esperar – diz ele às tias.

As tias são tão idosas que é impossível determinar a idade delas. As duas têm cabelos brancos e as costas arqueadas. Usam saias pretas que vão até a canela e botas de couro amarradas com cordões. Embora não saíssem de Massachusetts havia mais de quarenta anos, certamente não se sentem intimidadas com viagens. Ou com qualquer outra coisa, a propósito. Sabem o que querem e não têm receio de dizer isso em voz alta, e é esse o motivo pelo qual não dão atenção às reclamações dos outros passageiros e continuam a orientar o motorista, dizendo que ele precisa colocar a mala maior na calçada com muito cuidado.

– O que levam nessa mala? – brinca o motorista. – Uma tonelada de tijolos?

As tias não se dão ao trabalho de responder. Têm muito pouca tolerância com humor obtuso e não estão interessadas em manter uma conversinha educada. Postam-se na esquina perto da parada de ônibus e aguardam um táxi. Logo que um encosta no meio-fio, dizem ao motorista exatamente aonde ir: onze quilômetros adiante na rodovia do Pedágio, passando os centros comerciais, o restaurante chinês, a loja de frios e a sorveteria onde Antonia está trabalhando neste verão. As tias recendem a alfazema e enxofre, uma mistura inquietante, e talvez seja essa a razão por que o motorista do táxi abre a porta do carro para elas, quando chegam à casa de Sally, apesar de não ter recebido gorjeta. As tias não acreditam em gorjetas e nunca acreditaram. Acreditam em ganhos por merecimento e num trabalho bem feito. E em ir direto ao ponto, foi para isso que elas vieram.

Sally se ofereceu para ir buscá-las na rodoviária, mas as tias nem cogitaram essa possibilidade. Elas podiam muito bem se locomover sozinhas. Preferem chegar num lugar devagar e é isso o que estão fazendo agora. Os gramados estão úmidos e o ar está parado e denso, como sempre acontece antes de uma tempestade. Uma neblina paira acima das casas e do topo das chaminés. As tias estão paradas na entrada de carro da casa de Sally, entre o Honda e o Oldsmobile de Jimmy, as malas pretas no chão ao lado delas. Fecham os olhos, para sentir o lugar. Nos álamos, os pardais observam com interesse. As aranhas param de tecer suas teias. A chuva vai começar depois da meia-noite, quanto a isso as tias concordam. Cairá torrencialmente, como rios de vidro. Cairá até que o mundo inteiro pareça prateado e às avessas. Você pode sentir esse tipo de coisa quando tem reumatismo ou já viveu tanto quanto as tias.

No interior da casa, Gillian está inquieta, assim como as pessoas ficam quando um raio está prestes a cair. Ela está vestindo um velho jeans azul e uma blusa de algodão preta, e seu cabelo está despenteado. Ela é como uma criança que se recusa a se arrumar para as visitas. Mas as visitas chegaram, de qualquer maneira; Gillian pode sentir a presença delas. O ar está denso como bolo de chocolate, aquele do bom, feito sem farinha. Na sala de estar, o lustre começou a oscilar. Sua corrente de metal produz um estalido, como se em algum lugar um pião estivesse girando depressa demais. Gillian afasta as cortinas e dá uma espiada.

– Ah, meu Deus! – diz ela. – As tias estão na entrada de carros.

Lá fora, o ar está ficando ainda mais espesso, como uma sopa, e tem um aroma sulfúreo que algumas pessoas acham bem agradável e outras consideram tão repugnante que fecham com estrondo as janelas e ligam o ar-condicionado no máximo. À noite, o vento estará forte o bastante para arrastar cachorros pequenos e derrubar as crianças dos balanços, mas por ora é apenas uma ligeira brisa. Linda Bennett estacionou em sua garagem, na casa vizinha. Quando desce do carro, equilibra um saco de supermercado no quadril e acena para as tias com a mão livre. Sally tinha mencionado que parentes idosas talvez chegassem para uma visita.

– Elas são um pouco estranhas – advertiu Sally à vizinha da casa ao lado, mas para Linda elas parecem velhinhas encantadoras.

A filha de Linda, que era Jessie e agora se chama Isabella, sai do carro da mãe e franze o nariz – em que passou a usar três argolas de prata – como se sentisse o cheiro de algo podre. Ela olha mais adiante e vê as tias examinando a casa de Sally.

– Quem são as velhotas? – a assim chamada Isabella pergunta à mãe.

As palavras são carregadas pelo vento, cada sílaba impertinente chegando à entrada de carros de Sally com um tinido. As tias se viram e fitam Isabella com seus olhos cinza-claros e, no mesmo instante, a garota sente algo absolutamente estranho nos dedos das mãos e dos pés, uma sensação tão ameaçadora e diferente que ela corre para dentro de casa, enfia-se na cama e puxa as cobertas sobre a cabeça. Vai se passar uma semana até que a menina fale em voz alta com a mãe, ou com qualquer outra pessoa, e mesmo assim antes vai pensar duas vezes, ponderar, para depois reformular a frase, acrescentando um "Por favor" ou "Obrigada".

– Me avisem se precisarem de algo durante a visita! – grita Linda às tias e, imediatamente, ela se sente melhor do que tem se sentido há anos.

Sally se postou ao lado da irmã e bate de leve na janela para chamar a atenção das tias. As duas olham para a frente, piscam e, quando avistam Sally e Gillian do outro lado do vidro, acenam exatamente como fizeram quando as meninas chegaram ao aeroporto de Boston. Mas, para Sally, ver as tias na sua entrada de carros é como ver dois mundos colidindo. Ter as tias ali, finalmente, não lhe parece menos extraordinário do que ver um meteorito caindo ao lado do Oldsmobile ou estrelas cadentes atravessando o gramado.

– Vamos – diz Sally, puxando a manga de Gillian, mas a irmã apenas faz que não com a cabeça.

Faz dezoito anos que Gillian não vê as tias e, embora tenham envelhecido tanto quanto ela, ela nunca tinha reparado em quanto eram velhas. Sempre pensou nas duas juntas como uma unidade e agora ela vê que tia Frances é quase quinze centímetros mais alta do que a irmã; e que tia Bridget, a quem sempre chamaram de tia Jet, é muito mais alegre e rechonchuda, como uma galinha vestindo saia preta e botas.

– Preciso de um tempo para processar isso – diz Gillian.

– Dois minutos têm que ser suficiente – informa Sally, enquanto vai para fora, receber as visitantes.

– As tias! – grita Kylie, quando vê que elas chegaram.

Ela chama Antonia no andar de cima, que se apressa a acompanhá-la, descendo os degraus de dois em dois. As irmãs disparam pela porta aberta, então se dão conta de que Gillian ainda está à janela.

– Venha! – diz Kylie.

– Vão vocês – Gillian responde às garotas. – Vou ficar por aqui.

Kylie e Antonia correm para a entrada de carros e abraçam as tias. Elas gritam, comemoram e rodopiam as velhinhas até deixarem as duas afogueadas e sem fôlego.

Quando Sally telefonou e explicou o problema no quintal, as tias ouviram atentamente, em seguida garantiram que tomariam o ônibus para Nova York assim que colocassem comida para o último gato ainda vivo, o velho Pega. As tias sempre cumpriram suas promessas e dessa vez não foi diferente. Elas acham que todo problema tem solução, embora nem sempre ela seja o resultado com que contávamos ou que esperávamos.

Por exemplo, em todos aqueles anos, as tias nunca esperavam que a vida delas fosse mudar radicalmente por causa de um único telefonema no meio da noite. Era outubro e fazia frio, e o casarão tinha correntes de ar. O céu lá fora estava tão escuro que oprimia qualquer pessoa que se atrevesse a andar ao ar livre. As tias tinham sua rotina e a cumpriam onde quer que estivessem. Pela manhã faziam uma caminhada, depois liam e escreviam em seus diários, depois almoçavam – a mesma comida todos os dias: purê de cenouras com batatas, pudim de macarrão e, como sobremesa, torta de maçãs. Descansavam depois do almoço e, ao entardecer, cuidavam dos seus negócios, caso alguém aparecesse na porta dos fundos. Sempre jantavam na cozinha – feijões com torradas, sopa e biscoitos salgados – e reduziam a iluminação para economizar eletricidade. Todas as noites ficavam olhando para o escuro, já que nunca conseguiam dormir.

O coração das duas havia se partido na noite em que aqueles dois irmãos atravessaram correndo o parque da cidade. Haviam sido fulminados com tamanha violência e tão de repente que as tias nunca mais deixaram que as apanhassem de surpresa, nem pelos raios nem, com certeza, pelo amor. Elas acreditavam em seus horários e em quase nada além disso. De vez em quando participavam de uma reunião na assembleia municipal, onde a presença severa das duas podia facilmente influenciar um voto, ou visitavam a biblioteca, onde a visão de suas saias e botas pretas induziam ao silêncio até os frequentadores mais ruidosos.

As tias presumiam conhecer a vida delas e tudo o que lhes estava reservado. Estavam bem informadas sobre o próprio destino, ou assim acreditavam. Viviam convencidas de que nada poderia interferir no seu presente e na morte tranquila que teriam, na própria cama, naturalmente, de pneumonia e complicações de uma gripe, aos 92 e 94 anos de idade. Mas devem ter esquecido algo, ou talvez seja simplesmente o fato de que ninguém pode prever o próprio destino. As tias nunca imaginaram que uma voz fraca e solene telefonaria no meio da noite, pedindo ajuda e rompendo a rotina das duas. Foi o fim das cenouras e das batatas no almoço. Em vez disso, as tias se acostumaram a manteiga de amendoim e geleia, biscoitos integrais e sopa de letrinhas, pães de mel e punhados de M&M. Era estranho que se sentissem gratas por terem tido de lidar com gargantas inflamadas e pesadelos. Sem aquelas duas meninas, nunca teriam sido obrigadas a correr descalças pelo corredor, no meio da noite, para verificar qual estava com virose e qual dormia a sono solto.

Frances vai até a varanda para avaliar melhor a casa da sobrinha.

– Moderna, mas muito bonita – declara ela.

Sally sente uma pontada de orgulho. É o melhor elogio que tia Frances poderia fazer. Significa que Sally fez tudo por conta própria, e fez direito. Sally se sente grata por qualquer palavra ou gesto amável, ela precisa disso. Ficou acordada a noite inteira porque, cada vez que fechava os olhos, via Gary com tamanha nitidez que era como se ele estivesse ali ao lado, à mesa da cozinha, na espreguiçadeira, em sua cama. Há um filme que não para de rodar dentro da cabeça dela, repetidamente, e ela não consegue interrompê-lo. Gary Hallet a está tocando naquele exato momento, as mãos dele estão sobre ela, enquanto ela se inclina para pegar a mala da tia. Quando tenta pegar uma das malas, Sally fica chocada ao descobrir que não tem força para erguê-la sozinha. Algo lá dentro chocoalha como contas de resina, ou tijolos, ou talvez até ossos.

– Para o problema no quintal – explica tia Frances.

– Ah – diz Sally.

Tia Jet se aproxima e passa o braço pelo de Sally. No verão em que Jet completou 16 anos, dois rapazes apaixonados se mataram por causa dela. Um prendeu barras de ferro nas pernas e pulou no Lago Leech. O outro se atirou nos trilhos, fora da cidade, e foi atropelado pelo trem das 10h02 com destino a Boston. De todas as mulheres Owens, Jet Owens era a mais bela e nunca sequer se deu conta disso. Preferia gatos a seres humanos e rejeitou todas as propostas de casamento que recebeu dos homens que se apaixonaram por ela. O único por quem se interessou foi o rapaz atingido pelo raio, quando ele e o irmão foram atravessar correndo o parque da cidade, para provar o quanto eram corajosos e ousados. Às vezes, tarde da noite, tanto Jet como Frances ouvem o som das risadas daqueles rapazes, enquanto correm sob a chuva, antes de serem fulminados na escuridão. Suas vozes ainda são jovens e cheias de expectativa, exatamente como soavam quando foram derrubados pelo raio.

Ultimamente, tia Jet tem de usar uma bengala preta com uma alça entalhada na forma de corvo. Está curvada pela artrite, mas nunca reclama das costas quando desamarra as botas ao fim do dia. Todas as manhãs, banha-se com o sabonete preto que ela e Frances preparam duas vezes por ano, e sua cútis é quase perfeita. Cuida do seu jardim e consegue se lembrar do nome científico em latim de todas as plantas que crescem ali. Mas não passa um dia sem pensar no rapaz que amava. Nem por um instante deixa de desejar que pudesse voltar no tempo e beijá-lo novamente.

– Estamos muito felizes de estar aqui – declara Jet.

Sally abre um belo sorriso triste.

– Eu devia tê-las convidado muito tempo atrás. Pensei que nenhuma de vocês duas fosse gostar de nos fazer uma visita.

– Isso só mostra que não dá para adivinhar o que se passa na cabeça de outra pessoa – informa Frances à sobrinha. – É por isso que inventaram a linguagem. Caso contrário, seríamos todos como cachorros, que saem por aí farejando para conseguir descobrir coisas uns dos outros.

– Tem toda razão – concorda Sally.

As malas são arrastadas para dentro, o que não é um trabalho fácil. Antonia e Kylie gritam "Iça!" e trabalham juntas, sob os olhos vigilantes das tias. Aguardando junto à janela, Gillian pensou em fugir pela porta dos fundos para não ter de ouvir as críticas das tias sobre as burradas que fez na vida. Porém, quando Kylie e Antonia levam as tias para dentro, Gillian está parada exatamente no mesmo local, o cabelo claro eletrizado.

Certas coisas, quando mudam, nunca voltam a ser como eram antes. Borboletas, por exemplo, e mulheres que se apaixonaram muitas vezes pelo homem errado. As tias estalam a língua assim que avistam aquela mulher adulta, que um dia tinha sido a menininha dos seus olhos. Elas talvez nunca tivessem estabelecido um horário fixo para o jantar ou feito questão de que as roupas limpas estivessem dobradas nas gavetas das cômodas, mas estavam ali agora. Era a elas que Gillian recorrera naquele primeiro ano, quando as outras crianças na escola maternal puxavam seu cabelo e a chamavam de bruxinha. Gillian nunca contou a Sally como isso era horrível, como a perseguiam, e ela tinha apenas 3 anos. Era constrangedor, isso ela sabia até mesmo naquela época. Mas não era algo que a pessoa admitisse.

Todos os dias, Gillian chegava em casa e jurava a Sally que tivera uma tarde adorável, que tinha brincado com cubos e tintas e dado de comer ao coelhinho que observava tristemente as crianças, de uma gaiola próxima ao armário de casacos. Mas Gillian não podia mentir às tias, quando elas iam buscá-la. No final de cada dia, seu cabelo estava emaranhado, o rosto e as pernas cheios de vergões vermelhos. As tias a aconselharam a ignorar as outras crianças – a ler os seus livros, fazer suas brincadeiras sozinha e contar à professora se alguém fosse impertinente ou rude com ela. Até naquela época, Gillian acreditava que merecia o péssimo tratamento que recebia e nunca foi correndo à professora para se queixar. Esforçava-se ao máximo para guardar aquilo só para si.

As tias, contudo, podiam ver o que estava acontecendo pela postura curvada de Gillian, quando ela vestia o suéter, e porque, à noite, ela não conseguia dormir. A maioria das crianças acabou se cansando de implicar com Gillian, mas várias continuaram a atormentá-la – murmurando "bruxa" toda vez que ela estava por perto, derramando suco de uva em seus sapatos novos, agarrando punhados do seu cabelo e puxando com toda a força – e assim fizeram até a festa de Natal.

Todos os pais das crianças compareceram à festa, levando biscoitos, bolos ou poncheiras cheias de *eggnog* salpicado de noz-moscada. As tias chegaram tarde, vestindo seus casacos pretos. Gillian esperava que tivessem se lembrado de levar uma caixa de biscoitos com raspas de chocolate, ou talvez um bolo, mas as tias não estavam interessadas em sobremesas. Foram direto procurar as piores crianças, os meninos que puxavam o cabelo de Gillian, as meninas que a xingavam. As tias não precisaram rogar pragas ou usar ervas, ou lançar algum tipo de sortilégio. Simplesmente postaram-se ao lado da mesa de lanches e toda criança que costumava ser malvada com Gillian se sentia enjoada assim que se aproximava da mesa. Essas crianças corriam até os pais e pediam para irem para casa, depois ficavam dias de cama, tremendo sob as cobertas, tão nauseadas e cheias de remorso que sua pele adquiria um leve tom esverdeado e desprendia o cheiro azedo que sempre acompanha quem tem peso na consciência.

Depois da festa de Natal, as tias levaram Gillian para casa e a sentaram no sofá da sala de visitas, aquele de veludo com pés de madeira em forma de patas de leão, cujas garras aterrorizavam Gillian. Elas lhe disseram que paus e pedras podiam quebrar ossos, mas insultos e xingamentos eram somente para os tolos. Gillian ouviu as tias, mas na verdade não prestou atenção. Dava valor demais ao que as outras pessoas pensavam e não valor suficiente à sua própria opinião. As tias sempre souberam que Gillian às vezes precisaria de uma ajuda extra para se defender. Enquanto a examinam, seus olhos cinzentos são sagazes e atentos. Podem enxergar as rugas no rosto da sobrinha que outra pessoa talvez não reparasse e podem ver pelo que ela passou.

– Estou horrível, não estou? – diz Gillian.

A voz dela está presa na garganta. Um minuto antes, tinha 18 anos e estava pulando a janela do quarto, e agora ali está, devastada.

As tias estalam a língua mais alto e vão abraçar Gillian. Isso é tão contrário ao seu habitual estilo impassível que um soluço escapa dos lábios de Gillian. Para mérito delas, as tias aprenderam uma coisinha ou outra, desde que se viram obrigadas a criar duas menininhas. Elas assistiram *Oprah*, sabem o que acontece quando você não demonstra o amor que sente. No que lhes diz respeito, Gillian está mais atraente do que nunca, mas afinal de contas as mulheres Owens sempre foram conhecidas por sua beleza, assim como pelas tolas escolhas que fazem quando jovens. Nos anos 1920, sua prima Jinx, cujas aquarelas podem ser vistas no Museu de Belas-Artes, era voluntariosa demais para prestar atenção a uma palavra que alguém dissesse. Ela tomou um porre de champanhe gelado, jogou seus sapatos de cetim sobre um muro alto de pedra, depois dançou sobre vidro quebrado até o amanhecer e nunca mais conseguiu andar. A mais querida das tias-avós, Barbara Owens, se casou com um homem burro como uma mula, que se recusava a ter eletricidade ou encanamento em casa, insistindo em dizer que tais coisas eram modas passageiras. Sua prima preferida, April Owens, morou durante doze anos no deserto de Mojave, colecionando aranhas em frascos cheios de formol. Uma ou duas décadas comendo o pão que o diabo amassou conferem caráter a uma pessoa. Embora ela nunca tenha acreditado nisso, as rugas no rosto de Gillian são sua parte mais bonita. Revelam o que ela passou, as dificuldades que superou e exatamente quem ela é, lá no fundo.

– Bem – diz Gillian, quando consegue parar de chorar. Ela enxuga os olhos com as mãos. – Quem teria pensado que eu ficaria tão emocionada?

As tias se acomodam no sofá e Sally lhes serve um copinho de gim com licor de ervas amargas, que elas sempre apreciaram e de que gostam particularmente para lhes dar ânimo, quando há trabalho a fazer.

– Vamos conversar sobre o sujeito no quintal – diz Frances. – Jimmy.

– Temos que fazer isso? – geme Gillian.

– Temos – lamenta dizer tia Jet. – Só umas coisinhas a respeito dele. Por exemplo, como ele morreu?

Antonia e Kylie tomam grandes goles de Coca Diet e prestam atenção em cada palavra. Estão com os pelos dos braços arrepiados; aquela conversa poderia ficar realmente interessante.

Sally trouxe para a mesa um bule de chá de hortelã, com uma xícara lascada que as filhas lhe deram num Dia das Mães e que sempre foi sua preferida. Sally não consegue mais tomar café. Quando Gillian despejava a água sobre os grãos moídos aquela manhã, o cheiro trouxe uma lembrança tão pungente de Gary que Sally poderia jurar que ele estava sentado à mesa. Ela diz a si mesma que é a falta de cafeína que a está deixando letárgica, mas não é esse o problema. Ela estava estranhamente calada, com um humor tão soturno que até Kylie e Antonia repararam. Ela parece tão diferente... As meninas têm a impressão de que a mulher que costumava ser a mãe delas desapareceu para sempre.

Não é só o cabelo preto que está solto, não preso como sempre. É o jeito como anda triste, distante.

– Acho que não devemos discutir isso na frente das crianças – diz Sally.

Mas as crianças estão prestando atenção a cada detalhe. Vão morrer se não souberem o que vai acontecer em seguida. Simplesmente não vão conseguir suportar.

– Mãe! – elas gritam.

São praticamente adultas. E não há nada que Sally possa fazer a esse respeito. Ela só encolhe os ombros e assente para Gillian, dando seu consentimento.

– Bem – diz Gillian. – Creio que o matei.

As tias trocam um olhar. Na opinião delas, essa é uma coisa que Gillian não faria.

– Como? – perguntam elas.

Essa é a menina que soltava gritos estridentes se pisasse numa aranha com o pé descalço. Se espetasse o dedo e visse sangue, ela anunciava que estava prestes a desmaiar e já começava a desfalecer.

Gillian admite que usou beladona, uma planta que sempre desprezou quando era criança e que fazia de conta que era erva daninha para poder arrancá-la, quando as tias lhe pediam que limpasse o jardim. Quando as tias perguntam que dosagem ela usou e Gillian lhes diz, elas assentem, satisfeitas. Exatamente o que pensaram. Se existe uma coisa que as tias conhecem é beladona. A dose que Gilliam administrou não mataria nem um *fox terrier*, quanto mais um homem de 1,80 m de altura.

– Mas ele está morto – diz Gillian, aturdida ao ouvir que seu tratamento não poderia ter matado o marido. Ela se vira para Sally. – Eu sei que ele estava morto.

– Sem dúvida ele estava morto – concorda Sally.

– Mas não morreu pelas suas mãos – Frances não poderia estar mais certa disso. – A menos que ele fosse um esquilo.

Gillian lança os braços em volta das tias. A afirmação de tia Frances encheu-a de esperança. Isso é algo tolo e ridículo de se ter na idade dela, sobretudo naquela horrível noite, mas Gillian não dá a mínima. Antes tarde do que nunca, é assim que ela vê.

– Sou inocente! – grita ela.

Sally e as tias se entreolham. Quanto a isso, elas não sabem.

– Nesse caso – acrescenta Gillian, ao ver a expressão das três.

– O que o matou? –– pergunta Sally às tias.

– Pode ter sido qualquer coisa – Jet encolhe os ombros.

– Álcool – sugere Kylie. – Anos se embriagando.

– O coração – cogita Antonia.

Frances anuncia que elas podem muito bem parar com aquele jogo de adivinhação. Nunca saberão o que o matou, mas ainda lhes resta um corpo no quintal e é por isso que as tias trouxeram sua receita para eliminar muitas coisas nojentas que podem ser encontradas em jardins – lesmas ou pulgões, os restos ensanguentados de uma gralha despedaçada numa briga ou espécies de ervas daninhas venenosas que é impossível arrancar com a mão, mesmo com luvas grossas de couro. As tias sabem precisamente quanta lixívia acrescentar à cal e é muito mais do que adicionam à receita do sabonete preto, especialmente benéfico para a pele da mulher, se ela se ensaboar com ele todas as noites. Barras do sabonete das tias, embrulhadas em celofane transparente, podem ser encontradas em casas de produtos naturais em Cambridge e em diversas lojas especializadas da Rua Newbury, em Boston, e foram elas que custearam não só um novo telhado para a sua casa antiga, como também instalações sanitárias de última geração.

Em casa, as tias sempre usam o grande caldeirão de ferro fundido, que fica na cozinha desde que Maria Owens construiu a casa, mas ali a grande panela de macarrão de Sally terá de servir. Elas têm de ferver os ingredientes durante três horas e meia, de modo que Kylie, apesar de morrer de medo que alguém lá no Del Vecchio reconheça sua voz como a da engraçadinha que, pouco tempo antes, mandou entregar todas aquelas pizzas na casa do sr. Frye, telefona e pede que sejam entregues duas pizzas grandes, uma de anchovas para as tias, a outra de muçarela e champignons, com molho extra.

A mistura no queimador de trás do fogão começa a borbulhar e, quando o entregador de pizzas chega, o céu está escuro e tempestuoso, embora sob as grossas camadas de nuvens haja uma perfeita lua branca. O entregador bate três vezes na porta e espera ser atendido por Antonia Owens, que se sentava ao lado dele na aula de álgebra. Em vez disso, é tia Frances quem abre a porta de supetão. Os punhos de suas mangas estão chamuscados, por causa de toda a lixívia que esteve medindo, e seus olhos estão frios como gelo.

– O que é? – pergunta ela ao rapaz, que apertou as pizzas contra o peito ao vê-la.

– Entrega de pizza – ele balbucia.

– Esse é o seu trabalho? – quer saber Frances. – Entregar comida?

– Isso mesmo – diz o rapaz.

Ele acha que está vendo Antonia na casa. Pelo menos, há uma pessoa bonita de cabelo vermelho ali dentro. Frances o encara com olhos penetrantes.

– Isso mesmo, minha senhora – corrige ele.

Francês tira do bolso da saia sua carteira e conta dezoito dólares e trinta e três centavos, que ela considera um roubo.

– Bem, se é o seu trabalho, não espere gorjeta – diz ela ao rapaz.

– Oi, Josh – grita Antonia, quando vai pegar as pizzas.

Ela está usando um velho avental por cima de uma camiseta preta e leggings. Com toda aquela umidade, o cabelo cacheou e sua pele clara parece linda e cremosa. O entregador é incapaz de falar na presença de Antonia, embora vá falar sobre ela durante pelo menos uma hora quando voltar ao restaurante, até o pessoal da cozinha mandá-lo calar a boca. Quando fecha a porta, Antonia solta uma risada. Ela recuperou um pouco do que havia perdido. A atração, ela compreende agora, é um estado de espírito.

– Pizza – anuncia Antonia, e todas se sentam para comer, apesar do cheiro horrível que vem da mistura das tias, fervendo em cima do fogão. A tempestade sacode as vidraças e um trovão retumba tão perto que faz estremecer o chão. Um grande raio cai e deixa metade do bairro sem luz. Nas casas ao longo da rua, as pessoas estão procurando lanternas e velas, ou simplesmente desistindo e indo dormir.

– Isso representa sorte – diz tia Jet, quando a eletricidade acaba.
– Seremos a luz na escuridão.

– Encontrem uma vela – sugere Sally.

Kylie pega uma vela na prateleira perto da pia. Ao passar pelo fogão, ela tampa o nariz com os dedos.

– Puxa, isso realmente fede – diz ela sobre a mistura das tias.

– É assim que tem de ser – diz Jet, satisfeita.

– É sempre assim – concorda a irmã.

Kylie volta e coloca a vela no centro da mesa, em seguida a acende para que possam continuar o jantar, que é interrompido pela campainha da porta.

– É melhor que não seja aquele entregador de novo – diz Frances.
– Se for, eu vou lhe dizer realmente o que penso.

– Eu atendo – Gillian vai até a porta e a escancara.

Ben Frye está na varanda, vestindo uma capa impermeável amarela. Está segurando uma caixa de velas brancas e uma lanterna. Só de vê-lo, um calafrio percorre a espinha de Gillian. Desde o início, ela sentia que Ben arriscava a própria vida cada vez que estava com ela. Com a sorte e o passado que ela tinha, qualquer coisa que pudesse dar errado com certeza daria. Gillian tinha certeza de que poderia trazer desgraça a quem quer que a amasse, mas isso quando ela era uma mulher que havia matado o namorado num Oldsmobile; agora ela é outra pessoa. Ela se inclina para a frente e beija Ben na boca. Beija-o de um modo que prova que, se ele algum dia pensou em fugir dela, é melhor que pare de pensar agora mesmo.

– Quem o convidou a vir aqui? – diz Gillian, abraçada a ele. Ela está com aquele cheiro açucarado, que qualquer pessoa que se aproxime dela não pode deixar de reparar.

– Estava preocupado com você – diz Ben. – Podem chamar isso de tempestade, mas para mim é um furacão.

Nessa noite, Ben deixou Buddy sozinho para levar as velas à casa de Gillian, apesar de saber que os trovões deixam o coelho aflito. Isso é o que acontece quando Ben quer ver Gillian, ele não consegue se conter, não importa quais sejam as consequências. Ainda assim, está tão pouco habituado a ser espontâneo que, sempre que faz algo assim, sente um leve zumbido nos ouvidos (não que ele se incomode). Quando Ben voltar para casa, vai encontrar um catálogo telefônico picado em milhões de pedacinhos ou as solas de seus tênis preferidos mastigadas, mas vale a pena correr esse risco para estar com Gillian.

– Vá embora enquanto é tempo – manda Gillian. – Minhas tias de Massachusetts estão aqui.

– Ótimo – diz Ben e, antes que Gillian possa impedi-lo, ele já entrou na casa.

Gillian segura-o pela manga da capa, mas ele segue adiante para cumprimentar as visitas. As tias têm um trabalho sério à frente. Vão ficar muito contrariadas se Ben entrar na cozinha, achando que está prestes a conhecer duas amáveis velhinhas. Elas vão se levantar da cadeira, bater com força os pés no chão e voltar seus gélidos olhos cinzentos na direção dele.

– Elas chegaram esta tarde e estão exaustas – diz Gillian. – Não é uma boa ideia. Não gostam de visitas inesperadas. Além disso, são antiquadas.

Ben Frye não presta atenção, e por que deveria prestar? As tias fazem parte da família de Gillian e isso é tudo o que ele precisa saber. Entra a passos largos na cozinha, onde Antonia, Kylie e Sally param de comer no instante em que o avistam. Rapidamente, voltam os olhos para as tias, esperando a reação delas. Ben não nota a aflição das três nem percebe o odor causticante que vem da panela sobre o fogão. Deve presumir que se trata de algum removedor ou detergente mais forte, ou talvez algum animalzinho, um filhote de esquilo ou um sapo velho, que se escondeu sob a soleira da porta dos fundos para morrer.

Ben se aproxima das tias, enfia a mão na manga da capa e tira um buquê de rosas. Tia Jet aceita-as com prazer.

– Lindas! – diz ela.

Tia Frances esfrega uma pétala entre o polegar e o indicador, para conferir se as rosas são naturais. Elas são, mas isso não significa que Frances se deixe impressionar com a mesma facilidade.

– Mais algum truque? – diz ela, com uma voz que pode transformar o sangue de um homem em gelo.

Ben abre o seu belo sorriso, aquele que deixou Gillian com os joelhos bambos desde o início e que, nesse momento, faz com que as tias se lembrem dos rapazes que um dia conheceram. Ele estende a mão por trás da cabeça de tia Frances e, antes que alguém perceba, faz surgir dali um lenço de chiffon cor de safira, que orgulhosamente ele oferece.

– Eu não poderia aceitar – diz Frances, mas seu tom não é tão frio quanto antes e, quando ninguém está olhando, ela enrola o lenço no pescoço.

A cor é perfeita para ela. Os olhos da tia parecem as águas de um lago, claros e azul-acinzentados. Ben fica mais à vontade, pega um pedaço de pizza e começa a perguntar à tia Jet como foi a viagem de Massachusetts. É então que Frances faz sinal a Gillian para chegar mais perto.

– Não ponha tudo a perder com esse aqui – diz ela à sobrinha.

– Não pretendo – assegura Gillian.

Ben fica até as onze da noite. Prepara um pudim de chocolate instantâneo como sobremesa, depois ensina Kylie, Antonia e tia Jet a construir um castelo de cartas e a derrubá-lo com um único sopro.

– Dessa vez você teve sorte – diz Sally à irmã.

– Acha que foi sorte? – Gillian sorri.

– Sim – diz Sally.

– Engano seu – diz Gillian. – Exigiu anos de prática.

Nesse instante, as duas tias inclinam a cabeça ao mesmo tempo e fazem um ruído muito baixo no fundo da garganta, uma espécie de estalido tão semelhante ao silêncio que qualquer pessoa que não estivesse ouvindo atentamente poderia confundi-lo com o leve chamado de um grilo ou o suspiro de um camundongo sob as tábuas do assoalho.

– Está na hora – diz tia Frances.

– Temos assuntos de família a tratar – diz Jet a Ben, enquanto o conduz à porta.

A voz de tia Jet é sempre afável, no entanto seu tom faz com que ninguém ouse desobedecê-la. Ben pega a capa e se despede de Gillian com um aceno.

– Telefono amanhã, logo cedo – diz ele. – Venho para o café da manhã.

– Não estrague tudo com esse – diz tia Jet a Gillian, depois de fechar a porta atrás de Ben.

– Não farei isso – assegura Gillian outra vez. Ela vai até a janela e dá uma olhada no quintal. – O tempo está horrível esta noite.

O vento começa a arrancar as telhas de ardósia dos telhados e todos os gatos da vizinhança miam na porta de casa, para que os deixem entrar, ou se refugiam no vão de uma janela e ficam ali uivando e tiritando de frio.

– Talvez seja melhor esperar – arrisca Sally.

– Levem a panela lá para o quintal – diz tia Jet a Kylie e Antonia.

A vela no centro da mesa produz um círculo de luz oscilante. Tia Jet toma a mão de Gillian na sua.

– Temos de cuidar disso agora mesmo. Quando se trata de um fantasma, não se deixa nada para amanhã.

– O que quer dizer com um fantasma? – diz Gillian. – Só queremos ter certeza de que o corpo vai continuar enterrado.

– Tudo bem – diz tia Frances. – Se prefere encarar assim...

Gillian queria ter tomado um gim quando as tias tomaram. Em vez disso, acabou com o resto do café frio, que tinha ficado numa xícara sobre a bancada desde o fim da tarde. Na manhã seguinte, o riacho atrás da escola secundária estará tão fundo quanto um rio. Os sapos terão de escalar as margens até um terreno mais elevado. As crianças não pensarão duas vezes antes de mergulhar nas suas águas mornas e escuras, mesmo que estejam vestindo suas roupas de domingo e usando o seu melhor par de sapatos.

– Está certo – diz Gillian. Ela sabe que as tias não estão falando apenas de um corpo; é o espírito do homem, é isso que as está assombrando. – Muito bem – diz ela às tias, escancarando a porta dos fundos.

Antonia e Kylie carregam a panela até o quintal. A tempestade está bem próxima, elas podem pressenti-la no ar. As tias já mandaram as meninas levarem a grande mala até a sebe de espinhos. Elas ficam juntas umas das outras e, quando o vento açoita suas saias, o som parece um lamento.

– Isso dissolve o que um dia foi carne – diz tia Frances.

Ela faz um sinal a Gillian.

– Eu? – Gillian dá um passo para trás, mas não tem como fugir. Sally está bem atrás dela.

– Vá – diz Sally.

Antonia e Kylie ainda seguram a pesada panela. O vento é tão forte que sacode a sebe de espinhos, como se tentasse arrancar suas raízes. Os vespeiros balançam de um lado para o outro. É sem dúvida o momento certo.

– Ah, Deus – sussurra Gillian a Sally. – Não sei se consigo fazer isso.

Os dedos de Antonia estão ficando brancos com toda força que tem de fazer para não deixar a panela cair.

– Isso está realmente pesado – dia ela, com a voz trêmula.

– Pode acreditar – diz Sally a Gillian. – Você consegue.

Se existe uma coisa que Sally agora sabe com certeza é que uma pessoa pode se surpreender com as coisas que está disposta a fazer. Aquelas são as suas filhas, as meninas que ela queria que tivessem uma vida normal, e agora ela está permitindo que fiquem junto a uma pilha de ossos, com uma panela cheia de uma mistura de lixívia. O que aconteceu a ela? O que mudou? Onde está aquela mulher sensata com que as pessoas sempre podiam contar? Ela não consegue parar de pensar em Gary, não importa o quanto tente. Até telefonou para o Hide-A-Way, para perguntar se ele já tinha ido embora, e ele tinha. Ele já partiu e ali está ela, pensando nele. Na noite anterior, sonhou com o deserto. Sonhou que as tias haviam lhe mandado uma muda de macieira do seu quintal e que a árvore florescia sem água. E, no sonho, os cavalos que comiam maçãs daquela árvore corriam mais rápido do que todos os outros, e qualquer homem que provasse um pedaço de uma torta que Sally preparava com as maçãs seria dela por toda a vida.

Sally e Gillian pegam a panela das mãos das meninas, embora Gillian esteja de olhos fechados quando elas a entornam e despejam a lixívia no chão. A terra úmida crepita com a mistura quente. Quando a substância penetra mais fundo no solo, uma névoa se desprende dali; uma névoa da cor da tristeza, da cor do desgosto profundo, do tom acinzentado dos pombos e do início da manhã.

– Para trás – dizem as tias, pois a terra começou a borbulhar.

As raízes dos arbustos de espinhos estão se dissolvendo em contato com a mistura, assim como as pedras e os besouros, o couro e os ossos. Elas não conseguem se afastar rápido o suficiente, mas ainda assim algo está acontecendo sob os pés de Kylie.

– Droga – grita Sally.

Logo abaixo dos pés de Kylie a terra está se deslocando, afundando, como um pequeno desmoronamento. Kylie sente, ela sabe, no entanto fica paralisada. Está caindo num buraco, rapidamente, mas Antonia estende a mão, agarra a parte de trás da blusa da irmã e a puxa. Arranca Kylie dali com tanta força e tão rápido que Antonia ouve um estalo no seu cotovelo.

As meninas ficam ali paradas, sem respirar, horrorizadas. Sem perceber, Gillian agarrou o braço de Sally. Está apertando com tanta força que, por vários dias, Sally terá na pele as marcas dos dedos da irmã. E nesse momento todas recuam. E fazem isso rápido. Fazem isso sem que ninguém precise mandar. Um filete de vapor vermelho-sangue está espiralando do lugar onde jazia o coração de Jimmy, um pequeno tornado de rancor, que desaparece em contato com o ar.

– Isso era ele – diz Kylie sobre o vapor vermelho, e de fato elas podem sentir o cheiro de cerveja e da graxa para botas, e percebem o ar exalando calor como brasas num cinzeiro. E, depois disso, mais nada. Absolutamente nada. Gillian não sabe se está chorando ou se é a chuva que começou. – Ele se foi mesmo – diz Kylie a ela.

Mas as tias não vão dar sopa para o azar. Levaram consigo vinte pedras azuis dentro da mala maior, pedras que Maria Owens levou para a casa da Rua Magnólia há mais de duzentos anos. Pedras como essas é que compõem a trilha entre os canteiros das tias, mas havia muitas outras amontoadas junto à estufa, em quantidade suficiente para cobrir o local onde antes cresciam os lilases. Agora que a sebe de espinhos não passa de cinzas, as mulheres Owens não têm dificuldade para formar um círculo de pedras. O arranjo não será muito requintado, mas terá espaço suficiente para uma mesinha de ferro batido e quatro cadeiras. Algumas garotinhas da vizinhança pedirão que seus chás de bonecas se realizem ali e, quando as mães rirem e perguntarem por que, elas dirão que as pedras azuis dão sorte.

Sorte é algo que não existe, as mães dirão. Tome o seu suco de laranja, coma os seus bolinhos e faça sua festinha no nosso próprio quintal. Contudo, toda vez que as mães estiverem distraídas, as meninas levarão as bonecas, os ursinhos e os aparelhos de chá de brinquedo para o quintal das Owens.

– Boa sorte – sussurrarão elas, enquanto brindam com suas xícaras de brinquedo. – Boa sorte – dirão, enquanto as estrelas aparecem no céu.

Algumas pessoas acreditam que toda pergunta tem uma resposta lógica. Existe uma ordem para tudo, que é clara e baseada puramente na evidência empírica. Mas, na verdade, o que poderia ser se não sorte que a chuva só tenha começado para valer quando o trabalho das tias estava acabado? As mulheres Owens têm lama sob as unhas e seus braços doem de tanto carregar pedras pesadas. Nessa noite, Antonia e Kylie dormirão bem, assim como as tias, que de tempos em tempos sofrem de insônia. Elas vão dormir a noite inteira, ainda que raios cairão em doze locais distintos de Long Island até o final da tempestade. Uma casa em East Meadow será reduzida a cinzas. Um surfista de Long Beach, que sempre ansiou por furacões e grandes ondas, será eletrocutado. Um bordo que há trezentos anos nasceu no campo da ACM será partido ao meio por um raio e terá de ser derrubado com uma serra elétrica, para não desabar sobre o time de basquete juvenil.

Somente Sally e Gillian estão acordadas, esperando pelo auge da tempestade. Elas não estão preocupadas com boletins meteorológicos. No dia seguinte, haverá galhos espalhados pelo gramado e as latas de lixo terão rolado rua abaixo, mas o ar estará fragrante e o clima, ameno. Elas poderão tomar o café da manhã ao ar livre se desejarem. Poderão ouvir o canto dos pardais, em busca de migalhas.

– As tias não pareceram tão decepcionadas quanto pensei que ficariam – diz Gillian. – Comigo.

A chuva está caindo com força. Está lavando as pedras azuis lá no quintal, deixando-as tão limpas que vão parecer novas.

– Elas seriam muito burras se estivessem decepcionadas – diz Sally, passando o braço pelo da irmã. Acha que talvez esteja falando sério ao dizer isso. – E as tias com certeza não são burras.

Nessa noite, Sally e Gillian vão pensar na chuva e, no dia seguinte, no céu azul. Vão dar tudo de si, mas serão sempre as meninas que um dia foram, vestindo seus casacos pretos, voltando, em meio às folhas caídas, para uma casa onde ninguém consegue enxergar a rua através das vidraças e nem enxergar lá dentro. Ao crepúsculo, pensarão sempre naquelas mulheres que faziam qualquer coisa por amor. E, apesar de tudo, descobrirão que esse é o seu momento favorito do dia. É a hora em que se lembram de tudo o que as tias lhes ensinaram. É a hora pela qual se sentem mais gratas.

Nos arredores da cidade, os campos avermelharam e as árvores estão completamente negras e retorcidas. A geada cobriu os campos e a fumaça sobe das chaminés. No parque, bem no centro da cidade, os cisnes escondem a cabeça sob as asas em busca de aconchego e calor. Os canteiros estão repousando, exceto aquele no quintal das Owens. As couves estão crescendo ali, embora algumas tenham sido colhidas naquela manhã e servidas com caldo de carne. As batatas já foram desenterradas, cozidas e amassadas e, nesse momento, estão sendo temperadas com sal, pimenta e raminhos do alecrim que cresce ao lado do portão. A tigela de porcelana, decorada com ramos de salgueiro, foi enxaguada e está secando na prateleira.

– Está pondo pimenta demais – diz Gillian à irmã.

– Acho que consigo fazer um purê de batata.

Desde que deixou a casa das tias, Sally prepara purê de batatas em todos os almoços de Ação de Graças. Tem plena certeza do que está fazendo, embora os utensílios de cozinha sejam antiquados e estejam um pouco enferrujados. Mas Gillian, é claro, que é agora outra mulher, dá conselhos mesmo que ninguém peça ou quando não sabe nada sobre o assunto.

– Conheço pimenta – insiste Gillian. – Essa quantidade é demais.

– Bem, eu conheço batatas – diz Sally e, no que lhe diz respeito, é melhor que seja assim, sobretudo se quiserem servir o almoço às três.

Eles chegaram tarde na noite anterior. Ben e Gillian estão dormindo no sótão, Kylie e Antonia estão dividindo o que antes era uma sala de estar e Sally está no pequeno nicho sem aquecimento, perto da escada dos fundos, numa cama dobrável. O aquecedor está com defeito, de modo que eles tiraram dos armários todos os acolchoados de penas, acenderam todas as lareiras e chamaram o encanador, o sr. Jenkins, para resolver o problema. Embora seja manhã do dia de Ação de Graças e o sr. Jenkins não tenha vontade nenhuma de abandonar a comodidade da sua poltrona, quando Frances solicita sua presença ao telefone, todos sabem que ele estará lá até o meio-dia.

As tias não param de reclamar que as sobrinhas fazem muito reboliço, mas sorriem quando Kylie e Antonia as agarram, beijam-lhes o rosto e dizem o quanto as amam e sempre amarão. Elas avisam as tias que não precisam se preocupar com Scott Morrison, que está vindo de ônibus da faculdade, uma vez que ele trará um saco de dormir e se ajeitará no chão da sala. Elas mal notarão a presença dele e o mesmo vale para os dois colegas de quarto que trará com ele.

O único gato ainda vivo é Pega, que está tão velho que só se levanta para ir até a tigela de comida. O resto do tempo ele fica enroscado na sua almofada de seda especial, que fica numa cadeira da cozinha. Um dos olhos de Pega não abre mais, mas o olho saudável está fixo no peru que esfria numa travessa de cerâmica, no centro da mesa de madeira. Buddy está preso no sótão – Ben está lá com ele, alimentando-o com as últimas cenouras do pomar das tias –, uma vez que Pega já foi visto caçando os filhotes de coelho que se escondem entre os canteiros de couve. Ele é conhecido por comê-los de uma bocada só.

– Nem pense nisso! – diz Gillian ao gato, ao vê-lo vigiando o peru, mas, assim que ela vira as costas, Sally tira um pedaço de carne branca, que ela própria nunca comeria, e o coloca na palma da mão para o velho Pega comer.

No dia de Ação de Graças, as tias geralmente encomendam um frango grelhado no mercado. Houve um ano em que se arranjaram com um peru congelado e outro em que mandaram para o inferno aquele feriado idiota e comeram uma boa travessa de carne assada. Nesse ano, estavam pensando em fazer outro assado quando as meninas avisaram que fariam uma visita no feriado.

– Ah, deixe que elas cozinhem – diz Jet à irmã, inquieta com o barulho das panelas na cozinha. – Estão se divertindo.

Sally está na pia, enxaguando o espremedor de batata, exatamente o mesmo que usava na infância, quando insistia em preparar jantares nutritivos. Pela janela pode ver o quintal, onde Antonia e Kylie estão correndo de um lado para o outro, afugentando os esquilos. Antonia usa um dos velhos suéteres de Scott Morrison, que ela tingiu de preto e é tão grande que, quando abana os braços para os esquilos, dá a impressão de ter longas mãos feitas de lã. Kylie está rindo tanto que tem de se deitar no chão. Ela aponta para um esquilo que se recusa a se mexer, um genioso vovô que está guinchando para Antonia, uma vez que se considera o dono do pomar. Durante todo o verão e o outono, esteve vigiando as couves que elas colheram.

– Essas meninas são muito fofas – diz Gillian, ao vir se postar ao lado de Sally. Ela pretendia discutir um pouco mais sobre a pimenta, mas muda de assunto ao ver a expressão no rosto da irmã.

– Já são duas adultas – conclui Sally, do seu jeito prático.

– Ah, claro! – concorda Gillian com ênfase, enquanto observa as meninas obrigarem o vovô esquilo a correr em círculos para fugir delas. Elas soltam um grito agudo e se abraçam quando ele, subitamente, pula sobre o portão do jardim e se volta para elas com um olhar feroz.

– Elas parecem bem maduras...

No início de outubro, Gillian finalmente recebeu notícias do gabinete do procurador-geral em Tucson. Durante mais de dois meses as duas irmãs esperaram para saber o que Gary faria com a informação que Sally lhe dera. Elas viviam mal-humoradas e distantes de todos, exceto uma da outra. Então, por fim, chegou uma correspondência registrada de alguém chamado Arno Williams. James Hawkins, escrevia ele, estava morto. O corpo fora encontrado no deserto, onde ele devia estar escondido havia meses. Um dia em que estava embriagado, rolara até uma fogueira e se queimara além de qualquer reconhecimento. A única coisa que ajudou a identificá-lo, depois de ser levado ao necrotério, foi o anel de prata, que derretera um pouco e estava sendo enviado a Gillian. Com o anel estavam enviando também um cheque visado de oitocentos dólares, proveniente da venda do Oldsmobile que haviam apreendido, uma vez que Jimmy a registrara como sua única parente próxima, no Departamento de Veículos Motorizados, o que, de certo modo, era verdade.

– Gary Hallet – concluiu Gillian imediatamente. – Ele enfiou aquele anel em algum sujeito morto que não podia ser identificado. Sabe o que isso significa, não é?

– Que ele só queria que a justiça fosse feita, e foi.

– Que ele está apaixonado – Gillian parecia não conseguir esquecer isso. – E você também.

– Quer fazer o favor de calar a boca? – disse Sally.

Ela se recusava a pensar em Gary. Realmente se esforçava. Massageava o meio do peito com dois dedos, depois segurava o pulso esquerdo entre o polegar e o indicador da mão direita, para verificar o ritmo da pulsação. Não ligava para o que Gillian dizia. Havia indiscutivelmente algo errado com ela. Seu coração dava verdadeiros saltos mortais. Batia rápido demais e, em seguida, devagar demais e, se isso não significava que tinha algum tipo de problema, ela não sabia o que significava.

Gillian balançou a cabeça e gemeu. A irmã lhe parecia tão patética...

– Você não sabe mesmo o que é? Essa coisa de ataque cardíaco que vem sentindo? É amor! – exultara ela. – É essa a sensação que dá.

– Está maluca! – tinha dito Sally. – Não pense que sabe tudo porque, deixe-me dizer, você não sabe.

Mas havia uma coisa que Gillian sabia com certeza e foi por isso que, no sábado seguinte, ela e Ben Frye se casaram. Foi uma cerimônia discreta no cartório e eles não trocaram alianças, mas trocaram um beijo tão longo, junto ao balcão da sala de registros, que o juiz pediu que fossem logo embora. Dessa vez, estar casada parecia algo bem diferente para Gillian.

– Insistência é a palavra mágica – diz ela às pessoas que lhe perguntam qual o segredo de um casamento feliz, mas não é isso que ela pensa. Sabe agora que, quando a pessoa não abandona a si mesma ao longo do caminho, com o tempo ela descobre que passa a sentir o dobro do amor que sentia no começo, e essa é a única receita para a felicidade conjugal.

Sally vai até a geladeira pegar um pouco de leite para adicionar ao purê de batatas, embora tenha certeza de que Gillian lhe dirá para adicionar água, em vez disso, uma vez que ultimamente ela está muito sabichona. Para guardar o leite, Sally tem de empurrar vários pratos tampados e, quando faz isso, uma tampa cai de cima de um prato.

– Olhe aqui! – grita ela para Gillian. – Elas ainda estão a todo vapor.

No recipiente, há um coração de pombo perfurado por sete alfinetes. Gillian para ao lado da irmã.

– Alguém está sendo alvo de um feitiço, disso não há dúvida.

Sally repõe cuidadosamente a tampa no lugar.

– Eu gostaria de saber o que aconteceu a ela.

Gillian sabe que ela está falando da moça da farmácia.

– Eu costumava pensar nela sempre que as coisas davam errado – admite Gillian. – Queria escrever, dizer a ela que lamentava ter dito tudo o que eu disse no dia em que apareceu no jardim.

– Ela provavelmente pulou de uma janela – conjectura Sally. – Ou se afogou na banheira.

– Vamos até lá descobrir? – sugere Gillian.

Ela coloca o peru em cima da geladeira, onde Pega não pode alcançá-lo, e enfia o purê de batatas no forno para mantê-lo aquecido, com uma panela com o recheio de castanhas para o peru.

– Não – diz Sally –, estamos velhas demais para ficar metendo o nariz na vida dos outros – mas ela deixa que Gillian a arraste, primeiro até o armário de casacos, onde cada uma pega um casaco velho e grosso com capuz, e depois para a porta da frente.

Saem correndo pela Rua Magnólia e dobram a esquina da Rua Peabody. Passam pelo parque e o gramado municipal, onde sempre caem raios, e vão direto para a farmácia. Passam por várias lojas fechadas – o açougue, a padaria e a lavanderia.

– Vai estar fechada – diz Sally.

– Não vai, não – garante Gillian.

Mas, quando chegam lá, a farmácia está às escuras. Elas arregalam os olhos e olham através da vitrina, para as prateleiras de xampu, a estante de revistas, o balcão em que tomaram tantas Cocas com baunilha. Nesse dia está tudo fechado na cidade, mas, quando se viram para ir embora, avistam o sr. Watts, o filho do dono da farmácia, que mora no apartamento em cima. Ele está acompanhado da mulher e tem nas mãos dois empadões de batata-doce, que estão levando para a casa da filha, em Marblehead.

– As garotas Owens – diz ele ao ver Sally e Gillian.

– Acertou – diz Gillian com um grande sorriso.

– A farmácia está fechada hoje? – diz Sally. Elas seguem o sr. Watts, embora a mulher dele esteja esperando no carro e fazendo sinal para que se apresse. – O que aconteceu àquela moça? A que parou de falar?

– Irene? – diz ele. – Está na Flórida. Mudou-se para lá cerca de uma semana depois que o marido morreu, na primavera passada. Acho que ouvi dizer que se casou de novo.

– Tem certeza de que estamos falando da mesma pessoa? – pergunta Sally.

– Irene – garante o sr. Watts. – Ela tem um café em Highland Beach.

Gillian e Sally correm o caminho todo até em casa. Enquanto correm estão rindo, de modo que, de vez em quando, têm de parar para tomar fôlego. O céu nublou, o ar está gelado, mas isso não as incomoda nem um pouco. Quando chegam ao portão preto, porém, Sally para de repente.

– O que é? – diz Gillian.

Sally deve estar vendo coisas. E a coisa que vê é Gary Hallet lá no jardim, agachado, cavocando as couves, e isso simplesmente não pode ser possível.

– Ora, vejam quem está aqui! – diz Gillian, satisfeita.

– Foram as tias que o trouxeram – diz Sally. – Com o coração do pombo.

Assim que vê Sally, Gary se ergue, um espantalho de casaco preto, que não sabe se deve ou não acenar.

– Não foram elas – diz Gillian a Sally. – As tias não tiveram nada a ver com isso.

Mas Sally não se importa se foi Gillian que telefonou para Gary, na semana anterior, e lhe perguntou que diabos ele estava esperando. Não quer saber se ele deixou o endereço das tias dobrado dentro do bolso do casaco, desde esse telefonema. No momento em que ela corre pelo caminho de pedras, não se importa nem um pouco com o que as pessoas pensam ou em que acreditam. Existem algumas coisas, afinal de contas, que Sally Owens sabe com toda a certeza: sempre jogue o sal derramado sobre o ombro esquerdo. Plante alecrim junto ao portão do jardim. Acrescente pimenta ao purê de batatas. Plante rosas e alfazema para ter sorte na vida. Apaixone-se sempre que tiver uma oportunidade.

Impresso por :

Graphium
gráfica e editora

Tel.:11 2769-9056